Primera Parte de

MALALIENTO

Editorial Alaminos

Título: MALALIENTO
C 2005, Sergio Andrade
C 2011, Sergio Andrade / Editorial Alaminos
Antiguo Libr. Actopan 118 / 42080 / Pachuca, Hidalgo (Mex)

ISBN: 978-0-615-49119-6

Diseño de Portada y Contraportada: SO FAR Design
Ilustraciones de Portada y Contraportada: Sergio Andrade

MALALIENTO

Sergio Andrade

NOTA DEL AUTOR: TODO LO QUE SE DICE EN ESTE LIBRO …ES FICCIÓN. HASTA LO QUE NO PARECE.

Como fantasma mítico, simbólico, arquetípico
un mal aliento deambula por las calles y
desfiladeros de nuestras ciudades
y provincias.
Es persistente, incómodo
tenaz y –lo peor de todo- tan cotidiano
que nos resulta ya más que familiar
incluso indiferente, inexistente aun.
Tan forma ya parte de nos
que difícilmente tomamos conciencia
de que se ha convertido en nuestra más íntima realidad
en nuestra característica más fiel
y no sabemos si nos ha poseído con el tiempo
o le hemos dado -y le damos- vida diariamente
expulsándolo segundo a segundo de nuestras vísceras.
La halitosis (orgánica y espiritual) que padece el mexicano medio
es terrible, contundente,
ya de por sí abominable, pero le empeora por momentos.
Las razones de su mal aliento
pueden encontrarse en su raquítica alimentación envenenada
su alcoholismo chapucero crónico
su falta absoluta de higiene
y sus exaltaciones biliosas hipócritas y autorreprimidas.
Pero la fetidez inaguantable de su aliento más esencial e íntimo
proviene de su frustración, su desencanto y su descomposición.

prólogo

Comencé a escribir esta novela entre los meses de Septiembre de 1997 y Febrero de 1998 en España (en Madrid, en una finca cercana a Toledo y en otra cerca de Alhaurín El Grande – Málaga). Recuerdo que acababa yo de registrarme en el Hotel Alhambra Palace, de la ciudad de Granada (adonde fui, con unas "amigas" –no todas de tan infausta memoria-, a pasar unos días de descanso) y estaba sentado en la cama cambiando los canales de la televisión y viendo la carta del *Room Service*, cuando dieron la noticia urgente sobre la muerte de la "Princesa" Diana (Lady Di). Ya semanas antes me había consternado la tragedia de Gianni Versace.

Las características de la figura pública de la "Princesa", su relación con la fama y la popularidad (conceptos que yo, como Productor de discos, Director de videos y films y Representante y Agente de artistas "famosos" durante una buena parte de mi vida, había analizado y estudiado varias veces), y las condiciones y circunstancias de su muerte terrible, íntimamente ligada al acoso de los medios de comunicación, me dejaron aquella noche atónito, callado, sombrío.

Días después inicié la escritura de la novela.

Cosas – entre muchas otras - como la vuelta del milenio, la primera clonación humana, la invasión implacable de Harry Potter, la franca modificación de la política cubana, la unificación monetaria de la Comunidad Económica Europea, la muerte de "Dolly", el descubrimiento de las secuencias en el mapa general del Genoma

7

humano, la gran crisis económica argentina, la social venezolana y los cambios de tendencia política en los gobiernos de países como Estados Unidos, México y Brasil, así como el desconcertante atentado a las Torres Gemelas en Nueva York, la Segunda Guerra del Golfo Pérsico y la tremenda explosión en la red, de conceptos como *facebook* y *Twitter*, aún no sucedían, y sus efectos sociales e individuales, tanto económicos, como políticos y psicológicos no se dejaban sentir – lógicamente – todavía.

Sin embargo, aun cuando la escritura prolongada de esta novela – como de cualquiera que hable de un pasado mediato, ofreciendo al escritor sorprendido ante los nuevos eventos la tentación de ir modificando su marco temporal- haya provocado que la realidad mundial aparezca transformada luego de los años transcurridos, he decidido no alterar en un solo punto la ambientación temporal de la misma. Sus acciones terminan al amanecer de un nuevo año, hace ya más de una década de ello; pero la situación en un país como México, en sus más permanentes cimientos, sigue igual.

Igual podemos hablar las cosas en 1997, que en 2007..., o en 2011...Nuestra nación vive a la manera de los páramos, de los olímpicos desiertos. Ya prehistóricos, ya espaciales.

A pesar del tiempo y del histórico cambio de gobierno y de tendencia política en que nos embarcamos en el año 2000, en México sigue y seguirá sin suceder nada. Cada intento nuestro de cambio resulta un globo más que se revienta o se desinfla. Otra exaltación fugitiva que se va con el crepúsculo. Y, de nuevo, la *Zona del Silencio*, *El Hoyo Negro del Planeta*, *El Reino del Post-Surrealismo*...

Los fantasmas –como al que aludo en el epígrafe- son intemporales. El *mal aliento* de aquellos años (1967-1997) ha corrido ya por todo nuestro país, una y otra vez, por cada villa, cada municipio, cada estado. Si hoy no pueda decirse que esté más presente, sí que se hace más evidente que nunca.

Por todo ello y para mantener el vigor y la esencia de la narración en las situaciones, las declaraciones y sugerencias, decidí asumir el compromiso de las consideraciones y comparaciones con el pasado, y el posible riesgo de las asociaciones con una parte del potencial futuro de

8

aquel entonces que ya llegó a ser presente, que ahora me daña y me lastima y que en esa época no preví. A fin de cuentas esta novela es general, se trata punto por punto de una obra de ficción, un ejercicio de imaginación, y en su sentido más amplio no es más que la visión del mundo del personaje central de la historia: un ser apestoso cada maldito día de su existencia maldita; absolutamente incapaz de tomar el control real de su vida para llevarla de manera coherente y consistente hacia delante; tan incapaz de analizar centrada y fríamente los hechos y situaciones sociales, como de percibir, entender y organizar las situaciones emocionales y personales de su propia existencia; un ser apasionado, inseguro, inconforme, engañado, inconstante, inconsciente, acomplejado, reprimido, confundido, inconexo, incomprensible, traumado, incongruente, extraviado, incauto, ingenuo, inocente, ininteligible, voluble y contradictorio…, como en esencia somos todos nosotros durante la mayor parte de nuestras vidas.

Sergio Andrade
Cuernavaca; Morelos

agradecimientos

Agradezco, de corazón, a todas las personas que contribuyeron a la realización final de este libro.

Agradezco a las hermanas De la Cuesta Soria, especialmente a Karla y Karola, su ayuda en tomar a dictado o transcribir grandes partes del "manuscrito" original de esta novela, en España; cosa que hicieron con aplicación y por su propia decisión y voluntad (y ofreciéndose a ello; en varias ocasiones hasta "peleándose" entre ellas para ver con quién decidía yo hacerlo), como todo lo demás que hicieron mientras estaban conmigo y me acompañaban en mis viajes.

Aunque años después, ya en México, se hayan dedicado a mentir y deformar públicamente una realidad que ellas saben perfectamente que no es como la exponen y cuentan a los demás, le dejo al tiempo – y a Dios – la tarea de corregirlas y ubicarlas (y al público también). Tengo la absoluta certeza, no podría ser de otra manera, de que muy dentro de ellas saben perfectamente que mienten, por conveniencias personales, al decir lo que ahora dicen de mí. Con eso, por el momento tengo suficiente. Yo considero un acto de honestidad insoslayable – en mi caso – el reconocer y considerar tanto las cosas malas y terribles que me hicieron después, como las buenas que me brindaron a lo largo de nuestros primeros *años* de relación.

Así que, independientemente de las mentiras, bajezas e ingratitud posterior de esas hermanas – Karla y Karola (sin contar las de la mayor, Katya, al final mucho peores y más ingratas para mí porque yo *la seguía queriendo*)–, les agradezco su participación en una gran y fundamental

11

parte del copiado y pasado a limpio de la primera versión de este libro; lo que hicieron como muchas otras cosas – aunque ahora lo nieguen y digan lo contrario – siempre por su gusto y entre pláticas, risas, discusiones, reflexiones, comentarios, aprendizaje, viajes, amor, mucho sexo (hábil, sin freno, voluntario, múltiple, simultáneo, compartido y muy, muy apasionado), innumerables juegos, diversiones, aventuras y en general... pedazos y momentos de nuestra vida misma; todo libremente, por su propia decisión y... durante *años*!

Agradezco a los señores Víctor Manuel de León Vázquez, Jorge Roberto Montes Díaz y José Daniel Cisneros Guedía su invaluable y divertida asesoría en los diálogos del episodio del Aeropuerto de Chihuahua.

Agradezco a Mario Alberto Domínguez Pineda, una vez más, su paciencia, buena disposición, inteligencia y habilidad interpretativa de jeroglíficos en el vaciado (y corrección en la computadora) de grandes partes del proceso final de escritura y revisión de este libro, en que mis anotaciones al margen, cambios, tachones y extensiones volvían su trabajo no sólo valioso sino, tal vez, prácticamente indispensable, insustituible.

A todos ellos, y a los políticos, narcos, empresarios, profesionales, pseudo-revolucionarios, campesinos y ciudadanos y ciudadanas comunes que inconscientemente me proporcionaron la inspiración para pergeñar este engendro a la manera de los *divertimentos* barrocos...

... GRACIAS!

Capítulo I

Pirarse   (31/Agosto/1997)

¡ Pinches tiempos difíciles!

Llegamos a una época extraña, agria, rara. Salvaje y cabrona dentro de su tibieza incolora e insípida. Incorrecta a pesar de su pretendida pinche corrección. Engañosa. Aparentemente inocua pero mortal. Absurda. Absurdabsurdabsurda!

¡Una vulgar puta acusa al presidente de la nación más poderosa de la tierra de haberla "obligado" a chuparle la verga, y consigue sentarlo frente a ella durante seis horas para declarar! Afuera esperaban las decisiones sobre guerras, hambre, conflictos, seguridad internacional.

Adentro Bill Clinton sudaba.

La princesa Diana, lady Di, se estrella contra un muro más fuerte que el de los túneles de París: el acoso inclemente, irrespetuoso y babeante de los pinches paparazzi hijos de su re chingada madre.

¡El cabrón de Gianni Versace es acribillado por un noviecito; lo mata un puto maricón homosexual!

La chingona cantante Selena es balaceada por la presidenta de su club de fans!

Cualquier putilla seguidora de grupos de rock puede, con sólo proponérselo y a pesar de ella haber sido la buscona, llevar a un tribunal a cualquier hombre sobre las bases de una de las figuras jurídicas más imprecisas, etéreas, capciosas, hipócritas , pendejas y apabullantes de los últimos tiempos: el "acoso" sexual.

Los policías deben acariciarles el puto culo con plumas de avestruz a los asesinos psicóticos y peligrosos cuando los capturan, y hablarles con ternura y delicadeza si no quieren que alguna organización de "derechos humanos" acabe por condenar... a los propios policías!

Se gastan chingos de millones de dólares para quitarle el petróleo al

13

plumaje de unas pinches aves que resultaron afectadas en un derrame mientras a cada minuto cientos de miles de niños en todo el planeta continúan muriéndose de hambre; como muriéndose de hambre también continúan sus hermanos y papás y abuelos mientras se llevan a cabo tardados estudios químicos y fisiológicos, y retorcidas consideraciones legales sobre las consecuencias del uso de alimentos animales y vegetales biogenéticamente mejorados y de sus fertilizantes!.   Ahora hasta la comida que nos tragamos debe ser "políticamente correcta": autorizada, supervisada; *menos grasas poliinsaturadas ,* no sodio, cero calorías... y nada de transgenia, eeeh? *No la chinguen!*

Siguió dejando volar los pensamientos. Un poco, decidido a encontrar más que criticar, de qué quejarse; otro poco, cansado, fastidiado de lo mismo.

Tiempos extraños, difíciles:
Los autómatas, de cerebro ya trepanado telepáticamente, acuden en hordas a los pinchurrientos nuevos santuarios y catedrales de la nueva religión y la cultura: los supermercados y centros comerciales; y compran absortosapendejadosingenuos los discos compactos de la "Nueva Era" para escuchar sonidos de selva, cantos de pájaros y olas de mar, grabados en los mismos *lugares a los que esos pinches autómatas podrían llegar hasta en cinco minutos desde su casa si hicieran lo que han olvidado:* caminar! escuchar! ver!
Los tristes zombis condicionados compran también música "de relajación", música "para soñar" y música "para hacer el amor" (música "para cada pinche *cosa"), junto a los videos de Van Damme y las hortalizas gigantes y las novelas de Crichton y King y las colecciones de música clásica por índices de marketing y las leches semidescremadas y los aparatos para bajar de peso y las donas sin conservativos - si no compran todo eso desde su pinche casa por televisión (junto a los rascadores de comezón eléctricos, los escalones de plástico para hacer ejercicio -subiéndose en ellos!-, los excitadores electrónicos de los músculos para "adelgazar" sin mover un dedo y los "nuevos" recipientes transparentes para guardar comida vieja en el refrigerador)!Todos, pinches productos acaricia-egos , amortigua-*

complejos, apantalla-pendejos!

Y si no, entonces ahí, en el supermercado, ya en la caja, si alguno de los pinches zombis tiene la ocurrencia de sacar un buen fajo de billetes para pagar la compra en efectivo, se verá expuesto a las miradas inquisitivas, a las cámaras vigilantes, al ojo investigador, porque para el establecimiento será prácticamente un "narcotraficante tratando de lavar dinero", por no seguir el ejemplo de los mediocres borreguitos clonados que ya sólo utilizan pedacitos de papel y de plástico para liquidar sus cuentas. En estos tiempos inicuos mientras más lejos estés de "tu" dinero, mejor. El sueño de los poderosos hijos de puta siempre ha sido que compres y consumas, pero no poseas*; que tengas que estar, como en aquellas viejas "tiendas de raya" (ahora con las tarjetas de crédito y los numeritos en una pantalla de ordenador): sujeto a un simple intercambio de líneas, signos, puntos y rayas... y condenado eternamente a una mera subsistencia. En este pinche mundo actual los miles de millones de personas que no son ricas ni se han muerto – todavía – de hambre, no existen realmente, no tienen una real existencia. Simplemente* subsisten. Como yo!

Pensó en lavarse los dientes, pero le dio flojera.

Así que en esta puta Era Desquiciada Del Carajo, la única "cosa real" que nos dejan, que nos permiten acariciar, meternos en el alma, es, efectivamente, una pinche bebida ajarabada, coloreada con RZ–116–naranja–siena, o un poco de jodido tabaco para mascar – y, por supuesto, las criminales drogas en las pinchesputasapestosas calles-, porque las otras verdaderas cosas nos las han ido alejando cada vez más: el verdadero honor, la verdadera comida, la verdadera educación, la verdadera habitación, la verdadera diversión, el verdadero respeto, la verdadera dignidad, la verdadera mierda, el verdadero amor, la verdadera muerte.

A los que detentan el poder les conviene que la única realidad que manejemos sea la pinche "realidad virtual" para que estemos también virtualmente pinchejodidos!

Notó que el Síndrome de Tourette que le había diagnosticado el

15

médico –uno de sus alumnos de piano- se le acentuaba día tras día, sobre todo en los discursos interiores, los que se regodeaba cada vez más en pronunciarse y aplaudirse, allí, en los vacíos auditorios espirituales de su creciente ira.

Época ruin. Mucha, mucha confusión!

Pinche época hipócrita, amortajada, hipnótica, que es capaz hasta de vendernos la revolución en cápsulas, bien procesada, bien administrada, envuelta para regalo; capaz de absorber hasta a los más significativos íconos de la contracultura y volverlos comunes, comercializables, aceptables socialmente, transformarlos en baba de perico, hacerlos: camisetas, posters, envoltura de pan, marcas de chicle y de perfume! Y hasta supositorios, para metérnoslos literal y materialmente por el culo!

Época egoísta! Bola de recalcitrantes egoístas! Pinche bola de radicales escandalosos! quejándose de todo! racismo, discriminación... mujeres, gays, negros, impedidos, minusválidos... al rato hasta los chingados feos van a hacer su pinche movimiento para quejarse de que los discriminan!!

Época maldita!

Con el cuento aquél del "sexo débil", las mujeres ya se nos fueron hasta la cocina (o más bien se nos vinieron desde ahí) para ahora tenernos con un pie en los huevos y otro en el cogote, a su merced, a lo que digan...

En fin. Una puta época, un pinche mundo carente en todos los sentidos; mundo de adolescentes, el "imperio de la adolescencia", y esos mismos adolescentes, los que son cronológicamente "reales", desmadran el mundo a voluntad; pero a la hora de juzgarlos, las Constituciones y los Códigos les colocan la alfombra roja rumbo a casita pues no los consideran legalmente "responsables" de sus actos!!!

Pinche mundo, pinche época! Putos Jueces!! Putas leyes!!!

Nunca nos imaginamos que pudiera llegar a ser así. No es la manera como lo soñamos. No pretendimos que fuera así. No lo planeamos de ese modo.

Ahora es demasiado tarde porque ya no hay tiempo, yanohaytiempoyanohaytiempo, o tal vez, ay! ya no hay ganas.

Nos estamos muriendo todos. Aaay!

Y no parece que esta puerca chingadera vaya a cambiar por el momento... Aaaaaaaayyy!!!

¡Que chinguen a su madre los putos culpableeeeeees!

Cerró los ojos, empujó el vaivén de la hamaca con la pierna derecha y volvió a pensar en las flotas. La flota grande contra la flota chica. Las porras, pues, como otros les decían; grupos de "estudiantes" reunidos para dominar a otros, por simple decisión o por encargo y con recursos del Gobierno. Pensó en los tlacoyos y los sopes de San Idelfonso, frente a la Prepa 2, planchitas de masa de maíz con frijoles bayos, salsa de chile verde bien picante, trocitos crujientes de cebolla cruda, crema y queso; en los tacos de cochinita pibil de Ayuntamiento - allá junto a la W -; pensó en la Prepa 1 y la Iniciación Universitaria, dónde más bien te iniciaban en cómo sufrir raterías y pasar a "la báscula" para quitarte todo el dinero; en cómo dejar tu ropa en un vestidor de la escuela para irte a jugar volibol y salir de la cancha después a encontrarte con la novedad de que tenías que talonear para volver a casa y además, en calzones.

Porque los de la flota chica sabían cómo hacerle para mejorar sus finanzas. Qué horas tienes chavo? y cuando tú inocentemente te levantabas un poco la manga para ver, trae pa'cá y órale y sobres! con el reloj; ésa era la última hora precisa que dabas en el año porque tu reloj amanecía en uno de los aparadores del Monte de Piedad, el grande, el de la esquina frente a la Catedral.

La flota grande era otra cosa. Fósiles. Desempleados. A mitad de sus veintes, casi treinta. Todos con pistola, navajas, autos y motos sin placas. El Jarocho, El Chabelo, El Melenas... Todos en contubernio con las autoridades educativas y políticas.

Esos no iban por tu reloj ni por tus pantalones; esos señalaban el rumbo de la escuela, de los profesores y hasta del sol y la lluvia, hoy no hay clases mañana tampoco; golpeaban prefectos, violaban muchachas, vendían droga y llegaban a decirte hasta lo que debías pensar.

Mientras se iba quedando dormido entre lucubraciones, monólogos exaltados y recuerdos de su mundo de adolescente (casi treinta años atrás -¿Por qué el pasado lejano se le volvía gradualmente tan presente?

17

¿Por qué la regresión más insospechada le parecía un arribo paulatino a un infierno perdido, a un paraíso?-), recordó la vez en que El Melenas, uno de los líderes de la porra grande, entró a la biblioteca del plantel y de pronto el silencio se solidificó ante su aparición. Los muchachitos de los primeros años de secundaria (él entre ellos) vieron pasmados el avance del porro greñudo por entre las mesas, como si fuesen bebedores cotidianos de un *Saloon* en Arizona contemplando la llegada del mismísimo Jesse James; y es que el tipo tenía la costumbre, cuando iba a alguna bronca, de ponerse un chaleco hippy largo largo, casi hasta las rodillas, y acomodarse un revólver tipo aquellos "Colt" del oeste en una funda con hebilla plateada, lugares para las balas de repuesto y toda la cosa, y que hasta se amarraba al muslo para asegurar la desenfundada de la pistola; igualito que los matones vaqueros de los filmes. El Melenas avanzó con los volantes en la mano seguido de su hermano El Melenitas y de El Macizo, y después de echar engrudo sobre el mostrador donde se entregaban los libros, pegó diez volantes seguiditos que decían que los esperaban a todos el sábado a las diez para salir a manifestarse contra no se qué.

El anciano bibliotecario, con el poco pelo blanco alborotado y el chaleco a medio abrir, trató de mostrar un poco de la dignidad que a todos se les iba escurriendo con el sudor:

-Que te digo que no puedes pegar eso aquí, Melenas; entiende, carajo!

-Me vale madre, pinche viejo, y deja de chingar porque voy a acabar pegándote uno en la puta frente- le contestó El Melenas, sin verlo, en voz baja y sin dejar de alisar los volantes con cuidado.

-...y metiéndote por el culo los que sobren! - profundizó El Macizo. Los recién llegados de escuelas primarias, apenas con once o doce años de edad y soñando con el alto nivel educativo de la Universidad que los llevaría derechito de ahí hasta facultad, ni parpadeaban. El tembloroso viejo trató de empujar al Melenas, quien a su vez empujó a Chepina, la chava de tercero que estaba ahí pegadita en la primera mesa con sus libros de Biología; ella aún no llegaba al piso cuando ya El Melenas había agarrado su silla y antes de estrellarla contra las hileras de los libros del estante, giro en redondo, pateó a Chepina, que estaba consiguiendo levantarse, y les gritó a todos:

-Y ustedes qué? pinche bola de güevones, deberían de andar

chingándole ahí afuera y no aquí haciéndose pendejos con sus cuadernitos!

Esos sí eran cabrones, no como los de la flota chica... fue lo último que pensó antes de quedarse dormido.

Despertó espantado pensando que llegaría tarde a la cita. Saltó de la hamaca y cruzó el jardincito en dirección a su dormitorio; la televisión mostraba un programa de recetas de cocina. Se resbaló con unas de las revistas de comics del Hombre Araña, Supermán, el Súper Ratón – maldijo haberle arrancado la portada-, Batman, Asteryx y Mafalda, que coleccionaba desde chico y que releía casi obsesiva y distraídamente cuando estaba deprimido o nervioso; olvidó que las había dejado todas regadas en el piso la noche anterior. Mientras buscaba su reloj entre las sábanas y partituras revueltas y manchadas, aún de bruces sobre el piso, trató de deducir qué hora era, pero no recordó si el programa de cocina pasaba antes del noticiero o al revés.

Sacó el reloj del zapato tenis donde lo había amortiguado embutiéndolo hasta el fondo envuelto en unos calcetines. *"Las doce –* pensó - *carajo, tanto tiempo esperando esta cita para salirles con que no llegué".* Calculó mentalmente lo que le llevaría terminar de vestirse, agarrar la partitura, prender el auto, salir del pueblo y manejar hasta la Ciudad de México. Vivir en Temixco estaba bien para los que querían retirarse del mundanal ruido. *"Pero no si todavía quieres hacer algo en este pinche país. Si es así, tienes que vivir en la Ciudad de México; Distrito Federal. A'i te voy. Dicen que ahora es prácticamente un pinche estado más; para mí siempre será igual: México; Distrofia Federal!".*

Apurado cruzó el pequeño comedor, tomó de encima del chaparro piano vertical las partituras en montón, pensó separarlas en el camino, se puso la chamarra y aun buscó rápido con la mirada un libro entre los regados en la sala por todas partes entre papeles y discos LP's: Economía, Historia, Pintura Italiana... al fin, cualquiera sería bueno para leer durante los altos totales de los infernales embotellamientos del periférico en la capital.

Y tomó, claro, el inseparable teléfono celular; checó la pila.

Pasó en su Shadow velozmente por El Polvorín y enfiló rumbo a CIVAC, donde los camiones empezaban a aglomerarse. Después, contempló la cerrada vegetación a ambos lados de la carretera, el verde increíble de las hojas de plátano, las palmeras arquetípicas, los limoneros como de cartón piedra, los aguacates temblorosos, el cielo de un azul de envoltura de dulce, el sol a todo lo que daba y a lo lejos, el imprescindible Popocatépetl velando inmutable el eterno sueño de la novia.

Poco después de cruzar por los tendajones de pambazos y quesadillas de Tres Marías, ya entre pinos y en un paisaje muy diferente al tropical que había dejado más abajo, se empezó a sumergir poco a poco en uno de los tantos mudos soliloquios que lo inundaban cada vez con más frecuencia, y cada vez más resentidos y escatológicos, desde que había cumplido los treinta y cinco años (siete hacía ya de eso) y su mundo se le empeoraba gradualmente haciéndole los discursos mas toscos, absurdos y desesperados; especialmente obsesivos, casi insanos, a raíz de su última plática con su amigo Jamín González allá en el restaurante "Las Mañanitas", en Cuernavaca.

-"Esa sí es comida, no como la de estos pinches puestos"- recordó, poco antes de avistar a lo lejos la gigantesca nube negra con la Ciudad de México en su corazón.

Es como entrar al infierno. No puede ser, carajo, aquí es de día y allá abajo, en la ciudad, parece ya de noche. Y ni siquiera es por el pinche smog nada más. Hay como una especie de sangre pulverizada flotando en el aire junto con gases tóxicos y partículas de excremento reseco volando a la deriva. Toda una pinche visión apocalíptica del futuro en el presente y a la vez anclada en el pasado. En diez segundos pasas del cielo azul y el aire medio limpio de las montañas circundantes, al mismísimo purgatorio.

Ciudad de México.

Dispepsia Federal.

El Bosco habría hecho un cuadro chingón.

A Dante le faltó conocer esto.

No habría necesitado ninguna otra cosa. Los virus y bacterias encuentran su mejor caldo de cultivo en la angustia de los cuerpos que

20

parecen bailar, como carnaval de animales, entre el lodo, los lamazales y las inundaciones, una desacompasada coreografía alucinante de rictus mortuorios sobre la "Danza Macabra" de Camile Saint-Säens como música de fondo.

Sólo en esta ciudad puedes encontrarte tantos siglos aglutinados. La fisión nuclear en medio de un tianguis; la catedral sumergida junto a una cabeza olmeca; y el olor, el olor! olor a papaya pasada, a estornudo infeccioso, a orines rojos y naranjas, a vomitada agria, a sudor concentrado, a eructo taqueril, a vagina purulenta. Las montañas que rodean la ciudad están llenas de paracaidistas y gente que vive en cuevas excavadas en la piedra, chozas y casas de cartón en declives y explanadas, y van al baño ahí mismo, al aire libre, en un agujero o como las mismísimas vacas!

Imagínate nada más oliendo esas pinches cacas ya resecas y transportadas por el firmamento convertidas en microscópicas motitas de polvo que te entran por la nariz y la boca, por los oídos y la piel, como atómicos emisarios del mal. Esta es la verdadera venganza de Moctezuma (aquí ni un Superhéroe podría volar, que Metrópolis ni que mis nalgas... Mierdópolis!), con emanaciones putrefactas saliendo de todos los orificios y agujeros, corporales y naturales, personales e industriales, para condensarse en el ambiente de esta olla de presión a más de 2000 metros de altitud sobre el nivel del mar y darle a la gran ciudad su olor característico, formado con la participación voluntaria o accidental de las glándulas, vísceras e intestinos de sus más de veinte millones de habitantes, sus 85 millones de perros y sus 390 millones de ratas: olor a pedo!.

Vas llegando y los pinches ojos te empiezan a llorar por el ardor de la contaminación y por la pena y el dolor de ver en lo que se convirtió "la región más transparente".

Y apenas la estás viendo desde Topilejo.

Abajo empeora.

Cuando llegó a Tlalpan a la altura del Periférico y enfiló hacia la Avenida de los Insurgentes, sintió de nuevo los estragos del irresponsable tráfico de la ciudad monstruo. Golpeó con desesperación

21

el volante y el tablero del Shadow. Vio alternativamente el reloj y el teléfono móvil que descansaba en el asiento del acompañante. Pensó en llamar a las oficinas de la Filarmónica pero reflexionó que era mejor llegar directamente a la hora que fuera para no darles la posibilidad de cancelarle la cita.

Aunque había pensado llamarlo hasta la siguiente semana, se sorprendió marcando casi inconscientemente el número de Jamín. Tal vez era por los nervios o porque quería saber qué tan en serio iba lo de la propuesta que le había hecho en "Las Mañanitas" de contratarlo como director del coro de empleados de la CHRYSLER.

Válgame Dios – pensó - *tantos años tratando de no rendirme y ahora voy a acabar montando con secretarias, agentes de ventas y mecánicos con complejo de artistas frustrados, cancioncitas de Navidad y temas de Whitney Houston para los pinches festivales del día de las madres. Ni madres !.*

-¿ Cómo está usted, mi licenciado ? Cómo le va ?

-Muy bien, mi Beethoven... dónde andas ?

-Cómo que Beethoven, qué pasó?! Ese cuate era bueno, pero para mí, de Bach para arriba, como mínimo!

-Bueno, bueno, entonces: Qui'ubo mi mariachi? (el músico se carcajeó con el nuevo epíteto, que le recordó lo que su mamá le decía cuando le platicaba que quería ser músico - "Vas acabar de mariachi" - Y qué, muy mi gusto, contestaba; alguna vez le había contado a Jamín la anécdota), así está mejor, no ?

-No la amueles...

-Qué!? Si esa música es más sentida que cualquier fuga del "Clave bien Temperado" de Bach, o no?

-No la amueles, no compares, son cosas diferentes - dejó de reír, los autos habían avanzado *exactamente cuarenta centímetros* desde que Jamín le contestara -, estás muy ocupado?

-No, mi músico; estás aquí en la ciudad?

-Sí, voy a las oficinas de la Filarmónica, a la Sala Ollin Yoliztli; tengo una cita muy importante y ya voy tarde, mano...

-Y luego qué vas a hacer?

-Pues nada…, qué, invitas a comer? - recordó, como un foganazo, que por la prisa no le había dejado de comer al perro; ni se acordaba de haberlo visto al salir - pero no al Sanborns, eh? A algún lugar que valga la pena, como a esos a los que vas con tu jefe; siquiera para curarme el trauma de haber llegado a esta pinche pocilga cósmica...

-Cálmate! ya vas a empezar otra vez con tus quejas? - Jamín comenzó a revolver unos papeles en su escritorio.

-Es la verdad, mano, es una porqueriza galáctica. Ciudad de México; *Detritus Federalis*!

-Cálmate Hans Solo, ya te quisiera yo ver de regente de la ciudad, manejando todo este borlote, somos veintidós millones, sabes lo que representa eso? imagí...

-Ya, ya, ya, estás muy echado a perder, hablas como Diputado o como Delegado de la Álvaro Obregón, oíste? ni a sub-sub-subdelegado llegas!

-Quéca...brón! bueno, entonces qué? me hablas saliendo de tu cita ?

Había conocido a Jamín cuando andaba queriendo comprarse un "carrito" nuevo para desplazarse más rápidamente entre sus clases particulares. Buen gerente de ventas de una gran concesionaria, Jamín González lo había tratado como si fuese el más importante y adinerado de sus clientes. Habían simpatizado e inclusive habían salido a comer aun antes de cerrar la operación del Shadow Blanco/1988. Después habían comido juntos ciento treinta veces y se habían emborrachado doscientas treinta y siete, siempre entre risas, compañerismo, identificación y goce; en el transcurso se habían convertido en grandes amigos.

-Buenas tardes, señor, una persona?

La morena de caderas anchas y faldita en verde, blanco y rojo le sonreía con el menú en la mano.

Lo condujo a una mesa para dos junto a los ventanales; pensó que algo estaba echándose a perder en la cocina o en la mesa del buffet, hablaría con la supervisora. Mientras veía las caderas contonearse por delante de él, se olvidó de todo, luego consultó la hora.

Se sentó. Pidió un tequila doble. Esperó.

En las paredes del cráneo, como si fueran latidos petrificados, le golpeaban los pedazos de la infructuosa entrevista: "...no hay presupuesto... sí, ya sé que le había yo comentado, casi prometido... lamentablemente... quizá para el año que entra... con otro director... y sin adelanto, eh?.....si tiene un dueto, un trío o música de cámara podríamos tal vez, no se, en otro local, otro momento......*este cuate que no llega, ya debería estar aquí. En un descuido voy a tener que acabar aceptándole la invitación de dirigir su pinche coro de empleados, o-ho-ho, ya no estoy viendo muchas otras opciones en mi pinche vida...*"

Esperó. El tercer tequila doble le quemó la garganta aun más y le picó hasta el centro del estómago cuando marcó a la oficina de Jamín y la secretaria le dijo, llorando, desesperada, lo único que a él le faltaba para despedazarle el mundo: que a Jamín, después de la visita de unos señores con los que había estado discutiendo mucho a gritos y mientras se ponía el saco para irse a comer, le había dado un ataque al corazón y se había puesto peor cada segundo de los que tardó en llegar la ambulancia. Infarto fulminante del miocardio, dijeron los que lo revisaron, pero ella no podía creerlo y le parecía todo muy extraño; se le hacía otra cosa. Antes de que la ambulancia se detuviera frente a la concesionaria para atenderlo, Jamín había muerto.

Él ya sabía.

La doble, triple vida de Jamín tenía que terminar ya y así.

Colgó el teléfono y recorrió con la mirada helada el interior del restaurante y luego la calle afuera. No tenía claro si los escalofríos eran por los tequilas o por la noticia. No tenía claro sí había hablado al número correcto y si la voz de la secretaria era la que él conocía, si tal vez había dicho sólo "mi jefe" y no "Jamín". A lo mejor me equivoqué, pensó absurdamente. Reparó en la cenefa de Talavera del restaurante; pensó en los relieves de madera del paraninfo de su antigua preparatoria y, por asociación, en los sótanos de la Inquisición y en la Plaza de Santo Domingo y en la puerta de madera de la Prepa 1, quemada de un bazookazo en el ´68, y en Echeverría y en Torquemada y Torcuato Tasso...sintió que la angustia de sus actividades de sus años de adolescencia regresaba y que era como volver de golpe al pasado, al meritito infierno, donde él y todos los que lo rodeaban y todo lo que hacían podía ser descubierto y ventilado, pero a treinta años de distancia, lo que era peor tal vez y, hasta cierto punto, completamente necesario…Sintiendo frío en la frente pulsó el *redial* del celular para ver si había marcado el número correcto. Cuando lo comprobó, sin hablar, se levantó de la mesa. Una terrible angustia de estar cayendo ya sin tener de dónde agarrarse lo invadió de golpe. Se sintió leve, sin fuerza, sin sentimientos ni órganos internos, sólo con un enorme y desesperante frío por el lado de dentro de la piel, desde los dedos de los pies hasta la frente, como una cáscara hueca, una armadura con pedazos de hielo adheridos a las paredes interiores. Sintió una desesperación incontrolable. Volvió en sí. Pensó que la debacle había empezado. *Tenía*, tenía que verlos, que buscarlos, que localizarlos; tenía que volverlos a ver. Aventó un billete de a cien sobre la mesa y corrió hacia la salida percibiendo a medias en los lugares de las lámparas sólo manchones borrosos brillantes de luz. Tropezó con la mesera. En vez de justificarse la empujó más para quitársela de encima y continuó largándose.

Tenía que salir y buscarlos y encontrarlos. A *todos. A como diera lugar. Donde estuvieran. Y ya.*

Llegó al calor embotado de la avenida y avanzó mecánicamente buscando un lugar para cruzarla, ningún ruido le llegaba de ningún lado, se tropezó con una señora, confundió un auto estacionado con uno avanzando; al darse cuenta no supo si sintió descanso, diversión estúpida o miedo, tal vez todo a la vez; tampoco le quedó claro si el bochorno en cuerpo y alma era por la tragedia o por el alcohol, ni si la gota salada que le llegó a los labios era sangre, sudor o llanto.

CAPITULO II

Pirarse de nuevo   (Septiembre/ 1997)

En la carretera un calor de los mil demonios le entorpece el aliento y hace que extrañe ese otro calor amable, acogedor, maternal de Temixco. Arriba, en el aire, unos zopilotes danzan encantados de imaginar que el auto se detendrá descompuesto dentro de unos dos kilómetros de sequía y ellos podrán bajar a desayunar hoy más tarde o mañana temprano. En las montañas las rocas, por la reverberación, tienen vida propia, están nerviosas. Cómo él. Que no sabe a ciencia cierta qué hace aquí, ni cómo llegó ni por qué. Sólo sabe que una intención persistente, como comezón, lo lleva a continuar el viaje hasta Tijuana.

Hoy es martes. Ayer debieron haber enterrado a su amigo Jamín. Él no quiso estar ni en el entierro, ni en el velorio, ni en la ciudad y si hubiese sido posible, ni en el mundo.

A veces, mientras avanza por la franja de asfalto sin línea blanca ni señales de tránsito, se pregunta por qué le duele tanto esa muerte; por qué le importa tanto y por qué, al mismo tiempo, huye. Piensa en el perro que estará a esas horas ladrando de hambre, de nostalgia de comida. Piensa en la recámara que quedará desarreglada por mucho tiempo. En los alumnos que llamarán a su casa para saber por qué no fue. Y piensa otra vez en el perro, pero qué carajo, se trataba precisamente de no regresar, de no volver, de no darle al instinto ni la más mínima posibilidad de acomodarse, pues si volvía, se quedaba. Piensa que lo único importante es estar haciendo, por fin, lo que tantas veces imaginó: huir de aquel mundo asfixiante, mandar a la chingada la música, los Huapangoles, sus poemas sinfónicos, las esperanzas de ser interpretado y- por qué no? –también las alumnas, por muy ricas y cachondas que estuvieran y por muy suave que se la sobaran.

Ahora huye en serio para poder cumplir su misión, tal vez sólo para retomar el "rumbo correcto"; y aunque sólo sea, al final, para encontrar al amigo, el recuerdo, la razón, la explicación, el porqué. Para confirmar lo que sospecha. Y eso bien vale un perro muerto de hambre, por mucho que se le quiera.

En un descuido se brinca la barda- piensa.

A la velocidad a la que avanza el Shadow es difícil que los escorpiones se escabullan. Cuando perciben los cambios en el aire, las vibraciones, las emanaciones infrarrojas, es demasiado tarde y las llantas los van quebrando sin remedio. Crack, creck, crok. Uno, dos, cuatro...quince...

Pierde la cuenta cuando se acuerda de Silvia. Dieciséis de noviembre. Tan venenosa como estos pobres que van tronando bajo el auto. Tan Escorpión como ellos. Más!

La visualiza de pronto a lo lejos entre las zarzas y los cactus, vestida de negro. Avanza hacia la carretera con pasitos cortos rápidos, como de *geisha*; caracoleando, como serpiente. Él hunde el acelerador hasta el fondo para que la imagen de la mujer coincida con el centro del cofre del automóvil. Usa la estrella del escudo de la marca como mira telescópica y ya estuvo: pás! El cuerpo desgajado de Silvia vuela por los aires y cae diez metros atrás del auto, que se convierten en quince, veintiocho, cien -por la velocidad- en un dos por tres. Como un regalo a su paciencia observa por el espejo retrovisor cómo un tráiler atrás desmenuza las estrías de los senos, la tibia, el peroné y la cadera de la mujer, un segundo después de que hicieran contacto con el suelo.

Se ríe.

En estos pinches tramos hay que hacer lo que sea para no dormirse.

Satisfecho de la ocurrencia, enciende la radio, pero no se oyen ni ruidos. *Debo estar cruzando la Zona del Silencio, qué buena onda ! o eso está en Chihuahua?.* Levanta las cejas y frunce la boca. Mientras estira el brazo para alcanzar una Coca se lamenta de haber recordado a Silvia. Ahora ya no podrá sacársela de la cabeza. Hubiera hecho que le pasasen por encima veinte tráilers más. Pero no hay tráilers, ni zarzas ni cactus, sólo escorpiones; *me lleva la rechingada, no hay nada ni nadie ni Silvia quedó entre sus hermanitos aplastados. Ha de estar en Pachuca vendiendo calcetines y esto ha de ser el desierto de Sonora.*

La tarde tiene, para él, todas las trazas de convertirse en un auténtico desmadre.

Las piernas de Silvia nunca le gustaron. El busto...pasaba, una..."S"...
o "B" tal vez. Las nalgas más bien planas, cadera ancha, típicas de
mexicana, no saltonas hacia atrás sino hacia los lados; de india, no de
negra. La cara, bellísima, con un cutis que parecía de niña de tres años,
una nariz rectísima y unos ojos grandes de grandes pestañas hacia abajo
y expresión soñadora. Sí, definitivamente la cara...un..."MB". El
conjunto resultaba atractivo y mejoraba mucho con la ayuda del amor,
no el que él no sentía por ella, sino el que ella le transmitía tiernamente a
él por la mirada con toda la ilusión de sus femeninos catorce años.
Silvia no era perfecta pero resultaba perfecta para entrenar en su cuerpo
virgen las primeras caricias. En vivo y a todo color. Como cuando se
iban de pinta los dos, adolescentes, a sentar al patio del viejo edificio de
la Secretaria de Educación Pública, frente al anexo de la Prepa 2, y entre
maestras de primaria llegadas de provincia, maestros despedidos con
cara de preocupación y sub-directores de zona, empezaba él a besarle
primero la orejita y luego el cuello y luego – en el abrazo que parecía de
clinch – ensayaba bajar la cabeza y besarle más abajito, ahí en la rayita
entre los pechos; y mientras le pasaba la lengua por ahí, Silvia le besaba
el cabello y le acariciaba la boca levantando la mirada de tiempo en
tiempo para comprobar que no estuvieran llamando mucho la atención.

El lugar era perfecto. Se sentaban en el borde de una jardinera al lado
de un frondoso árbol que les daba la sombra y el ambiente y los protegía
por uno de los flancos, y maravillosamente, entre las preocupaciones de
cada quien y lo discreto del lugar, nadie parecía darse cuenta de lo
calientes que se ponían ni de qué estaban haciendo en realidad. Era
como si en esos momentos de manoseos, fluidos y erecciones alcanzaran
una especie de Nirvana y se volviesen invisibles entre golpeteos de
alguna música de Ravi Shankar.

Como el día de verano lluvioso en que colocaron la gabardina de
Silvia sobre las piernas de los dos y seguros de la protección del árbol,
mientras se inundaban la República del Salvador, la República de

Argentina, la República de Chile, Donceles, Tacuba y Palma y los maestros se guarecían en los corredores del primer piso de la Secretaría, él dejó ir la mano por debajo de la minifalda más allá del límite tácitamente permitido en las semanas anteriores y llegó hasta el arranque del muslo izquierdo de Silvia; siguió adelante mientras ella gemía y abría más y más la boca y con la lengua buscaba todos los rincones de su propia boca; llegó a la cintura, encontró con el tacto el borde de la pantaleta y la jaló hacia abajo hasta sentir los pelos del pubis de la muchacha y bajó más todavía entusiasmado por las reacciones de ella, hasta sentir la abertura entre las piernas y la humedad y el líquido viscoso y caliente que le rodeaba los dedos como si fuera humor de ángeles, porque eso era un ángel, qué caray, y el edificio de la Secretaría era el séptimo cielo, y las campanas de la Catedral - que entonces aún se alcanzaban a escuchar a esa distancia claras - eran la bendición espiritual para sus frotamientos, y él no había nacido para andar tirándoles piedras o cocteles molotov a los soldados ni a los granaderos en las manifestaciones estudiantiles del '68 ni para andar yendo a exponerse a Tlatelolco, sino para sentir el caldo entre las piernas de su amor, más adentro, más adentro y más adentro, y cada vez más adentro como quien tercamente busca algo.

Ese día lo entendió, cuatro meses antes de cumplir él mismo sus catorce años y casi un año después de la matanza en La Plaza de las Tres Culturas; y ese día, como todos los demás de la esa misma semana, dos asientos estuvieron desocupados durante las clases de Química, Matemáticas, Biología, Literatura y Actividades Artísticas.

Miró de reojo el casco de la Coca que llevaba entre las piernas y se le figuró su propio pene levantado por el efecto del recuerdo. Casi involuntariamente lo sujetó con la mano derecha y manejó así durante un buen rato, sin decidirse a llevárselo a la boca. Por más que le dijeran que el sabor era el mismo que el de la de lata, por más que cada día le resultase más difícil hallar aquellas botellas curvilíneas de vidrio verdoso, él insistía en beber la Coca-Cola sólo así, como antes la embotellaban siempre; ahora, en la provincia mexicana, le resultaba mucho más fácil: los viejos tendajones tenían por montones.

A esas alturas de ese día Kelly, su mejor alumna de Cuernavaca, estaría de seguro repasando apuradamente las escalas, contando con que él llegaría de un momento a otro.

Andaría vestida todavía con su uniforme del colegio y al tocar se estaría moviendo con el mismo aparente descuido de siempre dejando sus piernas, también como siempre, cada vez más al descubierto. Se imaginó llegando y sentándose en el banco del piano muy cerca de ella, como lo había ido haciendo desde el mes pasado.

En el vértice que formaban a lo lejos los dos bordes de la carretera, como un gran sol naciendo, vio la cara de Kelly sonriéndole por algún chiste que él le había contado.

La radio recuperó la señal repentinamente, espantándolo. La estridencia proyectaba a los cuatro vientos una canción de la onda grupera. Entre guitarras y voces desafinadas, antes de apagar molesto el aparato, alcanzó a oír que la niña fresa quería quién sabe qué.

Pensó que Kelly estaría preocupada por su tardanza. Ojalá. Mientras más, mejor. Estaba seguro de que él le parecía interesante, atractivo, y de que si no hubiera sido por este cambio en su vida, este exilio autoimpuesto, habrían llegado a algo. Tal vez todavía se podría cuando terminara su misión – si es que la terminaba y salía bien de ella -, y si no le daba a Kelly por enrancharse con alguno de esos pendejitos niños bien de su secundaria de Cuernavaca, que llegaban a su casa a visitarla justo cuando él salía de darle la clase.

Pensó que su alumna llamaría a su casa tratando de encontrarlo; maquinalmente volteó a ver la pantallita del teléfono celular, seguía sin señal. Mientras más recados grabados en la contestadora hallase a su regreso, más seguro estaría del interés de la muchacha y más confiado tomaría camino rumbo a la Hacienda de Cortés para decirle cualquier cosa, darle cualquier explicación y tirársela, por fin, ahí mismo.

No puede ser que no llegue a ningún lado, que no haya un pinche puto pueblo, una puta gasolinera! Es grandísimo este pinche país. Qué sobrepoblación ni qué la manga, si en este desierto podrían poner holgadamente a todos los güevones que sobran en la Ciudad de México!

Aquí sobra espacio... y además están Chihuahua, Durango, Chiapas, y por los que ya pasé: Morelos, Guerrero, Michoacán ... Nayarit... Sinaloa... podrían darnos un terrenito de una pinche hectárea a cada mexicano para que lo trabajáramos... cualquier cosa sería mejor que los huevos de los departamentos del Infonavit, para colmo defectuosos porque los políticos se embolsan el presupuesto y adelgazan las varillas y el cemento... Si hubiéramos hecho algo grande, carajo, o si por lo menos lo hubiéramos hecho en serio, estaríamos ahora dirigiendo este país, tomando bien las decisiones y no sangrando al pinche pueblo como hacen los cabrones de los políticos que están y que no hacen nada bueno cuando podrían hacer mucho!

Esta zona es inmensa; u-hu! podrían poner aquí la capital y les quedaría chingonsísima, trayéndose a los que sobran allá, para acá; descentralizar aquel pinche infierno, desarrollar esta zona, otras, para que todo lo que no es México D.F. deje de ser Cuautitlán. Vivirían más felices. Por lo menos, menos neuróticos, con más espacio, aire puro, limpio... hasta con menos ruido y no tan aturdidos como en aquel pinche valle encajonado... hay tanto lugar aquí que podrían hacer unos ejes viales de sesenta metros de ancho, ésos no iban a quedar obsoletos nunca y ni para cuándo iba a haber pinches embotellamientos! Todos los semáforos trabajando con energía solar. Aquí sobra, no como allá que cada año parece que la lluvia tarda más en irse. Hasta que un año de éstos nos quedemos en la capital con las pinches calles eternamente inundadas y el cielo para siempre gris y les tengamos que contar a nuestros hijos que había una vez un cielo azul y soles y estrellas y cometas...

No recordaba si Takagaki era miembro de la flota grande o de la chica; pero por su edad, lo más probable era que hubiese formado parte del grupo de los "inofensivos", los que no pasaban de bautizarte con refresco, te cortaban las greñas, te echaban pintura y huevos podridos en el pelo y en la ropa, se orinaban en tus zapatos, te pasaban a "la báscula" o nalgueaban a tu novia: Raúl Mirado, Miguel Hernández, Pepe Garay. Además, los de la flota grande eran racistas y mantenían un status homogéneo entre sus miembros: piel morena, mestiza tirando a indígena, chaparritos, con pelos negros. A excepción del Melenas, único güero de rancho en la comarca. Pero japoneses? Ni hablar! Lo tiraban de a loco. Pobre Takagaki. Emperador Chiro-pito, le decían, mientras le hacían reverencias y se jalaban los párpados para remedarlo, se carcajeaban y le atizaban más duro a sus carrujos de marihuana. Aun así él parecía sentir un interés morboso por seguirlos, escucharlos, pegárseles, llegar a formar parte de su grupo, gozar del poder que aquello representaba. Y ahí lo tenías volándose las clases para irse tras ellos por los obscuros pasillos que daban a los salones de Física y Química, subiendo las escaleras de cuatro en cuatro para alcanzarlos, 'spérenme hijos!; ahí lo tenías mintiéndoles a sus carnales de la flota chica que no podría entrarle con ellos a los palomazos del día siguiente para matar las clases porque El Chabelo lo había invitado a un jale, ni modo que no vaya, tú sabes, quieren que me integre (*cuál jale, si ni lo pelaban!*); y ahí lo tenías poniendo su cara de pendejo oriental frente a las bromas del Jarocho que se solazaba en aprovecharse de él y en mandarlo a comprar las tortas y las chelas y al final, en vez de soltarle al piso ni una hebra del pollito ni una brizna de lechuga, le cantaba con sonsonete de *marine* en ejercicios :"Chino, chino, japonés, come caca y no me des".

Pobre Takagaki, cómo les aguantaba!

Todo.

Hasta porque en esos tiempos nadie demandaba seriamente por supuestas ofensas "racistas" ni por "acoso sexual" ni nada; bueno, ni siquiera las sociedades protectoras de animales vivían supervisando las filmaciones de películas!

Y qué iba a hacer Takagaki? Aguantar, aguantar vara.

Nada más.

Con la paciencia oriental milenaria de su abuelo pasó el segundo y el tercero de secundaria y el primero y el segundo de prepa esperando que un buen día El Chabelo, El Jarocho, El Macizo, El Melenas, quien fuera de ellos, le dijera jálate con nosotros que vamos a madrear a alguien o a quemar algún camión.

Pero nada.

Y de veras que por ganas no quedaba. Takagaki era recio, curtido, bravo; le entraba a los golpes con quien fuera y en vez de ir a sus clases sabatinas de japonés para hijos de inmigrantes, prefería profundizar en los recovecos lingüísticos de los ñeros. Te daba risa oírlo hablar, más pinche majadero que El Jarocho y sonando más a mexicano que El Púas Olivares *(en vez de como buen oriental, como un buen tepiteño el hijo de su chingada!)*. Así que no era por falta de méritos, sino por cuestiones de raza; aunque los de la porra grande dijeran lo contrario.

Hasta un negro llegó a formar parte de sus filas, pero el amarillo nunca; Takagaki tenía que conformarse con los delitos menores de sus cuates de generación. Y le dolía, pues el japonesito siempre fue ambicioso, trataba de vestirse lo mejor posible dentro del estilo falsamente descuidado que le apasionaba – "a la Joe Cocker " – y luchaba por sacar buenas calificaciones aunque no fuera especialmente inteligente ni brillante. Cuando no andaba de pinta, discutía en su jerga alvaradeña, retocada de groserías cada dos palabras, con los maestros y prefectos; hasta llegaba a ponerse a platicar con la misma Silvia sobre el Arcipreste de Hita o sobre Chaucer. Todo por llamar la atención. Pretencioso, pues.

Silvia lo odiaba y muy en serio. Ella no por algún tipo de racismo, sino por sangrón. Nomás por eso. Me decía: "no lo aguanto...cállalo", cuando el pinche japonés empezaba a hablar de más y a contestar con estudiada sofisticación en alguna de las clases de Historia, ahí sí no usaba groserías, verdad?; entonces Silvia se me pegaba aun más al oído: "Mira nomás cómo viene vestido...esos colores...esos zapatos...mírale nomás el portafolio...el reloj...mírale ese medallón naco plateado en el centro del pecho!... puro fantoche!", y un miércoles, después de besar a Silvia en la mejilla, alcé la mano y la mantuve alzada mientras miraba alternativamente a la gordísima vieja maestra de Literatura Mexicana y a Takagaki para ver cuál de los dos se fijaba primero en mí y me daba pie para poner al Kamikaze en su lugar, porque eso era ni más ni menos: un oriental con ganas de "suicidarse", por todas las tonterías que parado en medio del salón estaba diciendo, tratando de impresionar a la pinche maestra y de apantallarnos a todos con sus dizque conocimientos; era lo menos que yo podía hacer si mi Silvita así me lo pedía. Y fue Takagaki el primero que titubeó de tanto que veía de reojo mis ojos que lo acribillaban y se calló medio segundo, que para él ya era mucho, pero para mí lo suficiente y entonces me levanté sin esperar la anuencia de la gordinflona, que para ese momento ya también me veía inquieta desde su escritorio, y dije así con inspirado acento:

"Juan Ruiz de Alarcón nació en Taxco! pedazo de idiota san, *Chiro-pito imbécil! y "La Verdad Sospechosa" se editó cuando "Las Paredes...".*

Y yo no sé si porque todo el salón ya estaba harto de escucharlo o porque me salieron del alma los calificativos, el tonito oriental y las arrastradas de voz y los pujidos largos de los japoneses, o porque me inspiró mi chava, pero el salón completo prorrumpió en aplausos, 85% aplausos, 15% risas, y a partir de ahí las relaciones diplomáticas se jodieron definitivamente entre él y yo, pero a mí me valió madre porque mi Silvia se moría de la risa y me llenó de besos esa tarde en la Secretaría de Educación Pública y hasta me dejó meterle más la mano, y porque para empezar el Chiro-pito tampoco a mí me caía bien y los japoneses no eran todavía tan importantes ni influyentes en México, ni existía el Hotel Nikko, ni eran dueños de Nueva York ni de medio mundo en esa época. Así que no me preocupó que México y Japón se distanciaran un poquito. La clase se volvió una pachanga, un verdadero desmadre porque mi timing *fue perfecto, todavía no paraban las risas cuando sonó la chicharra! Todo mundo agarró sus cosas y empezó a levantarse de los mesabancos y él no pudo responder. Creo que ni alcanzó a reponerse de la sorpresa, se quedó parado mientras todos salíamos del salón comentando que se lo merecía pues su afán de mostrarse superior, con la flota chica o con las clases, era insoportable.*

Por eso me extrañó cuando Silvia me dijo el año pasado que entre los pocos de los que había tenido noticias en los últimos años se encontraban Chepina, Xóchitl, Pili...Pilar! y Takagaki, el Chiropito aquél, te acuerdas?, órale! qu'esque se había convertido en todo un médico importante y estaba ganando millones con su propia clínica y centro de investigación para el cáncer, en Tijuana.

No era la idea que tenía de él, aunque la verdad, ya hasta lo había olvidado. Como a todos los demás. Yo nunca pensaba en mis antiguos compañeros de secundaria y sólo conservé mi relación, cada vez más esporádica, decadente e insatisfactoria con Silvia. Ahora sí que mira tú, todo para qué? andarla consecuentando y complaciendo peleándome

35

hasta con el pinche japonés, para que al final todo su amor aquél "eterno" de la adolescencia viniera a terminarse. Aaaay! Y de qué forma!

En la esquina de Juárez y Matamoros hay una cantina llamada "Mi oficina".Se llega entrando por la calle que sale directamente del Puente Internacional de Tijuana. Cuando pasó en su auto polvoriento y enlodado por ahí, hacía rato ya que había dejado de pensar en el pasado y, curiosamente, sus acelerados monólogos interiores también se habían suspendido durante un buen tiempo. La salida de Sonora y la entrada a Baja California le habían refrescado los ánimos. Había dejado también de pensar en Silvia y el humor se le iba dulcificando paulatinamente. Pensó en bajarse a tomar unas copas pero faltaban quince para las dos y si se apuraba podría llegar al instituto antes de que los médicos salieran a comer.

El semáforo tardaba en cambiar y los treinta y siete trabajadores callejeros de esa esquina hacían de las suyas ofreciéndole Kleenex, merengues, juegos de cuchillos, perros de aire, chicles, helicópteros y huevos con pollitos de plástico. Otros quince llegaron de repente, como salidos de la nada y se amontonaron subiéndosele al cofre del coche para limpiarle el parabrisas.

Alcanzó a escuchar que un grupo de indios – parecían de Michoacán – discutían con un tipo, manoteando hacia el norte. Cuando el verde se prendió, mientras arrancaba, vio al hombre empujando a los indios hacía la cantina.

Imaginó al pollero vendiéndoles la promesa del éxito y sacándoles el dinero entre mezcales y tequilas. Pensó en pollos, en coyotes... y el mundo se le vino encima, pues al pasar por lugares, calles y esquinas que sólo había visto él en la televisión, los recuerdos se le juntaron, y tan solemnes, que hasta en sus soliloquios retomados se pareció más al músico de antes, cuando era joven; hasta ese hablar mental grosero cargado de majaderías padecido y adoptado tan apasionadamente de un tiempo a la fecha dejó paso respetuosamente a las formales reconsideraciones del fracaso, ese fracaso suyo, por ejemplo, sentido con más fuerza que nunca desde la muerte de Jamín y que le duele más que cualquier accidente. Porque los accidentes suelen ser impredecibles, pero los fracasos son provocados y las más de las veces, de una manera consciente y morbosa contra nosotros mismos; como un reto, un castigo, una ofrenda.

Checó el papel que Silvia le había dado con la dirección de la Clínica de Takagaki.

En un hospital como éstos, en esta misma ciudad, murió Colosio. Aunque yo creo que lo llevaban muerto desde antes, ya en la ambulancia, y solamente hicieron un último esfuerzo para devolverlo de la muerte o para ganar tiempo. Me imagino su cuerpo desangrándose, sus sueños desintegrados, evaporados. ¿Qué hace falta para matar a un hombre? A veces, solamente, que él se lo busque. Pero ni así se justifica. La camilla pasó quizá por un pasillo como éstos mientras la esposa seguramente le rogaba a Dios para que lo que estaba pasando no fuera cierto. Porque ese tipo de tragedias parecen tan irreales en su cruda realidad que uno ha de pensar que despertará de un momento a otro. Como Jackeline cuando se lanza a abrazar el cuerpo moribundo del esposo, prácticamente muerto ya en la limusina en Dallas; como Yoko viendo a John desplomarse ya sin su típica sonrisa sardónica, ya sin poder imaginarse nada, ni los cielos de mermelada ni al mundo viviendo en paz; como María viendo a su Jesús mirar desconsolado al cielo, sintiéndose abandonado; conscientes todos ellos ya de que hasta los inmortales mueren. Y así por los siglos de los siglos, Amén.

Recuerdo que yo estaba terminando de dar una clase en Cuernavaca al niño de los Ferreiro, cuando entró la criada a decirnos que habían matado al Presidente y corrimos a oír la radio de la cocina y a prender una de las televisiones, pero no era el Presidente, sino el candidato, el que había sufrido un atentado. La criada se había confundido, no era Salinas el balaceado, sino Luis Donaldo Colosio, a quien todo el pueblo, debido a nuestro sistema político, consideraba ya el nuevo Presidente."Pinche país, pensaba yo, pinche país", pensaba dando vueltas por la sala, desesperado, sintiendo que su muerte me dolía porque el tipo, aunque yo no lo conociera personalmente, parecía bien intencionado, auténtico, capaz de arreglar muchas cosas en nuestro país, y diferente, sobre todo diferente *a los otros; pero más que su muerte me dolía lo que ella representaba para nosotros, para todos, lo mal que se habían puesto las cosas en México, lo terrible de nuestra situación social, lo jodidos que estábamos. Y seguí caminando y oyendo a ratos lo que decía el de la tele y el llanto de la sirvienta, y a ratos repitiendo "pinche país" y moviendo la cabeza sin pensar, por lo absurdo del momento, que, independientemente de nuestra miserable situación y la necesidad desesperada imperiosa del cambio, no era un problema exclusivo del país, sino del mundo, y no de los mexicanos, sino del hombre en todas las épocas: Gandhi en la India ; Luther King en Estados Unidos; Allende en Chile...ahora, por ejemplo, Giovanni Falcone en Italia, Miguel Ángel Blanco en España... y tantos y tantos otros desde ciudadanos comunes y corrientes hasta Jesuses, Césares y Lincolns. Pero a mí me seguía doliendo y cada vez más, y más que por Colosio, por su esposa y sus hijos, por la sirvienta, por México, por el México que aún quería yo tanto, y especialmente por mí, por mi situación que era la de todos y por la rabia de casi, otra vez, una vez más, no poder hacer nada; por la casi absoluta incapacidad de actuar en consecuencia; porque me acordé de aquella tarde del primero de octubre del '68, cuando yo tenía doce años y acababa de ver unos días antes cómo los granaderos tronaban a macanazos las cabezas de los estudiantes en las calles del centro de la Ciudad de México, y los pateaban y ellos se defendían como podían entre las nubes de gases lacrimógenos que llegué a sentir en nariz propia porque yo estaba ahí, a veinte metros, protegiéndome tras un auto después de haber salido de la escuela y pensaba para dónde corro, Dios mío, porque por primera vez en mi vida supe lo que era morirse de miedo, y en aquella tarde, yo, sabiendo que al día siguiente la sociedad unida,* por fin, *contra el pinche sistema, se manifestaría en masa en la Plaza de las Tres Culturas, en Tlatelolco, contra los atropellos y los insultos y los bazookazos a las puertas de nuestras escuelas y edificios (nuestra cultura! nuestras tradiciones!) y protestaría también contra los robos y la violencia, y contra la violencia más violenta de todas que es la pobreza impuesta (sin imaginar toda aquella gente, ninguno de nosotros, que la mayor parte moriría o desaparecería para siempre una vez que llegase la noche, aquella, asquerosa, del 2 de octubre), yo,*

38

enardecido de coraje por las circunstancias y sin prever el peligro potencial ni considerar lo que me podría pasar, le dije a mi madre cuando ella lavaba los platos de la comida en nuestra miserable cocina del departamento de Azcapotzalco, que le estaba ya avisando en ese momento que al día siguiente en la tarde no iría yo a mis clases del Conservatorio de Música porque acudiría a la manifestación general del pueblo en Tlatelolco para apoyar a los estudiantes y a los pobres y oprimidos del país, y mi madre roma, simple, contenida, contundente, inconsciente o quizá premonitoria, tomó el trapo de secar y mientras se frotaba las manos, volteó y me dijo:

"Qué manifestación ni que ocho cuartos, tú te quedas en casa mañana todo el día y no me sales para nada, porque la situación está muy mal y seguramente se va a poner muy peligrosa, y a ver si te sacas ya de la cabeza toda esa bola de tonterías y tu afán de componer y de cambiar el mundo, que tú estás en edad de prepararte y estudiar y no de andar de muchacho loco por ahí, de subversivo; eso está bien para los que NO tienen capacidad!perotupuedesllegaraseralguienyhacerlascosascomosedebeno agritosniatrancazos!"

Ahora estoy seguro de que sólo a gritos y a trancazos pueden hacerse algunas cosas en la vida, para realmente conseguir algo.
Los trancazos debí habérselos dado a ella.

En las esquinas superiores de pasillos, salas de espera y entradas, cámaras de televisión ultramodernas de circuito cerrado se mueven, indagan, catalogan, categorizan. Seguro que en este momento lo están viendo; su ropa, sus manos nervudas y nerviosas, su actitud de perro en plaza pública...y alguien, allá adentro, debe estar tomando nota, analizando o riéndose; él sólo sabe que no se siente cómodo ni relajado en ese lugar. Tal vez el mismísimo Takagaki está viéndolo en los monitores y pensando si lo recibe o no.

Será él el dueño de todo esto? –piensa -, no lo creo, no...o chance y sí. Puede que nomás sea el director; sí, porque de la otra forma tendría que haber hecho mucho, mucho pinche dinero en estos años... újule...!

Quizá lo hizo, tal vez curándoles el cáncer de la próstata a los narcos de por aquí; para mí que aquel bigotón del fondo que trae a sus viejos a curar es uno del cártel de Tijuana – sonríe consigo mismo *- ; 'ooora, acá hay muchísimo dinero. Puede que el japonés nomás les preste su nombre, si él ni era tan listo... y esas cámaras... –* sin mover la cabeza, disimuladamente, dirige sus ojos a una y a otra *-, parece que todas estuvieran enfocadas directamente hacia mí...-* se arregla inconscientemente la chamarra, se acomoda el cuello, se sacude las mangas; cuando cursaba el segundo de secundaria, allá por el '69, leía viciosamente "El Tercer Ojo" y los demás libros de Lobsang Rampa, uno tras otro ; algunos de ellos hablaban de la capacidad de ciertos monjes tibetanos para hacerse invisibles controlando la energía del cuerpo, manejando la respiración y las cargas electromagnéticas de atracción-repulsión en los Chakras, los centros de energía *– si hubiese aprendido bien aquello lo podría poner en práctica ahorita mismo y esos pinches güeyes de la seguridad estarían rascándose la cabeza por haberme visto en este lugar hace apenas unos segundos y luego ya no... se fue! desapareció!... Le habrán dado ya mi tarjeta? se acordará de mí? de mi apellido por lo menos? pinche impresión: "Maestro de Música"..."maestrito de música..."y él que en aquel entonces me admiraba, me envidiaba hasta la novia! Qué jodedera, qué pinches cosas...!".*

A lo lejos, desde el fondo del enorme pasillo, se aproximan tres personas. La figura del centro, vieja, es mujer u hombre, él duda; el cabello es muy largo pero viene de traje y se mueve raro; los hombres que la acompañan le toman los brazos como por ayuda o respeto; afecto? Será alguno de ellos Takagaki? , igual y es el otro, de la derecha, el de bigote, y el "raro" del centro, piensa él, es entonces una de esas mujeres que usan trajes como de Coco Chanel. Los cuerpos se aproximan a dónde él espera y a unos veinte metros alcanza ya a ver que la melena del del centro arranca de la mitad de la cabeza para abajo, dejando la parte superior totalmente calva. Un poco después alcanza a distinguirle los ojos rasgados. *"Es él! –* piensa *-, ahí viene ; puta madre! Carajo! Así de acabado me veré yo?!*

CAPITULO III

Tres pláticas   (Septiembre/1997)

-Que te fue a ver, dices?

-Sí, te digo que acaba de salir en este momento...

-...?!

-... de aquí, de la clínica!

-Ahí? en Tijuana? La clínica de allá?

-Que sí! Que sí!, aquí estoy yo, en Tijuana, te estoy hablando desde Tijuana; igual que tú me quedé yo... no daba crédito cuando me pasaron la tarjeta con su nombre, pero luego leí que abajito decía lo de "Maestro de Música" y pensé que a fuerza tenía que ser *él*. Me puse nervioso, no sé por qué, si ya no anda contigo; pero tú sabes cómo es él, tú mejor que nadie... y no sé... pensé que venía a reclamarme algo o a pelear, ya sabes que es medio acelerado... lo que menos quiero son escándalos...

-Y qué te dijo? Qué quería?

-...pensé en llamarte antes de recibirlo, de hecho le pedí a la secretaria que te marcara, pero me dijo que estaba ocupado y ocupado y ocupado y yo creo que después a ella se le olvidó y a mí también...

-Pero qué te dijo? Qué quería?

-Yo qué sé! No me quedó nada en claro, fue todo tan raro...está loquísimo, más que antes...y como amargado... muy raro...

-Pero qué...

-No se si me estaba calando o si sospecha algo o si ya sabe de lo nuestro o si alguien le dijo o yo qué sé, porque no dejaba de repetir: "Se me hizo tan raro que Silvia supiera de ti después de lo mal que se llevaban en la Secundaria..."; "Se me hizo tan curioso que con el único hombre con el que hubiera tenido Silvia contacto después de salir de la Prepa, fueras tú..." "Qué extraño que Silvia supiera dónde encontrarte y no a otros, con los que se llevaba mejor...". Y yo no sabía si me lo estaba diciendo sólo para ver mi reacción o qué...no sabía si hablarle claramente o si tú ya le habías dicho algo, o qué...pero más bien me dio

41

la impresión de que lo decía sólo como algo curioso, como un recurso más para continuar con la plática, que a veces se quedaba suspendida porque yo no le veía sentido ni a su visita ni a sus comentarios; todo era absurdo, sí, me habló de no sé qué nuevas composiciones sinfónicas que estaba haciendo y acabó contándome un episodio rarísimo que tuvo con Claudia Manzano, te acuerdas de ella?: que se enamoró perdidamente de ella después de haber salido de la Prepa, cuando ya ni siquiera la veía; fíjate nada más, enamorarse de alguien después de dos años de que la dejó de ver, yo sup...

-Y de mí qué te dijo?

-...ongo que anda mal...

-Y de mí qué te dijo?

-...o que siempre ha andado mal, de plano, porque me estuvo pregunte y pregunte por gente de la que yo ni me acordaba, por tipos de la Secundaria y de la Prepa que yo sé que él tampoco se llevaba con ellos en ese entonces y hasta los menospreciaba; no sé qué le pasa...o tal vez acostumbra primero odiar a la gente y luego, tú lo sabes bien, le pegan duro el amor y el interés y se obsesiona, pero ya en otro momento, tú me entiendes, como le pasó contigo; como eso que me dijo de Claudia; fíjate, me preguntó por Toledano, te acuerdas? Jorge Toledano! el güerito de tercero; por Cruz Lugo, el que andaba siempre con Garay, con Pepe; te juro que yo en mi vida había vuelto a pensar en ellos; y lo de Claudia, hazme el favor!, me contó que lloraba por ella, así, como lo oyes, lloraba por ella, no en sentido figurado,...lloraba... disculpa, "a lo cabrón, a moco tendido", según él, porque resulta que ahora habla como carretonero, déjame decirte, con puras groserías y maldiciones; tú no me habías dicho eso, que ahora hablaba así! Su mal hablar llega a tales extremos que yo creo que padece esa enfermedad llamada Síndrome de Tourette, que hace que las personas sólo hablen con groserías, malas palabras, juramentos, maldiciones e imprecaciones, tipo verduleros enojados de la Merced. Y tiene un mal aliento... terrible! es una peste lo que le sale de la boca; yo hasta pensé varias veces en ofrecerle que le hacíamos unos análisis y un *check-up* general gratis, que ni se preocupara por el dinero... ve tú a saber qué tenga! Y te digo, es como oír a otra persona, sí, es como ver a otra persona; además está acabadísimo, cuando lo vi a lo lejos esperándome sentado en la sala de recepción iba yo preguntándome mientras me acercaba si así de viejo como yo lo veía a él, él me estaría viendo a mí.

-Y qué más te dijo de Claudia?

-Pues nada, eso, que lloraba por ella y se arrepentía de no haberla cortejado mientras estaban en la Prepa, bueno, él dijo "no haberle llegado, no habérmela entubado ni habérmela cogido", disculpa, cuando Claudia era la flaquita aquella típica niña con lentes a la que nadie le hacía caso; no es que después se pusiera muy bien, pero sí mejoró mucho y aunque seguía con sus lentes se puso – según él – "de un buenazo chingón"; yo me acuerdo sí, que la vi un tiempo después de haber entrado a la Universidad y bueno, sí, la verdad había mejorado mucho, sobre todo de las piernas, y ya no tenía cuerpo de escoba, ya se le veían bastante bien el busto y las caderas...pero tanto así como una bomba sexual no creo que fuera, aunque a él le debe haber hecho mucho efecto porque dice que hasta se masturbaba pensando en ella y se venía una y otra vez de la pura impresión...disculpa...

-Y anduvo con ella?

-Yo no sé para qué te estoy contando esto si esos eran los años en los que más te interesó y te arrastrabas por él, pero bueno, no era para...

-Anduvo con ella?

-No! Eso es lo más curioso del asunto y lo más estúpido; dice que manejaba por toda la Ciudad de México mirando llover o viendo los atardeceres y con la radio prendida en Universal FM para oír canciones de Bread y de Chicago y las que habían estado de moda a principios de los setentas, para así poder acordarse mejor de Claudia y de los poquísimos momentos en los que habló con ella cuando estábamos en la Prepa; qué loco!, no?; ah! ya me acordé, que "se le partía el corazón" cuando en la radio pasaban algún programa de James Taylor, o ponían *Sweet Baby James*, *Fire and Rain* o *Has Conseguido un Amigo*, sí te acuerdas, no? y él, a llorar y a pensar en Claudia todo el tiempo; y que luego se decidió y buscó en el directorio, sí, y la encontró, sí, ahí estaba, antes de "Manzo" y después de "Manzanillo" – te lo cuenta así, con detalles –, y que después de andar meses manejando como tonto pensando en ella y lloriqueando por ella, cuando encontró su dirección se fue a buscarla y a esperar afuera de su casa a que saliera, creo que me dijo que era allá por la Lindavista, por la Iglesia... por el Poli; pero que el día que salió por fin, una tarde que estaba medio lloviznando, salió acompañada de un tipo y se subieron a un auto de esos grandotes, viejos, ella iba con dos brochecitos blancos en el cabello, vestido verde claro y cinturón verde bandera, y ella era quien manejaba – te lo cuenta así, te digo que te lo cuenta con pelos y señales -, y él pensó que era su hermano, de ella, porque era lo que más le *convenía* pensar – también esto último me lo dijo él, sí, fíjate nada más, se volvió loco! -, y los siguió desde lejos y ellos daban vueltas y vueltas y vueltas por ese rumbo y él atrás de ellos, siguiéndolos, como Columbo, te acuerdas?

-Ajá!

-El de la gabardina, el del ojo de vidrio, de la serie de Televisión

-Ajá, sí, sí me acuerdo, ya entendí, y luego qué? Continúa!

-Dice que idéntico, que hasta llevaba una libretita para apuntar todos los detalles, la ropa que vestían, la marca del auto, las placas y hasta unos binoculares llevaba porque estaba empeñado en conocer hasta el último secreto de la Manzano para luego plantársele enfrente y conquistarla...y...

-Y...?

-y hasta le estaba componiendo una canción...

-Y qué pasó después de que los siguió?

-Ah! Sí, que después de andar dando vueltas durante mucho tiempo detuvo el auto en una de las calles de la colonia Tepeyac, ahí por donde estaba el cine Futurama, y él pensó que se iban a bajar al cine, pero se quedaron adentro del auto horas y horas, primero platicando y luego, cuando se estaba haciendo de noche, empezaron a besarse y a acariciarse y a meterse mano y él desde su auto – te lo imaginas? - estacionado unos seis autos atrás y con sus binoculares, vio cómo de pronto desaparecieron las dos cabezas y supo que se habían recostado los dos en el asiento, porque dice que era un auto de esos viejos, bueno, eso ya te dije, un Ford como de finales de los cincuentas, sí, y entonces no supo qué hacer, pero se animó y se bajó del auto y caminó por la acera despacito para ver si era cierto lo que se imaginaba y temía, pero que era lo más probable, y efectivamente, ahí estaba Claudia Manzano con el que lógicamente no era su hermano, ella hincada en el piso del auto besándole, chupándole y lamiéndole entusiasmada al tipo ya sabes dónde... y del puro descontrol y la impresión, él se siguió de largo caminando por la acera sin saber ni qué hacer - y qué iba a hacer? -, y luego, al llegar a la esquina, sí, decidió regresarse para verla de nuevo, aunque le estaba doliendo el alma, y al regreso iba viendo él cómo se meneaba el auto y pensando – lógico - en que vería lo que vio: que ya estaba ella recostada en el asiento a todo lo que daba con las piernas bien abiertas, una inclusive entre el volante y el tablero, y el tipo moviéndose eufórico entre ellas, y tu ex se acercó con curiosidad y repulsión a la vez para observar mejor los detalles que se vislumbraban cada vez menos tras los cristales cada vez más empañados. Dice que lo hizo más que nada para ver si al mirarla retorciéndose bajo el tipo, le hacía clic en algún lugar de su espíritu y se le salía la maldición de haberse enamorado tanto de ella; pero no, los días siguientes siguió llorando y pensando en ella y masturbándose; incluso esa misma noche; dice que una vez que se le pasó la impresión y la tristeza y después de haber manejado tres horas llorando, en silencio, sólo oyendo en la radio otra sesión catártica de nostalgia pesada en la Universal FM con *Una pálida sombra*, *Hazme una flor*, *Beginnings... Something* y canciones así - así te dice! *todos* los nombres! y otras que ni me acuerdo! ésas se me quedaron porque a mí también me gustaban mucho y en esa época que ya ni estábamos en la misma escuela, cada que las oía me acordaba yo también mucho de ti y de aquellos años del final de la secundaria-; ya más calmado, llegó a su casa, puso un L.P. de los Classics IV, hazme favor!-... o de los Union Gap, ya ni sé, dijo tanta cosa...! - luego se metió en el baño, se desnudó, se recostó prácticamente en el piso, abrió la regadera para sentir como que le llovía y se acarició hasta venirse – bueno, él lo dice con sus palabrotas, tú sabes, no? -, se acarició y se sobó toda esa madrugada pensando en la tipa y en cómo la había visto retorcerse dentro de aquel auto.

-Pero *anduvo* alguna vez con ella?

-Jamás!, me dijo que con el tiempo se le pasó la pasión, sí, y después de unos dos o tres meses de andarlos siguiendo y espiando por calles, autos y moteles, se le fue pasando poco a poco......¿Cómo ves a tu ex amante? tu ex amor de "toda" la vida, qué papelitos! No?... Eh?

-Y para decirte esa estupidez fue hasta Tijuana?

-Yo qué sé! Te digo que no entendí nada; habló de otras cosas, pero igual, así, medio absurdas e inconexas; me contó no se qué cosas de un amigo suyo que se murió hace poco, "un cuate", dijo él, y que yo ni conocí, nunca!; me pidió mi opinión sobre no sé qué, hablamos de muchas cosas; me preguntó también por muchos de los compañeros de ese entonces y que si no tenía yo el teléfono de Jorge Toledano porque quería irlo a visitar y saludarlo, y también el de Pedro Galas y el de Miranda y el de...

-Y tú qué hacías?

-Pues qué iba a hacer? buscar en mis agendas y darle los que encontraba para ver si se iba rápido de aquí, porque aparte ya llevaba dos horas repitiendo sus anécdotas, insistiendo y echándome su mal aliento pestilente y yo tenía un millón de cosas que hacer. Al final se subió en un autillo blanco ya viejo que trae ahí todo sucio y se fue como llegó, como alma en pena, como aparición. Me dijo que él te hablaría, sí, en cuanto saliera de aquí, para agradecerte que le hubieras dado mi dirección, porque había pasado unos momentos "fabulosos"(!) al volver a verme y platicar conmigo otra vez; hazme el favor! Me dijo: "Saliendo le voy a hablar a Silvia para agradecerle...", y yo para taparle el ojo al macho y cubrir las apariencias puse mi cara de nostálgico y le pregunté si seguías viviendo en Pachuca, como si no hubiera sabido de ti en mucho tiempo y bueno, pues me dijo que sí y que a ver qué día nos juntábamos todos y punto.

-...?!

-¿Cómo ves? ¿Cómo ves a tu ex, eh? Así que mejor colgamos porque te ha de estar marcando en estos momentos...

-¿Y de veras no le dijiste nada de lo nuestro?...¿Nada?

-Qué le iba yo a decir? Que me estoy acostando con su ex? Con el amor de su vida? Que ya no hallo cómo dejar esta vida ni cómo separarme de mi esposa y que toda esta vida de presión y compromisos en realidad me importa un rábano y quisiera tener el valor para dejar de verte cada quince días únicamente, largarme a vivir a Pachuca para casarme contigo, poner un consultorio de Medicina Alternativa donde se cure a la gente con esa nueva onda de las berenjenas y los betabeles, atenderlo por las mañanas y por las tardes ayudarte a vender tus dichosos calcetines?

Debe ser un virus, como el del SIDA, pero a medio camino entra la realidad virtual y la otra, en un nicho entre "la idea" y "el objeto", el que ha venido a tomar forma como resultado casi metafísico de nuestros procesos mentales enajenados por los procesos de la maquinaria informática. Nos enfrentamos a esa maquinaria de manera inocente, maravillada y tierna; justificada por nuestra seguridad y autosuficiencia de "creadores" de la misma. Aaay! güey...

Pobre gente. Pinche gente...

Es absurdo pero no hay otra pinche explicación para la forma en que las personas más caras a nuestros afectos, y hasta las que no queremos, empiezan a transformarse o simplemente dejan de crecer y de evolucionar para convertirse en seres absolutamente diferentes a aquellos que nosotros quisimos, admiramos o conocimos alguna vez. Como Silvia, como Takagaki. Y lo que es peor, ese cambio no los lleva, desgraciadamente, a ninguna mejoría, muy por el contrario, los asimila a la pinche gran masa de individuos iguales, enfermos, reproducidos mecánicamente en serie. Todo, absolutamente todo, en serie, uniformado: la pinche ropa, los pinches tatuajes, los pinches peinados, los pinches autos, las pinches casas... la música, las actitudes, los gustos... los piercings... la comida! Ay! Tienes que comer lo mismo que el anterior o que el que te sigue en la pinche cola, ni más ni menos: Quiere usted el paquete nº 1, o el nº 2? decide!, y sólo a partir de las once, eh? No más temprano, porque más temprano sólo muffins, eh?... Todo en serie, igualito... los noticieros! Todos con el mismo tipo de conductores colocados de la misma forma y leyendo las mismas pinches noticias del mismo pinche modo! Aaay! Pinches tiempos, que hasta un güey de música popular hizo hace años una pinche canción que dizque siempre vendrán tiempos mejores... ya ni la chinga! Tiempos cada vez más peores, más jodidos y desmadrados es lo que siempre viene!

Manejando reflexivo y sombrío, buscó la salida de Tijuana por calles sucias y polvorientas entre cambios de sentido y señales de obras y reparaciones. En una de ésas pasó frente a la cantina. El hombre que había discutido con los indios estaba ya al volante de un camión Ford 350 dispuesto a encender el motor.

Imaginó a los indios, engatusados, en algún lugar de la caja posterior del camión o en algún compartimiento secreto bajo el chasis, listos para marchar rumbo a la "felicidad" de los Estados Unidos, dispuestos a sudar un buen rato, carnes contra carnes, alientos contra plumas; esperanzas enanas; piernas machacadas; futuro inevitable; así: como los pollos.

Mientras decidía qué carretera tomar volvió a pensar en Raúl Mirado, en Miguel Hernández, en Jorge Toledano...y en Silvia. Marcó su número en Pachuca cuatro o cinco veces pero sonaba ocupado todo el tiempo. Takagaki no salía de su cabeza.

-...como El Caballo Blanco no?

-¿Cómo?

-Como "El Caballo Blanco", digo, sí, como el corrido ese del caballo *que salió un domingo de Guadalajara* y que *iba con la mira de llegar al Norte*...tú así saliste, no? Así venías, con la idea de llegar al Norte; es un decir, hombre, ya ni porque eres músico,"Maestro de Música", eso déjamelo a mí que vivo entre análisis, cánceres, enfermeras, doctores, juntas, reuniones... tú estudiaste música, deberías conocer ese corrido...

-Pero yo estudié música clásica y ...

-Pero ese todo mundo lo conoce, es del dominio público; sólo quien no haya vivido en este mundo, al menos en México, podría no conocerlo. ¿Cómo va a ser que no conozcas eso, si es de lo más conocido de José Alfredo...?

-Pues has de cuenta, esa es la pinche chingadera, que yo llevo años como en otro planeta, encerrado, metiéndome a fondo en el estudio de nuevas estructuras rítmicas y dodecafónicas, cosas que tú ni entiendes, no puedes entender pues tú eres médico, "Doctor en Medicina", y ni vienen al caso, pero el cuelgue está en que aunque a veces leo periódicos y veo la pinche tele, es como estar en otra vida, en otro espacio dentro de este mismo pinche país; yo por ejemplo no te sé de telenovelas ni de futbol ni de nada de eso; ando en mis rollos de conciertos, literatura y ondas así...culturales...intelectuales...

-Y entonces, a qué viene eso de los Huapangoles, sí, o cómo me dijiste?, *Huapangoles*, no?, tiene algo que ver con los goles, no?

-Ah! Pero eso es otra cosa! Es una "concesión" que le hago a la vulgaridad, es nomás un tiro que me aventé para tratar de hacer mis poemas sinfónicos más comerciales, más accesibles al pueblo, trabajándolos conceptual, armónica y acústicamente como el reflejo de la idiosincrasia de nuestro pueblo en una mezcla de sonidos autóctonos y contemporáneos...

-Vámonos!!!

-Por ejemplo: mezclo el clásico compás de seis octavos del huapango con algo de rock sincopado, le meto guitarras eléctricas, estilo Heavy Metal, apoyo la sección de percusión de la orquesta sinfónica con una batería chingona de Jazz y le agrego dos *chirimías*, un *huéhuetl* y tres *teponaztlis*, más toda la dotación de una orquesta sinfónica, un cuate, un pianista con una televisión sobre su piano de cola, prendida en un partido de futbol América-Guadalajara, por supuesto el partido grabado en video; la buena onda es que ese cuate no toca, te das cuenta de lo chingón del asunto? Él sólo está con los pinches brazos cruzados sobre la tapa del piano viendo la tele y cuando hay algún gol o alguna jugada emocionante, él le pega a la tapa del piano, contento o enojado, depende de la jugada, pero con ritmos coincidentes con algunos acentos de la obra en general; buena onda, no? No te late? Tiene algo de aleatorio también.

-Si tu lo dices... mmm, sí...

-Aparte hay una grabadora de carrete abierto que reproduce sonidos de tráfico de automóviles, claxonazos y frenadas de auto; y un coro de noventa hombres y mujeres y gays – porque así lo especifico claramente: treinta hombres, treinta mujeres y treinta gays; gays "hombres" y "mujeres", buena onda, no?-, porque hay que darles su pinche lugar, no?, no como otros compositores, que no ven la realidad! Yo incluso especifico que de los treinta gays, quince deben ser de papel dominante, los que hacen el papel del hombre, y quince "subordinados", o sea, los que llevan el rol de la mujer, porque todas esas situaciones son importantísimas psicológicamente y es fundamental que queden reflejadas en la pinche interpretación, no crees? Y entonces los de ese coro a veces cantan y a veces como una melopea murmuran, platican rítmicamente o gritan echando porras para un equipo o para otro; es genial, te das cuenta?

-Mmmmmmh suena..."interesante", sí...

-N'ombre! En serio, Doctor; además, rítmicamente está estructurada de manera que puedas con un simple cambio de compás pasarla a otros idiomas en otros países con el objeto de venderla mejor en el extranjero; por ejemplo: la pones en compás de dos cuartos, cambias el teponaztli por unas pinches boleadoras y ya la puedes llamar "Tangol" y en vez de gritar América! o Guadalajara! gritas Boca Juniors! o River Plate!; y ya si se la quieres vender a los pinches anglosajones la cambias a cuatro cuartos, le pones unas pinches gaitas, le echas porras al Manchester United o al Liverpool y la llamas "Rock and Gol", te das cuenta?, es bien pinche universal...o si quieres introducirla en España la titulas "Gallegol" y gritas Real Madrid ó Barcelona...

-Eso qué tiene que ver? Los gallegos...

-...o puedes ya de plano cambiarle un poquito más la idea y llamarla "Mangolete" y combinas sus dos pinches pasiones gachupinas, y a la vez que hay ruidos de futbol pones unos videos de corridas de toros y los coros gritan "olé!, olé!"

-Es muy curioso, pero qué cambio has dado! Recuerdas que en la Secundaria, sí, y luego en la Prepa, hablabas con mucha corrección y hasta nos criticabas, sí, a los que usábamos un "léxico bien alvaradeño"- como decías tú?

-Se te hace?; no...yo siento que hablo igual, o chance y es por el placer de verte y de acordarme de cómo hablabas tú, que *tú sí* hablabas de la chingada eh?, andabas en el pinche ácido...o chance y por lo que te decía, que me he vuelto más escéptico y cabrón y cínico...de qué otra forma puedes manejar esta pinche realidad de nuestro país, de nuestra gente?, de qué otra forma sacas la pinche presión y el coraje cuando no tienes güevos o ánimo para hacerlo de a de veras, para hacerlo en serio?, es mi forma de disidencia social, muy mía, muy interna; aunque en el fondo, muy en el fondo, sigo siendo serio, crítico, mesurado, analítico, bien pinche hablado!

-Ah! que la...sí, pero es como te decía, no tienes por qué quejarte tanto, no estamos tan mal, este es un país que da para todos, es un país muy noble, muy rico, con gente muy noble, muy...

-...pendeja, mejor di. Y hablas así porque a ti te va re bien, pero la gente está pobre, amolada y es *pendeja!*

-No, ni lo digas, es gente muy noble; y lo que pasa es que tenemos problemas muy grandes y muy serios, no es tan fácil. Por ejemplo: tú decías hace rato que es increíble el grado de contaminación de la Ciudad de México y la pobreza y las carencias y, para decirlo con tus palabras, que es un "puto desmadre"...

-Ay! sí, mira, "mis palabras"; las tuyas!, ¿Qué no te acuerdas cómo hablabas tú hace treinta años? Tú eras el pelado!

-Cálmate, veinticinco años, no treinta.

-Son treinta, ya son treinta, el noventa y ocho está...

-Pero ni modo que siga yo hablando así y reciba a mis pacientes, por ejemplo, a un viejito de sesenta y tres años que viene a verme con cáncer y le diga: "Oye, hijo, aliviánateme carnal, qué pedo!, qué no ves que si te agüitas vas a acabar agandallándote y te va a cargar la rechingada en tres cabrones meses?"

-Ah! verdad?, já, já, verdad que todavía te acuerdas y muy bien?

-Pues sí, sí, pero ya no es lo mismo.

-Es lo mismo, es lo mismo... -... quieres una pastilla? Son de menta, americanas, sí, están buenísimas!

-No, gracias, esas pinches pastillas me dan ansia, me dan cosa, no sé por qué, nunca me han gustado.

-Bueno, aquí las dejo, sobre mi escritorio por si se te antojan y te animas..., traes algún tipo de problema estomacal?

-¿Por qué lo dices?

-No...,por nada... entonces sí, qué decías?

-Que... ya ni me acuerdo... que es lo mismo, o algo así... y eso que dices de los problemas de la ciudad, tú sabes muy bien que si los gobernantes no se robaran el dinero como se lo chingan, podría resolverse todo, y en chinga!, no es tan complicado, si el dinero lo usas para lo que se supone que es y no te lo robas para construir Cancunes e Ixtapas.

-Es complicado, tú sabes lo difícil que es, sí, por ejemplo, conseguir agua para llevarla a las casas de millones y millones de personas, o recoger la basura diaria de esos millones de gente.

-No, y si como Presidente pones a tus cuates en las diferentes Secretarías y Gubernaturas para transar juntos y mejor, es todavía más difícil; no le des vueltas ni los defiendas, nos tienen jodidos! y no sólo a la Ciudad de México sino a todo el pinche país.

-A ti te falta viajar, para que veas que en todas partes es lo mismo, en todas partes se cuecen habas, como dicen, y pobres hay en todos lados.

En este país todavía se puede vivir, y bien.

-Sí chucha, con lo que les cobras a tus pinches moribundos desahuciados en este pinche hospital de superlux, pues cómo no!, pero dile eso a los indios de Chiapas.

-Ahora ya me saliste revolucionario tardío.

-Cuál "tardío", pinche Takagaki, si la revolución ya está aquí a la vuelta.

-Ningún "a la vuelta", ya ves que los cambios se están haciendo paulatinamente, políticamente. Cuándo te ibas a imaginar a un político de la oposición gobernando, y por elección democrática, el Distrito Federal? Para que veas!

-Para que vea qué? Es pura finta! nomás nos dan atole con el dedo con eso de que poquito a poquito, por medio del voto, vamos a lograrlo; vamos a lograr pura chingada, eso es lo que van a lograr... tú crees que ese Cuauhtémoc Cárdenas...

-Pues yo lo vi en la toma de posesión y se me hace muy centrado, sí, se me hace que va en serio...

-Cuál "centrado"? y lo de "serio" pues nomás la pinche cara; va bogando siempre con sus credenciales de ser hijo... o nieto? del general, yo qué sé! Ahí va, con su cara de estreñido, con su ceño de circunspecto y con su imagen de pinche ídolo tolteca que engaña a tantos pobres pero es lo mismo que los otros, la misma gata pero revolcada y la gente ya no se lo traga todo tan fácil; te digo que el cambio, el verdadero cambio, está a la vuelta...

-A la vuelta de qué? A poco eres de esos que le rezan el "Padre Nuestro" al "Señor Marcos que estás en Internet..."? No me digas que me saliste fan del Subcomandante Marcos...

-Pues fíjate que no, para mí que ese cuate es puro pinche jarabe de pico, ya ves que no concreta nada, ni pinche guerrillero es! ni creo que le importen realmente los indios; mándalo a una isla con su pinche computadora, unos libros de poesía, un par de izquierdistas y unas nenas del Jet Set bien intelectualoides y que le repitan a cada rato qué interesante e inteligente es y se la mamen todo el día y te apuesto que se le olvidan los pobres indios muertos de hambre y te cambia facilito los orines por champagne.

-Y quién no? Tú no?

-No es como aquéllos de nuestros tiempos: Lucio Cabañas, Genaro Vázques Rojas, te acuerdas?, esos sí que iban en serio! o los de más antes: Emiliano Zapata y compañía, esos ni se diga.

-Pues qué, para ti hay que morirse para ir "en serio"? Oye, sí, a propósito, sí sabes que se murieron dos de los nuestros, no?, de nuestra generación, te enteraste, no?

-Para nada, quiénes?-

-Raúl Mirado, de un pasón, y Alfonso Barajas en los Disturbios del '71...

-No mames, en serio?

-En serio, y Mirado no te creas que ayer, ya hace años; y esos son de los que sé, probablemente hay otros...yo por eso ya hasta pagué una buena cantidad y aparté mi lugar para que me congelen en Estados Unidos; lo hacen con hidrógeno líquido. Así ya me despertarán dentro de unos años, cuando sepan curar todas las enfermedades y nos hagan vivir para siempre.

-Pues yo mejor, cuando me toque, que me toque; no quisiera que me congelaran para despertarme cincuenta años después a lo cabrón y encontrarme con la pinche chingadera de que ya somos el estado número cincuenta y tres o cincuenta y cuatro de la Unión Americana, el Distrito Federal ya se llama oficialmente Mecsico City y en los cumpleaños nomás cantan el pinche "Happy Birthday" y ni quien se acuerde de "Las Mañanitas"; yo paso, güey, aunque pues la neta que ya prácticamente así estamos.

-Y dale...!

-Pues sí, mano, es que no se me puede quitar de la cabeza que la regamos, que nuestra generación la regó; sí hubiéramos presionado más, si no nos hubiéramos arrugado...habríamos terminado por ganar nosotros...

-Sí, cómo no!, Más bien habríamos acabado a los trece años con un bazookazo en el ombligo, de parte de algún soldado... estábamos muy chavitos, agarra la onda, los que tenían que haber insistido en el cambio eran los de la generación anterior a la nuestra, los que hicieron esa chingadera de los movimientos del ´68, pero ellos dudaron, se arrugaron, no fueron capaces de seguirle para llegar a algo sólido, y bien que la llevaban, estuvieron a punto de hacer algo chingón a nivel mundial; nosotros, qué?, niños idiotas, habríamos acabado muertos o madreados por algún granadero o enchironados para siempre, sí ,como les pasó a tantos, entre toques eléctricos en los huevos y madrazos mañana tarde y noche y echando sangre, mocos y agua mineral por la nariz; yo, "ni madres!", para decirlo como lo decía yo antes y como ahora lo dices tú.

-Pues sí, Taka, o debo decirte ahora: "Doctor Takagaki"?, pero antes, aunque hablaras así, pensabas diferente a como piensas ahora, no estabas tan pinche echado a perder; y es que los cambios y las aventuras o los haces antes de los treinta y cinco o ya valiste; acabas como tú, de médico de lujo o con un huesote en el PRI, o ya viejito, homenajeado al morir como Heberto Castillo y elevado a la categoría de Santo Revolucionario por aquellos mismos que trataste de remover, carcajeándose de lo lindo de que no les hiciste ni lo que el viento a Juárez... ni pinches cosquillas, mano.

Cómo se le ocurre?! Y él no es grande, no está viejo, es de mi generación... aunque con esa media calva y esa greña por atrás parece un pinche anciano de la serie del Kung-fu... pero con el cerebro atolado, se le reblandeció más de lo que lo tenía... mira que andar con esas ideas... y con esos pinches conceptos! Él, que se supone que es un médico "de primera"!; pero sigue tan pendejo como cuando íbamos en secundaria, o más, porque ya los años deberían haberle abierto el pinche criterio! y no! "Encontrar trabajo, amor y ser feliz..." ándale pues! "Una "niña"..." pinche Takagaki! Es obvio que un hombre es un hombre y que la chamaca esa sabía muy bien lo que hacía. Las mujeres nos llevan siempre de calle. Sea cuál sea la pinche edad que tengan. Mentira que la inocencia...esa tipa tenía diecisiete años! Claro que sabía lo que hacía, y yo creo que desde los trece, si no es que desde los doce u once. O en un descuido y diez, en su caso! Así es ahora, los niños de esta época están a diez mil años de evolución mental de nosotros cuando éramos niños, allá a principios de los 60's; hoy saben todo, ven todo, y los pinches padres ni en cuenta, la mayoría están separados, divorciados o "tremendamente ocupados" y distraídos con sus propios argüendes, con sus cosas... y hoy, sexo por todas partes, en los anuncios monumentales, en la radio, en las pinches revistas, en la televisión, en la red, en Internet. Salir a la calle, ir al trabajo, es penetrar en el mundo de la insinuación, cuál insinuación!? concreción! *Pechos gigantes saltan y te siguen, apuntándote, desde las vallas publicitarias; nalgas portentosas, calzones de los que casi puedes sentir las sinuosidades de su encaje en tus manos; acabas babeando, viniéndote dentro de tu auto, en el metro; te distraes al hablar con tu mujer en el comedor y ver de pronto en la televisión un monumento cachondísimo, mmm... curvas por todos lados, mirada invitadora, calándose sensualmente las pantimedias, mmm... tallándose los muslos lenta, intencionadamente con espuma de jabón, mmmmmm...! una adolescente moviendo el hula-hula con una faldita y unas maneras más propias de table-dance, una mujerona buceando en pelotas (o en vellitos), los Clark Kent y Luisa Lane de ahora: Dean Cain y Teri Hatcher, mucho más preocupados por el sexo; Ay! Dios... te modifican la buena conducta, y el efecto afecta también a los jovencitos que reproducen orgullosos y divertidos esas conductas publicitadas; pero nada de divertido tiene (verdad, Jamín?) el que te acusen, te agobien y condenen. El hecho es que nos pega demasiado duro, nos apabulla, y con mayor razón, con mayor fuerza, porque en nuestros tiempos no era así, no nos acostumbraron, no nos prepararon para un pinche mundo como éste, y después de una adolescencia mojigata, hipócrita y desinformada asistimos maravillados, atónitos, embelesados, como ante la apertura del Mar Rojo Moisés y sus secuaces, al destape y la desinhibición de cauces aun mayores y más cabrones y peligrosos que los que conocimos y llegamos a imaginar: éstos, los del porno suavecito, institucionalizado! pero asistimos desfasados por los pinches años, porque según la sociedad, a nuestra edad, debemos conformarnos con mirar, como el chinito, y no tocar, no participar, aunque todo el entorno haya colaborado a que quieras cogerte ahí mismo, dentro del camión, del autobús, ñuca, ñuca, ñuca, a la primera adolescente que se suba y se siente,* ella misma, *con su puta faldita, su pinche postura provocadora, conscientemente excitante y estudiada y estratégicamente preparada, y te vea enganchadoramente con su pinche coquetería, aprendida desde mucho antes, bebida en todas partes, practicada ya por ella misma en todos los medios y situaciones! (O no, Jamín?). Por todos los lados la pinche publicidad se encarga de excitarnos y*

*cachondearnos con esas ninfetas sexis con shortcitos y miradas lascivas
y posiciones incitantes que nos tratan de vender, con el jarabe del sexo
y las proyecciones subliminales de nuestras pinches tentaciones: el
yoghourt de fresa, las paletitas de chicloso, las sodas heladas y el Corn
Flakes. Y ellas y sus pinches amiguitos se aparean cada vez desde más
chicos y disfrutan los desmadrosos altibajos eróticos modernos con la
impunidad práctica de la edad. Pero si a uno de nosotros, hombres
supuestamente maduros, razonables, pero* hombres *al fin! se nos ocurre
aceptar jugar al tú por tú con las* niñas-mujer *del siglo veintiuno y
meterles la mano donde nos están pidiendo a gritos que se las metamos,
en el agujero negro de su propia provocación sexual entre las
piernas...Dios Santo! Ave María Purísima! Monstruo degenerado!, y
luego el exorcismo social y la vergüenza pública y el juicio legal.
Pinche paroxismo de lo absurdo! Era de falacias; de hipocresías
cabronas; Feria de las Iniquidades. Pee Wee Herman tiene que
llamarse de nuevo Paul Reubens, abandonar su programa infantil y
medrar con el talento a cuestas por las ruinas de su malograda carrera
cinematográfica porque fue sorprendido en un cine de películas
pornográficas, a obscuras, aplacando pendejamente la angustia con la
autocomplacencia. Y qué diablos se suponía que iba a estar haciendo
ahí adentro?!? Rezando? aprendiéndose una declamación? planeando
su futuro? comiéndose un hot-dog?; Hugh Grant tiene que respirar
profundo y disimular el rojo de su cara y pagar la multa y pedir perdón
(a todos, hasta a la noviecita linda, a ti también mi cielo, vida de mi
vida, si es que te he faltado), porque el Gran Hermano no puede
permitir que disfrutes ni adentro de tu auto, aunque la negra te la esté
mamando a un nivel y en una posición en que nadie, o casi nadie,
puede darse cuenta. "Pobres niñas inocentes" de escuela a las que
pretende proteger esa disposición...cada una de ellas sabe mamártela
mejor! Pinche época hipócrita! Michel Jackson vagabundeó
mundialmente en su puto reactor buscando una pista de aterrizaje en
algún país de tolerancia y realidad. Hay que hacer tiempo para
preguntarse por qué el pinche acusador no habló nunca antes, por qué
no se quejó antes de las "actuaciones" constantes y continuadas de
Michael?; y ni hablar, él debe volver y dar la cara y pagarle a su
putísimo delicado adolescente el precio de la supuesta "recuperación*

psicológica". Con quince millones de dólares, con mucho menos!, se olvida uno hasta del lugar en que nació y de las ruedas de la fortuna y del supuesto dolor en el ano!

Y así eternamente. Uno por uno y todos cabronamente en las mismas. En América, en el pinche país cabrón más "moderno" del descuajaringado mundo y líder del pinche desarrollo científico y tecnológico, la nueva versión de Lolita no encontraba distribuidor entre los grandes; Fellatio y Cunnilingus son algo ilegal en varios estados, aunque los practiques dentro de tu pinche casa!; Roman Polanski no ha podido regresar ni a trabajar ahí (aunque su propia y particular Lolita lo haya perdonado) porque las pinches autoridades defensoras de la moral más pinche e hipócrita que el mundo haya conocido siguen velando, veinte años después!, por los "intereses" de una muchacha que en esencia y muy adentro, ahí, en su útero, nunca lo acusó!   Porque sabe muy bien dentro de sí, que ella siempre hizo el amor con él, porque ella quiso!

Y así con todos.

Y así con todas. Las acusaciones sólo llegan cuando se les enfría el clítoris.

Pobre de ti, Jamín - pensó apretando los labios- *y tú, qué esperabas?*

Aun antes de aflojar los labios y tragar con dificultad, ya no se acuerda porque a lo lejos dos tipos regordetes, morenos, uno de ellos con bigote, los dos con fusiles "cuerno de chivo", le hacen señas para que se detenga. Le preguntan a dónde va, de dónde viene, a qué se dedica, de quién es el Shadow, por qué lo lleva tan sucio, qué lleva en la cajuela, bájese, identifíquese, ábrala, hágase para atrás.

Él obedece cordialmente, más le vale. Mientras un tercer hombre se acerca y revisa el auto por debajo, los otros dos continúan hurgando entre ropa, papeles y refrescos y removiendo la llanta de refacción y el gato y las herramientas. Revisan el teléfono celular varias veces, aprietan el *Redial*, apuntan el número. Parece como si le supieran algo o alguien les hubiera dado un pitazo; lo hacen con convicción, con saña.

Extrañado, un poco nervioso ya, él empieza a preguntarse por qué o de qué se trata; ensaya algunos comentarios insípidos para aliviar la tensión, la de los supuestos –o reales- judiciales, la suya propia, la del ambiente. El sol de Mexicali corta el aire sin quemar; el viento es frío. Los dos gordos se incorporan, el tercero –que a él le recuerda a uno del trío Los Panchos de la primera época, el güero Gil?-, asoma la cabeza por debajo del auto, sonríe, se levanta, se sacude los manos y los pantalones y le dice:

-Todo en orden mi cuate, puede usted seguir su camino, y a ver si nos deja un dinerito pa' las cheves –señala a sus compañeros, uno de ellos extiende la mano-, a' i lo que sea su voluntad, al rato el calor va a estar cabrón...

A lo lejos la ciudad va empequeñeciendo. Una fila de maquiladoras – galpones de ladrillo opaco, pintura descascada - va pasando a su derecha. Es difícil estar de acuerdo con Takagaki en la mayoría de las cosas. Aquí, por ejemplo, miles de mujeres maquilan como autómatas, en perfecta sincronización, en una apoteosis de la cadena de montaje de Ford y como perfectas robots (ni los mecanismos japoneses de finales del siglo XX trabajan tan callados y precisos), día tras día, hora tras hora, por la fabulosa cantidad de un par de dólares diarios. Dólares, es lo que importa, pues son los gringos los que pagan y con quienes hay que ir a gastarlos.

¡Qué maravilla de tratado! ¡Qué paradigma de la libertad! El súmmum del comercio! Nuestros pinches tráilers no pueden entrar libremente a los Estados Unidos, pero para ellos, ahora, desde antes y cada vez más, la pinche, nuestra *pinche puta puerta está abierta para que se sirvan con la cuchara grande. Siempre recibiéndolos con las putas piernas bien abiertas, y casi siempre hasta empinados para que nos la deslicen bien y bonito por detrás. Un trato maravilloso ese sueño de Salinas: nosotros aportamos la materia prima a precios de risa y la mano de obra a precios de carcajada y ellos nos regresan todo ya empacado, procesado, en inglés (con subtítulos en español) y con campañas de publicidad maravillosas, etiquetado 'made in México', para que nosotros lo compremos y lo destapemos para la cena de Navidad.*

Eso si todo sale bien; porque si algo no les parece, a'i van de regreso tus fucking *jitomates, no cumplen con las normas; tu salsa trae estafilococos,* amigou, *y no le busques porque te mantenemos el pinche embargo del atún hasta el año 3000 y el tratado de libre comercio te lo completamos ya bien, como se debe, hasta el 3095.*

Y mientras, nosotros: las maquiladoras, los campesinos, los maestros, los empleados de McDonald's en Campeche y de la General Motors en Polanco, seguimos como todos los mexicanos: como millones de células de un mismo cuerpo, perfectamente unidos (siquiera en algo) en el sopor de siesta del mítico indígena milenario sentado en la calle, cruzado de brazos sobre sus rodillas dobladas, en el suelo de la esquina de Juárez y Morelos de cualquier San Martín De Los Magueyes, la cabeza inclinada oculta y, coronándola, el eterno sombrero de alta copa y ancha ala, ese que en el vértice lleva la banderita del club de futbol de mi linda... ay ayay! mi linda Guadalajara!

Recordó que Pedro Galas, el que después sería escultor, le ofrecía seguido de la marihuana que llevaba en su morral, cuando los dos tenían quince años e iban en tercero de Secundaria. Se le acercaba antes de entrar a clases y le decía: "Órale, anímate hombre, vas a sentir superefectivo, el puro relax... la neta, buena onda, y no causa adicción, en serio, no te envicias, nomás le chupas fuerte, aprietas las mandíbulas, aguantas chido la respiración, cierras los ojos y te dejas ir", y se reía...

Pero él, como Fernando Bravo, como Cruz Lugo, como Toledano, como muchos otros todavía en aquel entonces, no le entraba a nada, ni a los cigarros. Otros sí: Garay era bien moto; Hernández y su novia bien pastillos, bien pastas esos dos; Raúl Mirado bien hongo, viajaba cada quince días a Oaxaca y lo sabías porque muchos lunes lo veías llegar con su morral bien lleno, la mirada plácida, la sonrisa beatífica y *"Las Enseñanzas de Don Juan"* de Castaneda, acabado de publicar, bajo el brazo. Pero a pesar de todo eran pocos, no la mayoría, y tampoco –al menos en esa prepa- veías cocaína ni heroína y por supuesto, el crack, el polvo de ángel, la tacha, las metanfetaminas, el cristal, estaban lejos.

A él, específicamente a *él*, nada de eso le había llamado la atención, ni siquiera había probado. Decía que respetaba demasiado esas cosas como para andarlas tocando; pero más que respeto era precaución o puro miedo porque nada lo aterrorizaba más que la idea de terminar siendo un vicioso perdido, como su padre alcohólico. Pero eso era entonces, tiempo atrás; de adolescente. Desde los treinta y cinco había empezado a tomar cada vez más; un poco como desafío y otro poco como escape. Pensaba que estaba bien mientras no se cayese de borracho. Lo que piensan todos.

Era absurdo que esos judiciales creyeran que pudo haber traído droga en el auto, o en la bolsa o en la boca. Era absurdo que estuvieran fregando a gente como él y quitándole el tiempo en el camino mientras los capos vagaban libremente por otros lugares, divirtiéndose, viviendo, llevando a curar a sus papás a los mejores hospitales, así, como si nada. *"Estos pinches güeyes, imbéciles, no buscan donde deben buscar, no están donde deben estar-* vio el retén que estaba a unos metros pero del otro lado de la carretera-, *o tal vez de* eso *se trata"*.

Por fin alguien contestó en Monterrey. No era Fernando Bravo, sino una señora con voz decrépita y cansada. Primero pensó que sería la madre de Fernando, pero inmediatamente intuyó que bien podría ser la esposa, *"porque si nos vemos así de acabados, así hemos de sonar"*.
Efectivamente, la esposa lo comunicó y Fernando Bravo tardó unos segundos en reconocer a su interlocutor y en reconstruir la imagen en la memoria, pero acabó por armar el rompecabezas juntando las piezas de las diferentes ocasiones –no muchas- en que había hablado con él en la Preparatoria. Fernando trató de ser amable y más cordial de lo que le apetecía, para salir rápidamente del paso. No entendía muy bien por qué trataba de hacerse el simpático ése, que ahora era ya, en resumidas cuentas, todo un extraño.

Y querer saber el número de Jorge Toledano...tal vez para pedirle trabajo, la situación estaba muy mal en todos lados y probablemente ya se había enterado de lo bien que le había ido a Jorge en los últimos años; pero mira que es tener desfachatez, este 'uerco nunca una llamada, nunca se presentó en las reuniones de generación, y ahora muy campante qué tal Fernando, y cómo estás Fernando, y ya te casaste Fernando? y... qué carajos!, él no estaba ahí para juzgar ni prejuzgar algo que en realidad ni le importaba, sino para darle a ese tipo, cuya voz le llegaba desde las interferencias del celular y la carretera con la misma imprecisión y nebulosidad con que le surgía el recuerdo de su imagen desde las profundidades del pasado, el número de teléfono que le estaba solicitando, colgar después el auricular y seguir cogiendo sabroso con su mujer.

Para terminar, se le ocurrió preguntarle cómo había conseguido su número y recibió del músico, a cambio, un breve resumen de su visita al Doctor Takagaki; Fernando Bravo no resistió el morbo:

-Sí sabes que se está muriendo, verdad? –le preguntó, mientras la esposa le chupaba el pezón izquierdo para mantenerlo caliente, motivado.

-Quién?!

-Takagaki! hombre, no te dijo nada? No le notaste nada ahora que lo viste? –se regodeó dosificando la información como si fuera un maestro esotérico-, pero si es bien evidente, se le nota a leguas...pos cómo de que no?!

-Bueno, como yo no lo había visto en mucho pinche tiempo...además, no me dijo absolutamente nada de eso en la plática, ni remotamente...

-A lo mejor – Fernando presumió de su cercanía emotiva con el ahora eminente médico- porque no te tiene la suficiente confianza, 'uerco -casi se cayó cuando jaló a la mujer para que no terminara de levantarse, ya fría, aburrida y fastidiada, de la cama. El otro oyó risitas, no supo si era en serio lo de Takagaki. Intentó contemporizar:

-Oye, que pinche mala onda...aunque sí, pensándolo bien ahora, lo vi muy pinche pálido, muy pinche demacrado, y esa calva... me impresionó; pero con toda esa tecnología y de director de ese hospital, nunca pensé que se estuviera muriendo de cáncer; además...

-No se está muriendo de cáncer, 'uerco;...se está muriendo de sida.

CAPITULO IV

Mata a un chilango   (Septiembre/1997)

El automóvil sube trabajosamente por la ladera occidental de la Sierra. A pesar de ser un buen vehículo y haber sido comprado nuevecito, lleva ya más de nueve años de servicio; idas y venidas entre la Ciudad de México, Cuernavaca y Temixco. Cada fin de semana un poco más de lo mismo. Visitas a Jojutla, a Yautepec, a Tepoztlán. Pueblear manejando, oyendo música, pensando…

Comentaba siempre a sus alumnos, cuando lo sacaban de quicio al tocar con una zafiedad insoslayable la dichosa "Para Elisa", que mejor, en vez de maestro, debía haber sido taxista, camionero, trailero, chofer de línea, de autobús, de camión escolar, de combi, de pesera, de minibús, de lo que fuera, con tal de no estar oyendo esos atentados al buen sentido musical que cometían Juanito, Pedrito, Nelly, Maribel, Ivonne, el Doctor López, la señora Ferreiro, la señora Gómez y compañía, todos. "Para Elisa", Para Elisa, *Paraliza* el buen gusto, la voluntad, la intención.

En esas tardes de lluvia torrencial, vientos que sacudían árboles, truenos que destrozaban tímpanos y achicaban el ánimo, y arroyos como riadas que recorrían múltiples las empedradas calles de Cuernavaca, se recargaba en el marco de las puertas de las salas y los estudios mirando al exterior mientras dejaba que sonaran a su espalda, en otro mundo, en otra dimensión, ya sin oírlas, las torpes ejecuciones de los arpegios de la "Balada Para Adelina" de Richard Clayderman, que sus alumnos insistían en montar y repetir hasta el cansancio. *Él*, en medio de ese desconsuelo, se imaginaba en otro espacio, en otro oficio, en otros charcos de la misma lluvia, entre calles y avenidas de plantas verdísimas, manejando, observando, recordando y viendo de lejos los árboles gigantes al ritmo del golpeteo de las gotas tibias del diluvio

63

veraniego. No como en esos precisos momentos en que se sentía igual que ellos: grande, torpe, casi inmóvil, fijo en el subsuelo con raíces más sólidas que el hierro y anclado a la imposibilidad de la expresión total de sus propias emociones. Después, en el silencio musical de las alumnas, en la pausa dudosa del piano, en el vacío, reaccionaba, las volteaba a ver, movía la cabeza negativamente, cerraba la puerta del estudio, le echaba lleve y avanzaba lentamente hacia ellas desabrochándose la bragueta y sacando el miembro ya tenso, rígido, exponiéndoselo en toda su soledad, para que ellas abrieran la boca y lo recibieran y lo besaran y lo acariciaran chupeteándoselo con la emoción y la ternura de su edad.

Y así una y otra vez para después llevarlas al piso, recostarlas en el sofá, o sentarlas encima de él –a horcajadas- mientras él sentado en el piano les metía el ñacañán, lo removía y se lo empujaba hasta bien adentro, rítmicamente, al compás de su propia interpretación, pues se ponía a tocar el piano mientras se lo hacía para que, afuera, las familias –si estaban-, creyeran que la clase continuaba; y él pasaba sus dedos por las teclas y a veces ejecutaba partes de las melodías o del acompañamiento con una sola mano para con la otra acariciar las espaldas, la nalgas bajo las faldas, hasta el mismo sexo de las alumnas aceleradas encantadas, al tiempo que ellas, desfogadas, urgentes, contenían difícilmente los gemidos de placer a veces hasta en su desesperación poniéndose dentro de la boca como mordaza la felpa de protección del teclado del piano y viviendo la mejor *Toccata* de sus vidas le calmaban a él a su vez el desasosiego y la angustia de no saber qué hacer en esta vida, ni por dónde empezar.

Las altas cumbres y las curvas del camino le dan tiempo ahora para pensar en todos los fallos y malos entendidos. Empieza a sentir que podrá algún día dejar todo aquello atrás como ha dejado Sahuaripa y Bocoyna unos días antes…

Tenía que encontrar a Jorge Toledano, más, después de lo que Fernando Bravo le dijera sobre la enfermedad terminal de Takagaki. La impresión lo llevaba a manejar casi ausente del entorno, aislado del presente por ese colchón de niebla que iba atravesando como quien se internase en una esfera de fibra de vidrio.

El frío de Chihuahua a esas alturas de la sierra era inaguantable.

Era un mundo aun menos "terrestre" que aquél de La Rumorosa que lo había impresionado en Baja California, aun más acartonado y fantástico que aquél; éste era un mundo sin reflejos donde el sol, que aparecía rara vez y gris también entre las nubes, no servía para maldita la cosa; pero cada kilómetro era una nueva posibilidad de pensar, de recordar, de perderse, de congelarse, de despeñarse. Si por lo menos Kelly fuera acompañándolo…

Sintió ganas de llamarla a su casa, sólo para oír su voz, para comprobar si en esa voz había ansiedad, preocupación, nostalgia; para ver si contestaría rápidamente por haber estado junto al teléfono esperando la llamada de *él*, deseando tener noticias de *él*, queriendo saber por qué él, su maestro de música, de piano, a domicilio, pantalones deslavados, cabello largo y ceño adusto se había perdido sin dejar rastro y no aparecía por ningún lado y no llegaba a corregirle las manos y enderezarle el tórax.

El teléfono celular estaba fuera del área de servicio.

"No service".

Lógico.

Aquí ni la esperanza llega.

En otra de las curvas, grande, hiperbólica, lo acompañó Silvia, la eterna Silvia.

En otra, más adelante, Pilar.

En otra, medio kilómetro después… Xóchitl.

Las Tres Gracias de nuestra propia mitología de Secundaria. Nuestras "Supremes" latinas. Nuestros Ángeles de Charlie. Las Tres Marías de Nuestra Libertad. Nuestras Tres Garantías.

Silvia no iba al caso; primero fue despreciada, luego inalcanzable… después irrecuperable.

Xóchitl fue amable, siempre amable, atenta; como cuando le preguntaba a él caminando por el Zócalo –para hacer más larga la despedida- rumbo a la estación Pino Suárez del metro, que sí le cargaba los libros, en un despliegue de adolescente liberación femenina de finales de los sesenta.

Pilar, *Pili* para los cuates, para los grandulones de quinto y sexto de prepa que vivían enajenados con ella y a los únicos a los que la secundariana morena de ojos verdes se dignaba mirar, para desconsuelo de sus pobres compañeros de clase -de clase, pero nunca de deslices-, era el Más Allá, harina de otro costal, pues.

Qué habrá sido de ella? ¿Habrán respetado los años —como suelen hacerlo con algunas magas- la dignidad de su paso, su andar de modelo, la sonrisa segura, franca de sus ojos, el brillo en la carne de sus labios? Seguirá distrayendo a los hombres sin notarlos? Acosándolos sin mirarlos? Destrozándonos sin sentirnos?

El viento frió le llegó a los huesos. Vio los despeñaderos, el Espinazo del Diablo, la niebla e intermitentemente (entre las nubes enamoradas de la cumbre, pegadas a las rocas, chiclosas) las apariciones y desapariciones —como en un guiñol dejado de la mano de Dios- de los indios tarahumaras.

Los vio correr, beber mucho sotol, mucha cerveza, consolarse, subir y bajar con sus crías por pendientes y barrancos; mirar a lo lejos con sus ojos saltones asomados entre la lana y la manta de sus trajes opacos; vio los remedos de huaraches y las especies de zapatos que cubrían deficientemente los empeines y los dedos ateridos por el frío, gangrenados.

Vio esos ojos disparados mirándolo con inquietud cuando su auto se acercaba. Un niño como de seis años corrió hacia el límite de la carretera y le extendió unas víboras desolladas con el ánimo de venderle una, dos, las cuatro si se pudiera. Treinta metros después dos indias aguardaban junto a una roca protegiéndose del viento. Cuando el auto se acercó, una de ellas corrió con su chilpayate a cuestas, se plantó casi en medio de la carretera y extendió la mano pidiéndole dinero. Él vio hacia arriba porque algo se movió. Alcanzó a distinguir un grupo de indios – cabello ralo, mirada despiadada- en lo que parecía la entrada de una cueva. Sorprendido, confundido y temeroso siguió adelante. Poco después se arrepintió y pensó en regresar y comprarle al niño todas sus culebras, darle todo su dinero a la rarámuri, dejarles por los menos la chamarra, unos refrescos, pero le ganó la duda. De dejar podría dejarles hasta el teléfono móvil, el auto, los billetes... Pero a dónde iban a hablar? cómo iban a hablar? qué iban a hacer con el auto? qué iban a comprar en medio de la nada? la ayuda que necesitaban era otra, más compleja y a la vez más simple. Se mojó los labios resecos, en los bordes el frío había empezado a arrugarlos; se alzó el cuello de la chamarra, la gasolina se terminaba.

Abajo, en un pequeño valle, el dependiente de la gasolinera le habló del mal tiempo, del insoportable frío, y cuando él le dijo algo de los pobres indios que había visto en las montañas, desesperados, el dependiente le contestó: "¡Újule!... pos han de ser los fantasmas de los que se murieron, porque a'i ni hay indios, o tal vez estaban migrando... y eso no es nada 'iñor, ya se han muerto como setenta allá por Ciudá' Juárez, que ni las violadas, a'i se las van dando, pero estos con las tormentas y la nieve de los últimos días; eso dijeron anoche en la tele con Sabludosqui, aunque pa' mi que han sido muchos más...

Cuando recordase, meses después, en otras carreteras, fragmentos de su aventura, sentiría su paso por Chihuahua como un mal viaje, como debieron haber sido las experiencias que Hernández le contaba tempranito, antes de entrar a clase de siete, cuando el día anterior había ingerido una dosis mayor que las de costumbre. Recordaría muy confusa y vagamente su paso por Meoqui, Delicias, Camargo, Gómez Palacio..., y hasta su llegada a Torreón le quedaría en la memoria como una borrosa aglomeración de hoteles de paso, restaurantes, puestos de tacos y moteles de mala muerte a la orilla del camino.

Pensaría que tal vez habría andado muy cansado o que algún mecanismo psicológico de defensa le había bloqueado la insistencia en seguir pensando en aquellos desesperados seris y tarahumaras de aquella mañana que había empezado con Kelly y había terminado acabando con todo.

Y yo que pensé que en la Ciudad de México estaban bien jodidos... ya en plan de pedir limosna. Más vale en medio del pinche Paseo de la Reforma que en medio de un infierno errático de hielo.

Entrar a la ciudad de Monterrey por el lado de Saltillo cualquier día de verano, resulta una experiencia alucinante, de pesadilla. La vegetación casi inexistente y los montes con líneas de estratos de rocas recortadas de manera artificial, se suman a los cuarenta grados que a menudo inflaman los termómetros y a la bruma pegajosa de vapores industriales que te cuecen la piel, para enmarcar una experiencia insólita, sobrecogedora, inhóspita e increíble. Como un oasis industrial de fierro y láminas que en vez de devolverte el ánimo después que has manejado trescientos kilómetros sin recargar gasolina, termina por aniquilarte. Váyase de aquí, *go home*, esto no es para usted, solo para los extraterrestres que la habitan.

Esa entrada entre montañas aplanadas, calles polvorientas desarboladas, fábricas y bodegas descoloridas, ruidos y claxonazos de óxido, te encoge y distrae hasta que el chirriar de las llantas de los autos en el característico pavimento de las calles de la ciudad, chirriar escalofriante, amedrentador, te devuelve a la realidad más apabullante, sorprendente de cómo un puñado de hombres entusiastas y trabajadores pudieron levantar aquí esta Babel multimillonaria, donde sólo había desierto, piedras y nopales y nada podía haber hecho suponer a nadie, ni al mejor profeta mormón, que era posible transformar eso en un centro generador incansable de millones y millones de dólares.

Cuando su auto dobló la esquina de Constitución y Madero y las llantas rechinaron por enésima vez, hacía rato ya que el paisaje citadino había cambiado contrastando tremendamente con la ranciedad y aridez de la entrada; mostraba ahora los modernos edificios de arquitectura cosmopolita, los mensajes publicitarios electrónicos del montón de vallas de anuncios monumentales del capitalismo avanzado y los espacios abiertos de la explanada de la Macroplaza, magnificación norteña de la Plaza de las Tres Culturas de la capital de la República. Tenía años de no ir a Monterrey y las novedades y los contrastes lo sobrecogieron.

No vio el rojo.

Mientras él pensaba *"carajo!"*, el agente de tránsito ya estaba preparando el block de infracciones y poniéndose enfrente del auto para detenerlo con actitud temeraria.

En lo que buscaba su licencia y tarjeta de circulación pensó que el agente debía estar asándose con ese uniforme.

Ensayó mentalmente y con rapidez los guiones exitosos de otras ocasiones. Cuando el agente empezó a hablar le pareció intransigente, pero en seguida comprendió que no era más que parte de su papel de autoridad:

-Va usted a tener que acompañarme, porque no le puedo levantar una infracción, su auto tiene placas de otro estado, así que le voy a recoger la licencia y...

Él empezó a buscarse en los pantalones, y luego buscó en la chamarra y abajo del cenicero algún billete, pero ya sin oír conscientemente la voz del agente que le sonaba como lejana letanía maquinal.

Comprendiendo que el conductor ya no lo estaba escuchando pero había entendido el punto, el agente comentó:

-Entonces, cómo le hacemos, mi señor?

-Pues usted dígame

-No, pues dígame usted... yo nomás le aviso que para liberar la licencia y la infracción tendría usted que pagar mil quinientos pesos.

No le hicieron ninguna gracia ni la cantidad de la multa, ni la desfachatez del agente, ni los treinta y nueve grados a la sombra de ese mediodía regiomontano y decidió ofrecer la "mordida" directa, como iba, aunque sin los palabrones y groserías que más que nunca se le estaban ocurriendo:

-Pues mejor dígame usted, oficial, lo que pasa es que yo la verdad ando ya sin feria, fíjese, llevo ya tres días sin teléfono porque ya no tengo ni para comprarle otra tarjeta para recargarlo y la traigo larga, imagínese, desde Chihuahua!

-¿Qué paso? Qué paso, mi señor? sin albures, cómo es eso de que "la traigo larga"?- sonrió el agente acortando las distancias y ya seguro de lograr la gratificación-, que le parece un quinientón? Pos está bien, no? Ahí que quede en la tercera parte de lo que le costaría si me lo llevo al corralón. Se ahorra usted una milanesa (el agente trataba de usar términos chilangos, para ponerse un poco a la altura del auto con placas del centro del país).

-Pero le estoy diciendo que no traigo lana, jefe.

-Pero trae tarjeta, ahí le vi la tarjeta Banamex 'horita que andaba buscando la licencia; mire, lo acompaño a un cajero automático, saca usted los quinientos, o hasta un poco más pa' que le quede pa' su comida; me los da y allí acaba su problema y se evita usted hasta andar yendo a la delegación y una bola de trámites; ándele, mire, aquí hay un banco en seguidita del Marriot, aquí a la vuelta –señaló hacia su motocicleta y se enderezó poniéndose los lentes oscuros-, véngase atrás de mí, yo lo escolto.

El edificio de veinticinco pisos, ventanas como espejos y detalles de estilo colonial mexicano en auténtico mármol de Carrara, destacaba aun más por el tamaño de las casas que lo rodeaban, bajitas, achaparradas.

Entrar en él, subir hasta las oficinas de la Presidencia de la Corporación por uno de los magníficos elevadores exteriores y regresar a la calle por la puerta de entrada de la planta baja, le llevó exactamente cuatro minutos con treinta y dos segundos. Cualquier observador ajeno y desinteresado que hubiera estado en algún punto de la calle viendo hacia la entrada del edificio del Tol Industries, habría tenido la sensación de que acababa de ver una edición cinematográfica como las de alguna película de Buster Keaton o Jerry Lewis donde el protagonista entra a algún lugar y al instante siguiente sale por la misma puerta, cambiado de ropas. A él –en las alturas de la planta veinticinco, discutiendo con la Secretaria Ejecutiva Trilingüe Adscrita a la Presidencia, graduada en Administración con honores en el TEC de Monterrey y con postgrados en Harvard y Nuevo México, sintiendo en camisa propia las miradas curiosas de los elegantes ejecutivos y viendo al fondo y abajo, por encima del hombro de la pedante mujer, la ciudad del cabrito y la redoba-, el lapso de tiempo que estuvo adentro le pareció una eternidad, agravado por la cerrazón e intransigencia de la tipa que nunca pudo entender que el fulano parado enfrente de ella con tenis, pantalones arrugados y camisa sudada, no era ningún vendedor ni iba a pedirle dinero prestado al Señor Toledano, por mucho que lo pareciera.

Soportó el típico interrogatorio empresarial –de donde viene?, de qué empresa?, sobre qué asunto?- de manera estoica y, para sus pulgas, condescendiente. Pero ni la paciencia ni la educación aflojaron a la mujer que se mantuvo en sus cuatro –literalmente-, como perra guardiana, corrigiendo unas notas en un cuaderno sin voltear a ver ni siquiera al visitante, cogiéndose los lentes constantemente y reacomodándoselos, repitiendo de dónde dice que viene?, de qué empresa me dijo?, sobre qué asunto dice que es?; y sólo accedió a decirle que su estimado ex compañero, el ahora riquísimo potentado industrial C.P. Sr. Don Jorge Toledano se encontraba en viaje de negocios por Estados Unidos y no regresaría hasta quién sabe cuándo y además, si quería verlo, debería hacer cita previa con, como mínimo, dos meses, de anticipación, pues el señor era una persona sumamente ocupada y tenía una agenda muy apretada.

Mientras cruzaba la puerta del edificio hacia la calle pensó:

-Qué necesidad tengo yo de andar en estas pinches cosas...?

Pero la verdad era que sí tenía.

De los antiguos compañeros de Secundaria que habían continuado la Preparatoria con él, era quizá Jorge Toledano el más reservado, serio y callado. En cierta forma, gris. Con nada en sus maneras que hiciera suponer que al paso de los años llegaría a convertirse en todo un magnate líder en el campo del acero y posteriormente en el de los semiconductores; pero a decir verdad, a los quince o dieciséis años no puede decirse mucho, con certeza absoluta, absolutamente de nadie.

En aquella época el mismo padre de Jorge no había alcanzado las alturas de enriquecimiento y poder a las que después llego.

Platicaron pocas veces en aquellos años de escuela, pero compartían el gusto por las muchachas y ya desde la segunda vez en que fortuitamente habían quedado sentados uno junto al otro esperando al maestro de Biología que nunca llegó, la plática había tomado derroteros estéticos y sexuales, y al contestarle Jorge Toledano que no tenía novia porque ninguna de las jóvenes del grupo le gustaba realmente, habían empezado a comentar los atributos de cada una mientras ellas platicaban distraídas en la esquina del fondo del salón. Fue ahí cuando inauguraron el sistema de evaluación estética femenina que comentarían riéndose en ocasiones posteriores y que usarían y recordarían cada vez que se volviesen a encontrar.

El sistema les era simpático y se basaba en el recién modificado sistema de calificación de los exámenes en la Iniciación Universitaria de la Preparatoria 2: NA (de "no acreditada") para los reprobados, debajo de 6; S (de "suficiente") para los que hubiesen sacado el equivalente a un 6 ó 7 de calificación; B ("bien") para los de 8 ó 9 y MB ("muy bien") para los supuestos dieces de calificación. Para ellos, las abreviaturas significaban: "No Acostarse", "Sosa", "Buena" y "Muy Buena", aunque en aquellos tiempos de quema de *brassieres* y protestas contra concursos de belleza, que las mujeres mexicanas tercermundistas recibían como un acicate para su propia liberación, ése su sistema privado de evaluación empezaba a resultar ya –como Silvia le comentó cuando él a su vez le confesó qué tanto se secreteaba con Jorge, el "memo" ése-, denigrante y ofensivo para la mujer y una típica muestra de la vanidad y autosuficiencia engañosas, primitivas, egoístas y decadentes del macho mexicano, he dicho. Y de ahí ni quien la parara porque agarraba vuelo y empezaba con sus peroratas sobre el complejo de Edipo y que si el mexicano y su mamá y que si Octavio Paz decía y que si pues claro, el único "MB" perfecto para ustedes ha de ser su mamita y no sé cuántas cosas más, hasta que se enojaba y se daba la media vuelta y se iba.

Buena gente la Silvia ésa, y además muy talentosa; te hablaba de McLuhan a los catorce años y a los quince, mientras los demás esperábamos el examen de Civismo leyendo a última hora el montón de páginas olvidadas, ella llegaba sólida, tranquila y serena con *El Hombre Unidimensional* de Herbert Marcuse en la mano y comentándote lo que opinaba de esos conceptos, mientras tú lo único que querías decirle era cállate, cállate, que me desconcentras (como decía el infumable Kiko de El Chavo del ocho) y acababas por grítarselo porque parecía que lo hacía a propósito, pero no como lo habría hecho Takagaki, para llamar la atención y alardear de sus conocimientos, no, sólo porque ella era así, y para ella, eso era lo normal, lo natural.

Lo dicho, a los quince no se sabe ni qué onda. Ella ahora vegeta a su modo en Pachuca con sus cuatro hijas y el marido ausente engañador y engañado, con el que se vino a casar hasta a los treinta y cinco años; es la amante del tipo al que más odiaba en la secundaria, y hace sus pedidos en las ferias y exposiciones de ropa infantil para poder seguir vendiendo cada día más modelitos de calcetas, calcetines y tobilleras para niños, estampados –o bordados- con la Sirenita, Hércules, El Pato Donald y el demonio de Tasmania.

Quizá él debió haber sabido valorarla a tiempo, para que las vidas de los dos no se deterioraran ni degenerasen tanto, ni tan temprano.

La mente y el carácter de ella fueron mucho más bellos que su cuerpo. El promedio que le asignaron entre los dos, después de que Jorge Toledano hizo su primera evaluación de la novia del amigo, no fue muy decoroso que digamos porque en sus calificaciones sólo consideraron las características físicas.

Mejor paradas salieron: Chepina, "B" en piernas, "MB" en nalgas y "B" en estatura; Xochitl con "B" en piernas, "MB" en cintura y "MB" en busto, que se les figuraba el de Fanny Cano, y por supuesto, Pilar, con "MB" de promedio general!... a la que incluso le calificaban el monte de venus pues se le saltaba mucho ahí cuando llevaba sus pantalones pegados de mezclilla, y quien se les figuraba una combinación de Raquel Welch, Ann Margret y los ojos verdes más vivos y seductores que hubiesen visto sus cortas vidas, fuese en vivo, en revistas, en cine o televisión.

Le cuesta trabajo encajar la imagen de aquel Toledano en este nuevo mundo de empresarios, industriales y mecenas, junto a míticos apellidos como Sada, Garza Sada y Garza Lagüera. Todo un mundo de millones de dólares, gigantescas cuentas bancarias en Estados Unidos, Las Bahamas, Suiza... competencias, líos, envidias y conflictos familiares como los de aquella serie de televisión que le gustaba ver a principios de los ochenta, donde J.R. hacia de las suyas.

Mueve la cabeza imperceptiblemente hacia el lado derecho y la devuelve a su lugar mientras ubica al que nunca pudo realmente considerar su amigo, frente a ese nuevo telón de fondo parecido a una escenografía de "Dallas" del "*south of the border*".

A cuántos de sus colegas dueños de empresas les estaría haciendo la vida de cuadritos Jorge Toledano? Con cuántas de sus mujeres se acostaría? Habría cambiado ya su manera de ser dando rienda suelta a sus instintos? o seguiría igual de callado que veintisiete años atrás dándoles a las mujeres de su nuevo mundo calificaciones similares a las de entonces? Mejores, probablemente.

Ya metido de lleno en el recuerdo, manejando entre calles

73

polvosas de otros barrios de Monterrey, mucho menos afortunados, retoca la imagen de su amigo, en la memoria, con los probables atributos de la edad y la posición: un bigote poblado, un cuerpo fornido con abdomen prominente enfundado en un traje Armani, el pelo medio rubio empezando a encanecer –no mucho, porque seguramente la buena vida, las langostas y los Rolls-Royce y Lamborghinis acaban menos que las clases particulares de música-, más atractivo que en la adolescencia, bien conservado; y lo sumerge en un mundo de eventos sociales, cocteles, vacaciones en Vail, en las Islas Seychelles y en Europa, viajes en aviones particulares, inauguraciones de plantas industriales, de edificios, instituciones de caridad y exposiciones pictóricas y mujeres de mundo encantadoras. Se pregunta cuántas Victoria Principal, cuántas Farrah Fawcet (en su mejor momento) habitarán en el mundo íntimo de la particular serie no televisada de la vida real de Jorge Toledano y se tropieza de golpe con las noches en que sentados en su departamento casi sin muebles, sin dinero ni para ir a una discoteque decente, Silvia y él miraban abrazados las series americanas de televisión dobladas al español que transmitían por Canal 5 de Televisa.

Era la época de la locura musical infantil en México, donde los niños del Parchís español y los puertorriqueños de Menudo desbancaban en las listas de popularidad de América Latina a artistas americanos de mayor renombre aunque de no muy superior talento. La época en que Thelma Tixou, la Princesa Lea con sus rubiazos baños de champaña y Lina Montes con sus "de nanquiu!" y su traserote inconmensurable estallándole sobre las botas y brotándonos por las pantallas de nuestras teles hasta cachetearnos la incredulidad nos dejaban sin aliento. Poco después Lorenzo Antonio, Juanito Farías y Lolita Cortés llenarían los espacios de "Siempre en Domingo", se juntarían para grabar un disco –todavía de los L.P. de treinta y tres revoluciones por minuto, negros, de acetato, de vinilo- y venderían de ése más de un millón de copias en un país donde llegar a las quinientas mil era ya una proeza gigantesca.

Pero él y Silvia preferían las series americanas parar relajarse después de hacer el amor pues no soportaban los berridos de los chamaquitos que cantaban –o simulaban hacerlo con su infumable play back- a juicio de la mayor educación del músico clásico, "puras babosadas" (aún no hablaba como carretonero), y ahí se quedaban ellos, recostados en la cama, toqueteándose distraídamente sus partes mientras veían desfilar por la pantalla a Patrick Duffy, Larry Hagman, Linda Grey, Charlene Tilton, Linda Evans, y la Collins, a todos los de *Dinastía* y *Dallas*, y a todos los demás de las otras series, para no chutarse las mexicanas del Canal 4 ni los desfases del 8, porque no había más. Por aquel entonces Televisa era la única opción ante la pseudocultura mal llevada del Canal 11 y del 13; ante la falta de competencia el emporio de Azcárraga hacía de las suyas no dejándoles a los jóvenes como ellos más que de dos sopas: la basura "de adentro" del Canal 2 ó la basura "de afuera" del Canal 5.

El destello de novedad y originalidad de Televisión Independiente de México con su canal 8 de origen regiomontano, su *Lucha en Patines*, sus Telenovelas importadas con estrellas dobladas del portugués y sus programas y producciones diferentes, había sido absorbido por Televisa para quitárselo de en medio aumentando los activos de la empresa más grande de televisión en el mundo de habla hispana con las estructuras coloniales de los estudios de San Angel Inn.

Y ellos, como tantos otros mexicanos, enamorados o sin amor, resultaban poco exigentes en cuestiones de televisión pues habían visto el mismo tipo de cosas desde el inicio de los tiempos (pueblo televidente...) y, además, la dichosa caja les proporcionaba la única diversión que su pobreza extrema les permitía. Él pensaría siempre, como pensaba ahora, que esa pobreza, esa falta de muebles, ese departamento en Naucalpan y ese continuo tocar de los cobradores a la puerta, era lo que había dado al traste con su relación con Silvia, porque contrastaba con esos mundos de riqueza artificial que veían en la pantalla y porque debajo de la seria e inteligente maestra Licenciada en Letras Inglesas por la UNAM, latía la práctica hidalguense que no podía soportar pasar toda su vida junto a un músico mediocre y pobre, ella, que había ya satisfecho su vanidad y consumado su venganza después de la humillación de aquellos seis años eternos de andarle rogando como enamorada adolescente imbécil en los pasillos y salones de la escuela, y de llegar a esperarlo hasta por catorce(¡) horas en las paradas de camión y del metro.

Ahí, o al calor de los abrazos en el sofá desvencijado de su departamento en Naucalpan, entre la 16 de Septiembre y el Periférico, a unas cuadras del Seguro Social, se incubaba ya la destrucción. La riqueza hollywoodiana les servía de escape, pero subconscientemente les noqueaba la moral...

Pensó otra vez que las parejas de los años de colegio deberían formarse atendiendo a aquello en lo que cada uno se va a convertir, no a lo que son en ese momento, así no habría tantos desajustes, tantos Silvias y Takagakis por el mundo, tanta gente como él mismo. Silvia habría compaginado mejor con alguien como Jorge Toledano y éste seguramente tendría en Silvia una compañera práctica, sensible y experta en todo tipo de lenguas. *Especialmente en las que te acarician por abajo* –desbarró. Él, por su parte habría quedado mejor apareado con Pili, porque tal parece que las más bonitas se acoplan con los más feos y que las mujeres más interesantes y atractivas sienten una especial debilidad por los artistas y filósofos fracasados, tormentosos e inadaptados.

Probablemente todavía era tiempo de hacer algo. Alguna vez había escuchado a Silvia decir que a Pilar no le había ido bien en su matrimonio y se había divorciado, algo así, y él, después de todo, aunque tal vez no estuviese tan bien como quizá estaba Jorge Toledano, tampoco había desarrollado tanta gordura como la mayoría de los cuarentones, sólo un poco de panza que con algo de voluntad férrea y ejercicio constante podría ceder y dejarlo listo, listísimo, para intentar la conquista extemporánea, pero siempre soñada; ahora él ya sin compromisos, y Pilar, la Reyna, libre y alcanzable al fin.

-A lo mejor es chicle y pega- se acarició la barba a medio crecer viéndose en el espejo del auto, metió primera y enfiló hacia la salida a Ciudad Victoria. Los recuerdos y el mal resultado lo distrajeron de la idea de comerse una riñonada de cabrito en "El Pastor". Pasó sólo a comprar tarjetas para el teléfono celular. Avanzó por la avenida Eugenio Garza Sada escuchando la música que despedía el estéreo de una camioneta pick-up que avanzaba paralelamente a su Shadow. A bordo, un norteño asombrerado de unos veinte años cantaba a grito tendido y se sacudía frenéticamente al ritmo de la música mientras se solazaba escuchando a todo volumen una canción del grupo "Bronco", dejando salir irrespetuosamente por las ventanillas con los cristales polarizados a medio bajar, la terrible estridencia al exterior: -

"Quenoquedehuellaquenoo-yqueno...!"-.

-*Pinches norteños hijos de su puta y rechingada madre* -pensó él-, *cómo joden y qué se creen?* –aceleró para rebasarlo y salir del alcance del escándalo-; *pero a la hora de dar no te dan nada, ni un pinche teléfono, ni una fecha, ni una dirección; pinches codos avaros miserables de mierda! Tal parece que en cada país debe haber una puta ciudad de alzados, presumidos, soberbios, estirados y tacaños que serían felices independizándose y haciendo su propio país; en España dicen que es Barcelona... pues ésta es nuestra pinche propia Barcelona!, porque a fin de cuentas oyes a estos güeyes hablar y tal parece que hablan otro idioma, símijo! síñór! quiúbopues! pásale 'uerco!... y el tonito, pinche tonito que se cargan...-.*

La pick-up dio vuelta finalmente en la siguiente esquina y se le perdió de vista. Él siguió avanzando en su auto, mirando para todos lados, escrutando. A su izquierda, atrás, vio de reojo que el Cerro de la Silla se cimbraba montado por un gigantesco jinete de camisa a cuadros, jeans, botas texanas, sombrero texano *Larry Mahan* de cinco mil dólares y cinturón con hebillota dorada diciendo "Charlie Boy". A su derecha, unos metros más adelante, pintado con líneas irregulares muy grandes, con un spray de color rojo en una barda de ladrillos, vio un graffiti que decía: HAZ PATRIA... MATA A UN CHILANGO!

Estuvo a dos minutos de saber lo de Toledano.

Desgraciada o afortunadamente, dos minutos significan una gran diferencia en la vida de cualquiera. A él se la cambiaron definitiva, irremediablemente.

En el piso número 25 de Tol Industries, al final de su día de trabajo y mientras ordenaba su papelería, la ilustre secretaria, ya con una carga de trabajo mucho menor, sin la gran cantidad de intrusos y asuntos desfilando por la Dirección General, y habiéndole disminuido notablemente el pésimo efecto que le había causado a medio día la primera impresión de ese advenedizo de jeans, tenis y cara de bobalicón que había preguntado por Don Jorge Toledano, empezó a caer en la cuenta de que no era *precisamente* a ése, al Don Jorge Toledano de setenta y cinco años con el que ella había trabajado durante treinta, al que andaba buscando el preguntón de la mañana, sino –lógicamente!- al *hijo* de ése, idéntico nombre pero diferente condición. Por eso a ella se le había hecho tan difícil asociar el nombre del visitante con el de Don Jorge Toledano padre, a cuyas amistades y asociados de negocios conocía al dedillo desde tiempo atrás.

El aspecto avejentado del visitante colaboró también a la confusión de la mujer.

Se apenó un poco consigo misma y quizá un poco más con aquél, al que había despedido con cajas destempladas por considerarlo un lunático, un oportunista, un embaucador.

Pero tampoco era su culpa.

Ella había sido siempre la secretaria de Don Jorge Toledano, el padre, y no la de Don Jorge Toledano, hijo, que, entre otros detalles de rebeldía taimada odiaba que lo llamaran "Junior". La secretaria de este último ya ni trabajaba en la empresa. El viejo había mandado retirar todos los efectos personales del hijo y había prohibido, prácticamente por decreto, que se hablase de él y mucho menos de las condiciones tan dramáticas que rodearon su muerte, para impedir que se convirtiesen en chismes de oficina las vergonzosas circunstancias en que sucedió la ejecución; porque eso había sido: una artera ejecución del talentoso Licenciado, futuro heredero de una de las transnacionales mexicanas más poderosas, cuando se encontraba sentado en la misma mesa y en el mismo momento en que las balas de las mismas armas habían acabado también con la vida de su gran amigo Polo del Real, unos meses antes.

Los pormenores de cómo fue encontrado el cuerpo y las probables causas de la *vendetta* avergonzaban tanto al viejo y denigrarían en tal medida el nombre de la familia, que el mismo Don Jorge Toledano había utilizado sus influencias con la Procuraduría de Justicia del Estado y con los periodistas que cubrieron la noticia, para que el cadáver fuera retirado del lugar en una ambulancia particular y la personalidad de *ese* otro muerto no se diera a la publicidad.

El asunto debía olvidarse; así de simple. Y punto.

De cualquier forma ella se sentía culpable y trató de remediar el asunto buscando en la papelera donde lo había tirado, el pedazo de hoja de agenda en que el visitante le había dejado el número de su teléfono celular para que le llamaran cuando llegara el licenciado Toledano o cuando tuvieran noticias de él: desgraciadamente para la redención de su sentimiento de culpa y para los intereses del extraño, el hombre de mantenimiento del piso veinticinco había pasado a recoger la basura dos minutos antes. Podía tratar de alcanzarlo, pero tampoco era para tanto.

Dada la forma en que se había manejado el asunto de su muerte, poquísimos de los ex compañeros de escuela del licenciado Toledano se enteraron de esa tragedia, y especialmente él, el menos cercano desde que salieron de la prepa, iría a enterarse hasta mucho tiempo después.

Ajeno a las repercusiones del pasado pensó que sería razonable aprovechar la cercanía con Tamaulipas para buscar a Marcial.

El Doctor Takagaki le había dicho que Marcial Gómez se había regresado, como tantos otros, del D.F. a su tierra – *"MATA A UN CHILANGO"... cabrones...-;* él, en su caso, a Ciudad Victoria, después del temblor del '85. Le había dado su dirección.

En un principio no pensó buscarlo; no sólo le resultaba incoloro en el recuerdo sino que lo tenía siempre como un disminuido mental, un bobo que –había recordado junto con Takagaki- lloraba por cualquier cosa.

Pero con el fracaso en lo de Toledano y ya que andaba "por ahí", quizá no resultase tan vana una visita al tamaulipeco, aunque sólo fuera para cruzar la Sierra Madre Oriental en uno de sus puntos más bellos e inhóspitos –*"... a ver ahora qué pinches indios me encuentro y estos de qué se están muriendo"-,* o por lo menos para tener alguien a quien contarle lo del aeropuerto.

Porque ninguno de los episodios de su viaje por el norte habrá de quedársele tan grabado en la memoria como el del aeropuerto.

Habrá, en las noches sin fin de sus viajes, momentos a pasto para ser recordados. Unos serán claros, ligeros; otros, profundos, sentimentales o casi pornográficos; otros, como el de los tarahumaras, aunque confusos... indelebles; pero el del aeropuerto - resumen de toda su situación, de la de sus paisanos, de la de su país- permanecerá sintético, preciso e inconfundible, y a pesar de rememorarlo crónicamente, siempre sorpresivo.

Le ocurrió dos días antes de pasar por Saguaripa, cuando todavía pensaba darse una vuelta por Ciudad Juárez para conocerla y andaba vagando por caminos vecinales entre Agua Prieta y Casas Grandes.

Podía ser el encendido automático o algo de la marcha. No lo supo.

Mientras revisaba el motor sintió –más que oyó- pasar a su lado un grupo de ocho o nueve hombres de tipo indígena. Le pareció raro no haberlos visto ni oído antes; como si hubieran salido ingrávidos del interior de su propio auto por la portezuela que había dejado abierta. Unos con botas y jeans, otros con guaraches y chamarras de manta, pero prácticamente todos con detalles purépechas en alguna parte de su vestimenta. Aunque los dos de adelante llevaban la cara levantada y la vista al frente, la mayoría de los de atrás avanzaban viendo al piso, con la cabeza baja y las manos en las bolsas de los pantalones o en el pecho.

Por lo extraño de la situación decidió enderezarse y volverse para seguirlos con la mirada. *En un descuido me atracan y me roban el auto.* Se recargó en la defensa del auto y los vio alejarse. La brisa le regresó fragmentos de un idioma desconocido. Entre el lenguaje incomprensible que apenas alcanzó a escuchar y lo insólito de la situación, bromeó desganadamente consigo mismo pensando que probablemente había entrado en la *Dimensión Desconocida* (hasta silbó suavecito el tema de aquella serie de televisión en blanco y negro) o estaba viviendo en carne propia el último de los episodios de *Expedientes X.* Cuando el "peligro" se alejó buscó en la llanura, sin pensar, la nave espacial.

Tuvo que admitir que la compostura del auto requería un taller y un mecánico especializado. Subió los cristales y puso seguro a las puertas para esperar, a pie, un poco más atrás de donde se había detenido, que pasara por ahí alguien que pudiese ayudarlo.

El tráiler que pasó después de otros dos camiones que ni caso le hicieron, se detuvo unos treinta metros más adelante. El conductor era moreno, simpático, dicharachero y llevaba camisa de cuadros rojos y blancos.

Cuando él llegó hasta el tráiler ya el chofer había abierto la puerta del acompañante como si aceptara tácitamente llevarlo a cualquier lado; sonriendo le hizo señas de que subiera. Él, desde abajo, le señaló el auto y le comentó lo que suponía que le pasaba, queriendo percibir si el chofer sabía algo de mecánica y se ofrecía para darle una revisada; pero el otro sólo repitió su gesto y le dijo que subiera; a unos cuantos kilómetros, en un pequeño pueblo, "ahí adelantito, hay un compa que sabe de mecánica".

El trayecto hacia el taller del pueblo habría pasado sin pena ni gloria de no haber sido por lo que sucedió poco después con los indios michoacanos... y porque nunca llegaron al taller.

Mientras el chofer le preguntaba a qué se dedicaba, qué andaba haciendo por esos lugares tan solitarios y lo veía inquisitivamente, él contestaba inexpresivo mirando de reojo, a veces distraídamente, el paisaje y el camino. Como fondo, el permanente ruido del avanzar del tráiler y sonidos electrónicos de estática y frases recortadas saliendo de los tres C.B.'s del tráiler. Se distrajo aun más en el momento en que el tráiler alcanzó al grupo de indios que lo había rebasado cuando estaba intentando arreglar el motor. Se acomodó en el asiento para asomarse por la ventana y verles la cara; quería analizarlos mejor.

De pronto, mientras el chofer decía quién sabe qué cosa, él alcanzó a ver perfectamente el rostro de uno de los hombres que habían pasado con la cabeza baja cuando los vio por primera vez. Sintió algo pesado en el pecho y un escalofrío en la nuca cuando lo reconoció.

Era *el mismo*

El mismo hombre con tipo de michoacano que había visto discutiendo con el vaquero afuera de la cantina "Mi Oficina", allá en Tijuana, junto al Ford 350, y en este momento se dio cuenta de que tenía un extraordinario parecido con *él* mismo! cosa que en Tijuana no había percibido... los mismos ojos, la misma nariz... el pelo... . Pensó en la absurda posibilidad de que esos tipos lo anduvieran siguiendo. Lo del extraordinario parecido que sintió que existía no pudo ni asimilarlo bien.

-No me lo va usted a creer –interrumpió al chofer- pero a ese

81

güey que va ahí lo acabo de ver hace unos días en Tijuana... y es igualititito *a mí*!

-Y eso qué tiene de raro?, esos batos son mojados, compa. Lo más seguro es que no haya podido pasarse por Tijuana y se haya venido para acá, pa' cruzarse por Juárez, por El Paso, así le hacen muchos; y tú no tienes precisamente pinta de gabacho...

-Pero venirse hasta acá!? y cómo...?

-... y acá tienen la ventaja de que si no la hacen, pues se ponen a sembrar... o a vender mota con alguno de los pesados, o a ayudarlos a cocinar la chiva, o a traficar órganos o a violar y asesinar a las morras de la maquila, jaja! Los más seguro es que no logren pasarse, los gringos cada vez están más cabrones y lo traen a uno más jodido; con decirte que ahora hasta mandan unos avioncitos de guerra, así como cazas, como bombarderos, pa' zorrear más el río. Aunque con todo y eso nos los chingamos y cruzamos; se les pelan sin que se den cuenta; está cabrón, pa' que estén al tanto de todo, no?

Entonces, porque el chofer disminuyó la velocidad, él de pronto se dio cuenta de que habían llegado al aeropuerto. El de Agua Prieta? Tenía?

La larga valla de tela de alambre sobre una barda de tres metros de altura y la torre de control, magnífica, le parecieron demasiado para Agua Prieta, *Nogales?* –pensó- o ya *Ciudad Juárez!*

Cuando empezaba a preguntarle al chofer, éste se detuvo al lado de unas rampas que subían hasta unos contenedores muy grandes, tipo bodegas, algunos blancos, otros de color aluminio.

-Pasa quebrada de bajar aquí unas cosas y ahorita te aviento al taller que te dije, que al cabo yo voy pa'l pueblo, voy a ver unas putitas que están re buenas, como para bajárseles al pozo –se rió maliciosamente-; no me tardo –señaló a un par de policías que se acercaban con un block de hojas pequeñas por la acera-, nomás me firman el reporte y nos pelamos pa'llá.

El chofer bajó y cerró la puerta sin darle tiempo a contestarle.

La cortina metálica de una de las bodegas se abrió y unos doce o trece muchachitos salieron y abrieron las puertas traseras del tráiler. Empezaron a descargar cajas de tomates, de naranjas, de plátanos, de manzanas.

Él vio que el chofer caminó hacia una pequeña oficina acompañando a los dos policías. Uno de ellos le picó el culo al otro y trató de incriminar al chofer; cuando el otro descubrió la broma, quiso devolverla entre las risas y escabullidas de los tres.

La temperatura era agradable, ligeramente calurosa. Desechó de su cabeza las preocupaciones. Todo era un poco confuso y hasta tal vez, sin importancia. Se le antojó echarse una siesta ahí mismo; ya lo despertaría el chofer al regresar.

Una muchacha preciosa, falda a medio muslo, blusa pegada, piernas larguísimas, abrió una puerta de cristal y salió de la sala de llegada de pasajeros. Él la siguió con la mirada. Cuando la muchacha pasó al lado del tráiler, él le miró detenidamente las nalgas, las piernas, los senos –Un "MB"...o nueve, o mejor una sesenta y nueve, bromeó consigo mismo-. La vio entrar al estacionamiento. La puerta de la sala volvió a abrirse y salieron dos tipos de traje y portafolios, bajaron las escaleras y caminaron también en dirección al estacionamiento. Desde su asiento él podía ver la calle por donde habían llegado con el tráiler, la zona de carga, el estacionamiento del aeropuerto y la torre de control.

Por medio de un espacio que dejaban libre el edificio principal y uno de los hangares, se alcanzaban a ver estacionados un Cessna, dos Spit-Fires, un DC 10 de "...esa"? ¿"Taesa"? –no podía ver el logotipo completo-, un avión del ejército, grande, dos avionetas, un Global y el extremo de las hélices de un helicóptero. Más allá, al terminar la llanura, montañas doradas desprendiéndose del cielo azul, como en los visores de transparencias tridimensionales de cuando era niño. Empezaba a aburrirse. Buscó a lo lejos con la mirada, por el lado de la calle, el taller mecánico. Podría ganar tiempo. Pero no había talleres, ni casas. Sólo una pequeña gasolinera. Quizá el encargado sepa de mecánica –pensó-, pero ya no le dio tiempo de bajarse.

Un auto negro grande con cristales polarizados llegó silencioso hasta las puertas de entrada. Él no lo oyó aproximarse, sólo lo vio ya ahí. El chofer bajó y abrió la puerta de atrás. Salieron tres hombres, dos de ellos viejos generales del Ejército; el otro, en sus treintas, vestido de civil, saco sport, suéter con cuello de tortuga, lentes oscuros. Entraron. Otro hombre bajó después del asiento de al lado del conductor y siguió a los otros viendo hacia atrás, hacia delante, hacia todos lados, hacia *él* en el tráiler, medio asomado; él se enderezó y, para disimular, hizo como que se desperezaba. El chofer subió de nuevo al auto, avanzó y dio vuelta hacia los hangares.

Entrecortadas –entrando y saliendo la señal por uno de los aparatos de banda civil empotrados en el tablero del tráiler- alcanzó a oír algunas frases: "...cielos! háblale!...... es háblale... lízalo! dile que unos... ringos, unos... mericanos... –la comunicación se suspendió como si el hombre que estaba hablando estuviese consultando algo con alguien; él oyó caer una caja de tomates en la rampa de la bodega y un grito de reclamo de otro de los muchachos, "no seas güey! fíjate, se van a salir y vas a desmadrar todo!", antes de volver a oír los chispazos de comunicación en el aparato-: "...de ...la fuerza aérea de los Est... dos Unidos, de los que and... volando checando... a de... mojados!... eren bajar... quí... ecesitan...bajar aquí!... ambio".

Se sentó en el borde del asiento y movió ligeramente uno de los controles del aparato. Comprobando que no lo vieran asomó medio cuerpo por la ventana del tráiler, alcanzó las antenas y les dio de vueltas. La transmisión, aunque con mucho ruido, mejoró: "... y que andan haciendo volando acá esos gringos cabrones? Que se vayan a su pinche país a aterrizar! A quién le pidieron permiso de sobrevolar por esto lares? Cambio.

-Te digo que dicen que se les descompuso el aparato, hombre! Tienen que bajar en chinga, a como dé lugar, aquí, o se dan en su puta madre! Son los de la migra! Cambio.

-Já, já, pos pa' qué andan de metiches?, 'ora que se chinguen! Cambio.

-Como no?! güey, y la que se nos arma si no los ayudamos; órale, dile de volada al Señor, muévete güey! Cambio.

-Que no está aquí conmigo, carajo! –la voz de éste era cansada, más vieja, pero la del otro le parecía a él *inconfundible*; estaba seguro de conocerla, ¿En dónde la había oído? Cuándo?-, chance y anda por ahí en el aeropuerto. Oí que iba a ir a recibir a unos chingones que venían de la

84

capirucha. Dile tú. Cambio.

-No mames, güey! Yo estoy todavía como a veinte kilómetros del aeropuerto, ya no llego, y el que está en la torre de control ahorita es Fernando y ya ves que ese güey es medio maricón y medio pendejo y no mueve un dedo hasta que no se lo autoricen; tú como quiera búscate al Señor por allá y sácale el permiso para que los nuestros dejen bajar a ese par de cabrones que se van a dar en la madre; dice Fernando que la avería está gruesa. Yo de cualquier forma voy a intentar por otro lado, pero tú échale ganas 'ijo, no vaya a ser que al final nos carguen los muertitos a nosotros, y ya ves que nosotros luego necesitamos también de los gringos, güey. Cambio".

Cualquier posible respuesta del más calmado no la llegó a escuchar, porque en ese momento pasaron al lado del tráiler dos jeeps y dos camiones llenos de soldados. Frenaron haciendo chirriar las llantas en el pavimento frente a la puerta principal de la sala A del aeropuerto y bajaron cortando cartucho y adoptando posición de formación mientras corrían hacia el interior. Atrás de ellos un teniente y un subteniente subieron –un poco más lentos- las escaleras.

Aun antes de que los dos hombres de la retaguardia hubieran transpuesto la puerta empezaron los disparos.

Ráfagas.

Más ráfagas. Más y más.

Luego cinco tiros aislados, sordos.

Cuando la puerta de cristal que se cerró tras el subteniente quedó inmóvil, todo pareció volver a la normalidad. Él se levantó del piso de la cabina del tráiler, donde se había acurrucado y se atrevió a ver por la ventanilla, poco a poco, con cuidado... La pequeña explanada y el estacionamiento estaban sin movimiento. En la radio sólo se escuchaba la estática y por momentos ni eso. Los muchachitos habían acabado de descargar el camión o quizá corrieron asustados o curiosos ante la llegada de los soldados; de cualquier forma ya no se les veía trabajar. Esperó unos minutos más viendo hacia todos lados y especialmente hacia la oficina de los policías para ver si salía el chofer.

Nada.

Más que las ganas de ir a orinar, era la morbosa curiosidad la que lo empujaba a bajarse y entrar a la sala para ver qué pasaba ahí dentro. A pesar de los nervios y el miedo –o quizá por eso- se animó.

Abrió la puerta y bajó del tráiler lentamente. Pensó en correr hacia la salida del aeropuerto y volver al Shadow, pero no. Tratando de hacer el menor ruido posible dejó la puerta arrimada, sin cerrarla y caminó lenta pero naturalmente, sin llamar la atención, hacia las puertas de cristal por donde habían entrado los soldados.

A punto de entrar se detuvo espantado por el fuerte ruido que le llegó del otro lado del edificio. Cuando lo identificó como el ruido de los motores de propulsión a chorro de un potente avión que tocaba tierra, se tranquilizó un poco; entró y avanzó cautelosamente por entre los asientos de la sala de espera rumbo a los baños. Salvo por un señor que trapeaba el piso en una de las esquinas, era un lugar desierto. Nadie en los mostradores, nadie en las puertas de acceso a los hangares y a las pistas; el silencio y la sobriedad de las amplias salas lo sobrecogieron. Buscó, sin mover más que los ojos, los baños. Avanzó, entró y se dirigió a los mingitorios. Mientras se sacudía las últimas gotas oyó ruidos dentro de uno de los privados, alguien se estaba echando pedos. Se inclinó para ver por debajo de la puerta: eran botas de soldado. Sin lavarse las manos salió rápidamente. Antes de que la puerta se cerrara tras él alcanzó a oír el grito del soldado: "Eres tú, Martín? Ya acabaron?".

Y a punto estuvo de irse sin notarlos.

Estaba por dejar la pequeña área de entrada común a los baños de hombre y mujeres, cuando alcanzó a ver de reojo el gran charco de sangre.

Se detuvo en seco. Miró hacia el piso adentro del baño de mujeres. Subió la mirada y mientras se volteaba para entrar, vio maquinalmente la "M" y la muchachita coqueta cromada pegadas en la puerta abierta de madera.

Avanzó lentamente. "Martín!" –repitió el cagón desde el baño de los hombres, el grito amortiguado por la puerta.

Siguió caminando silenciosamente, Sentía frío en el cuerpo. Vio de nuevo hacia el piso para no pisar inadvertidamente el líquido rojizo, casi marrón. Llegó al extremo de la pared de tabla roca, donde el espacio del baño se ensanchaba y tuvo que detenerse de ella. Ahí estaban: uno, dos, cuatro... siete cuerpos desnudos, cinco hombres y dos mujeres; desangrados, inertes, perforados por múltiples impactos de balas de diversos calibres y... mutilados! Sí, les faltaban las manos, los pies, los órganos sexuales y cuando no la cabeza entera, por lo menos el rostro y las orejas.

Cerró rápidamente la boca con los labios secos, tragó saliva y se mojó los labios con la lengua cuando le pareció ver que un cuerpo aún se estaba moviendo. Luego vio en uno de los privados, en la taza, desbordándola y resbalando hacia el piso manchado, algunos de los miembros faltantes. En el piso húmedo de varios líquidos, al pie de la taza, vio el rostro de una persona, sólo el rostro, el pedazo de piel como máscara de carnaval aguada, arrugada, flácida, sin vida. Por las perforaciones de los ojos se veían los azulejos del piso. Sintió un golpe de asco repentino y, otra vez, mareo. Se agachó y apoyó las manos en sus propias rodillas. Trató de controlarse. No terminó de pensar en "una cabrona venganza" o en "para que no los identificaran", porque el ruido del cagón jalándole a la taza en el cuarto contiguo le recordó su situación. Sintió sudor en la frente y los pelos de la espalda y la mollera de punta. Caminó hacia atrás hasta salir de los baños y luego se echó a correr sin golpear con los talones en el piso; bastante ruido hacía ya con los golpes del corazón que le rebotaba dentro del pecho.

Sentía la cara roja, las orejas calientes, la frente fría, los brazos entumidos.

Quería volver al tráiler a la mayor brevedad, salir de ahí, escapar lo más lejos posible, pero alcanzó a oír sonido de vasos y platos en la planta alta. La curiosidad pudo más que el miedo. El hombre que trapeaba había desaparecido, tal vez ya estaba limpiando los baños.

Comprobó que nadie lo siguiera, regresó y subió las escaleras despacio, con cuidado, sin hacer ruido.

Cuando llegó a una altura donde el piso de la planta alta quedaba al nivel de sus ojos, permitiéndole ver el interior del restaurante sin ser visto, se detuvo. En una mesa grande, varias mesas unidas, estaban –unos comiendo, unos brindando, otros platicando –los generales que habían llegado primero con el tipo de lentes: cuatro señores de traje, muy elegantes, como los que habían salido tras la muchacha; uno de los policías que había recibido al chofer del tráiler; dos soldados y el subteniente que había entrado al último. Un señor gordo y calvo retiraba algunos platos de la mesa. En otra mesa cenaban seis soldados. Los dos pilotos de la US Air Force estaban de pie, como despidiéndose; uno les daba la mano a los generales sentados y el otro le daba un fuerte abrazo al subteniente y sonriendo les hacía señas con la mano a los demás sentados a la mesa.

Temiendo que salieran por donde él se encontraba, lívido, bajó las escaleras, empujó las puertas de cristal y corrió espantado hacía el tráiler. Subió jadeando y medio cerró la puerta. Pero no, nadie salió; hasta después de quince minutos, cuando el chofer –por fin- apareció saliendo de la oficina con los dos policías y un soldado. Se despidió de ellos.

Doblando un papel y metiéndoselo en la bolsa del pantalón, el chofer avanzó hacia el tráiler con su permanente sonrisa:

-"Discúlpame 'ijo, se colgó todo el rollo, no? Qué mala onda, mano, esos cuates estaban más puntillosos que de costumbre... y luego la mamada ésa...- él vio a los dos policías picándose otra vez mutuamente el culo con la mano, riéndose, empujándose, haciendo lo que mejor sabían hacer: echar relajo.

-No se preocupe –contestó él maquinalmente mientras el tráiler salía cruzando la puerta de acceso de los terrenos del aeropuerto y el chofer saludaba con saludo militar a los soldados de guardia-, de cualquier forma aproveché para ir al baño-. El chofer volteó a verlo entre extrañado y divertido.

Antes de tomar la recta hacia la carretera, él alcanzó a ver una camioneta Suburban que llegaba corriendo y cruzaba rápidamente sin detenerse por donde estaban los guardias. El conductor de la Suburban le pareció conocido, de tiempo atrás.

Los indios del camino, sentados en una banqueta, esperaban más allá. Al que había visto en Tijuana, su "doble", ya no estaba.

El tráiler avanzó por la llanura solitaria. Él acabó de cerrar su puerta.

-Ahorita mismo te aviento al pueblo, valió madre!, me entretuve, y si capeas nos echamos unos pistos... y una botana, y luego nos vamos con las putas y ya mañana te vas por tu ranfla –el trailero sacó un fajo grande de billetes del bolsillo interior de la chaqueta, dólares-, al cabo que ya me pagaron y traigo buena feria. Tú no te agüites por nada.

-Gracias –asintió él-, pero no se trata de eso –a su derecha vio a lo lejos, contra el azul intenso de la noche temprana, sin smog, del norte de Chihuahua, el avión militar mexicano que despegaba de la pista llevando con total conforto y seguridad a su país, para que durmieran tranquilos, calientitos, hoy mismo en sus casas –*good nigth, sleep tight, don't let the fucking* mojados *bite*-, a "Johnny Doe" y "Peter Smith".

Después de ver cómo la nave ascendía silenciosamente en una trayectoria casi paralela a la del tráiler, describiendo luego un medio círculo para enfilar hacia el norte, volvió de sus pensamientos y le dijo al trailero: "Qué onda traían todos esos cuates, todos esos soldados ahí en el aeropuerto, eh?"

El chofer siguió manejando viendo hacia el frente, todavía con la sonrisa en la boca. Al cabo de diez segundos la sonrisa desapareció, el tipo se volvió a mirarlo y le contestó:

-Me cae que en otra situación y si fueras otro bato, ni te pelaba. Pero me caes bien, se me hace que vives en tu propio mundo y que no matas ni una mosca, y que efectivamente eres músico, como dices. Así que a'i te va; acabas de estar, sin quererlo, ja, ja, ja –se rió burlón-, en una reunión y ajuste de cuentas de pura gente pesada, de jefazos, generales, políticos, comandantes judiciales, y ése al que llevaron los generales es ni más ni menos que el bueno, agárrate compa, el mero bueno en persona, en carne y hueso, el chingón de chingones, el Señor, nuestro Señor de los Cielos que qu'esque está muerto! ja, ja!- él aguantó un suspiro mientras dejaba al otro terminar-; y ese aeropuerto tan chingón que viste, chingón no, chingosisimisimísimo!, más que muchos de los "oficiales" y que ni está en los mapas, es una de las pistas clandestinas del Señor; nomás pa'l güey y para enviar y recibir droga y bueno, pa' que vengan de volada y a gusto a verlo otros pesados políticos y uno que otro gorrón –se reía cada vez más-; como ese par de gringos pendejos que ya se andaban partiendo la madre hace rato, pos no que mucha tecnología y mucho GPS? y no que muy chingones sus aviones?, a'i los tienes, sí nuestro Señor no hubiera puesto esa chingonería en ese valle, a esos güeros pendejos ya les estaría ardiendo el culo con el pico de su pinche avión enterrado en la tierra...

-Yo pensé que era el aeropuerto de Ciudad Juárez, de alguna ciudad grande... —dijo él como idiota.

-Noooo, güey!, éste es más chingón, tenemos mejores aparatos, mejores salas, mejor decoración, no viste los cuadros en la pared? y hasta un nombre chingón le pusimos; te vas a cagar cuando te diga cómo se llama! —el chofer fue diseñando imaginariamente a grandes rasgos, orgulloso, con la mano derecha, un gran rótulo- : "Aeropuerto Internacional Luis Donaldo Colosio", in memorian; me cae, güey! así dice en la papelería, "in memorian", quesque quiere decir "en recuerdo"; eso dicen los capitanes, los chingones, porque ellos también se agüitaron con su muerte, no te creas, aparte de los motivos que hayan tenido pa' quebrarlo; porque dicen que al cabo en algunas cosas era buen pelao el sonorense y que nomás era cuestión de meterlo a la onda y con quebrada nos hubiera ido mejor con él que con el güey ése con cara de dolor de estómago, presumido, inseguro, miedoso, que pusieron después en su lugar, ese pedillo, Zedillo, el güey ése, y pos a fin de cuentas no nos quita nada rendirle su homenaje, no?, porque su trabajo le costó a Colosio llegar hasta donde llegó, casi presidente, güey! y a nosotros no nos cuesta y como dice el dicho: lo cortés no quita lo Cuauhtémoc, ah! no, verdad? Ja, ja, ja! *lo cortés no quita lo valiente...*, o qué?

CAPITULO V

...Kyrie   (Finales de Septiembre/1997)

Después de abandonarlo, Silvia se volvió una experta en las denominadas por él: "Tácticas Sutiles de Venganza de Brujas", o lo que es lo mismo, "Síndrome de la brujamona" (las actitudes o comportamientos que la mujer que deja al hombre adopta con la única finalidad de pisotearle el ego y de restregarle en la nariz, cada cierto tiempo a partir de un año después de haberlo dejado, la convicción de que cometió un gravísimo error al dejarla marcharse y no haber sabido valorarla).

"Síndrome de la brujactanciosa..."

Y así, disfruta ella arreglándose especialmente cuando sabe que lo encontrará; hablando de sus últimos logros profesionales o escogiendo a propósito patrones de ropa y conducta que sabe que le romperán los esquemas de tranquilidad al *abandonanonadado*. Hola, cómo estás, reycito? –ejercita el coqueteo nomás para calentarlo a destiempo, pero eso sí, con el diminutivo, para dejar bien clara la devaluación del aludido-, qué milagro! qué sorpresa venirnos a encontrar aquí en el Palacio de Hierro y justo en este *Catorce de Febrero* –el interlocutor, sintiendo que se le corta la respiración por el nuevo perfume que ella usa, como más dulzón y en cantidades industriales, sospecha y con absoluto fundamento que fue visto desde lejos, apuntado y alcanzado a propósito como en una cacería-; oye, te veo gordito –dice la ex esperpento (que cuando estaba con uno se descuidó, se dejó engordar como pelota y salía en el colmo de la fodonguez a la calle, hasta en bata!, pero ahora se metió a una escuela de aerobics, rebajó los kilos, endureció las carnes, frecuentó el spa y se compró el último modelo de pantalón *stretch*) mientras nos pone la mano izquierda sobre el hombro y con la derecha se acaricia la cintura curveada como nunca-; qué me cuentas?, sigues viviendo en el departamentito? Oye, el otro día le dije a Mel *–Dios, quién será con ese nombre?-*, el chico con el que vivo ahora, que teníamos que ir a visitarte antes de que acabe el año, porque quiero que vea la colección de discos que tienes de música clásica, él es director de asuntos culturales de la Yorkshire y quiere poner junto a la biblioteca de la casa club de los empleados un salón para escuchar música clásica, pero quiere que posea una discoteca completísima, que incluya discos de esos de antes, esos grandotes negros como los que tienes; y yo le dije que tal vez tú estarías interesado en vender la colección pues... tú sabes... como a veces no andas muy bien de dinero yo, pues... pensé... –para ese momento y frente a la sonrisa modosa y falsamente comprensiva de la mujer, el tipo ya está aniquilado y desciende en la autovaloración a mil por hora-; oye, cómo ves si te pasamos a ver en la semana del doce al diecinueve? después del estreno de la última película de Zalman King *–pero si ella siempre decía que la asqueaban esas "porquerías"...* –y tú sabes, te digo que después del estreno, porque la semana anterior los actores de la cinta van a venir a México a promocionarla y van a visitar la empresa de Mel *–meldita sea, naaa... ahora el asco lo siento yo-*, vamos a andar ocupadísimos; qué te parece? te hablamos antes de ir... o tienes todavía cortado el teléfono? ji ji ji - y la última risita la suelta acariciándole al tipo la protuberante panza, le da un beso en la mejilla, por supuesto mucho más sensual que los que le daba en la ingle años atrás, y sin esperar respuesta, sin necesitarla, le dice-: ciao!. Y se aleja con andares de modelo *–y eso dónde lo aprendió? ya hubiese yo querido que me caminara así!-* y sacudiendo coqueta las bolsas de El Palacio.

Silvia dominaba esas tácticas como si fuera la creadora de la inmemorial conducta y aplicaba su talento especial para conmocionarlo a él dos o tres veces al año, unas en vivo, otras por teléfono.

Él escuchó el timbrar cuando pasaba lentamente bajo el puente de uno de los entronques de la autopista y se preguntó quién sería y cuánta gente habría estado llamándolo mientras llevó el teléfono sin crédito o sin señal – Kelly no, desgraciadamente, porque ni a ella ni a sus otros alumnos les daba el número del celular-, el servicio telefónico que tenía contratado no contaba con "Buzón" permanente de mensajes; tomó el teléfono sin dejar de ver hacia la curva próxima al frente, se lo acercó, de un vistazo rápido miró como de costumbre la pequeña pantalla antes de contestar, apretó el *send*.

Era Silvia, y él instintivamente tuvo la certeza de que éste sería otro de esos episodios donde ella se regodearía descontrolándolo a sus anchas; no se imaginaba que ese día Silvia estaba sintiendo por él una lástima muy cercana a la ternura.

-No te molesto? tienes tiempo para hablar?

-Voy en la carretera, te estuve hablando hace días, pero tu teléfono estaba ocupadísimo; ya después se me acabó el crédito y hasta hace un rato que compré...

-Pues quién sabe cuándo sería –Silvia mintió, ella *sí* sabía.

-Hace unas dos semanas, estuve insiste e insiste...- continuó él ingenuamente.

-Y por qué tanta insistencia? –ella también sabía.

-Pues para comentarte que fui a ver a quien ni te imaginas...

-Dónde andas? –Silvia se imaginaba el rumbo, pero no lo sabía con exactitud en ese preciso instante; cuándo se iba a imaginar que su ex se había empeñado en una gira por todos los estados de la frontera norte del país? y ya estaba entrando a Tamaulipas, a muchos, *muchos* kilómetros de Tijuana!; y de la pregunta que el otro había evadido no necesitaba respuesta porque la sabía perfectamente; siguió actuando –: A quién fuiste a ver?

-A ver, adivina... –era patético el interés de él por jugar a las adivinanzas y ella pensó que era absurdo estar gastando tanto en esa llamada para no poder empezar realmente a hablar de lo que quería por la necesidad de fingir ignorancia, curiosidad, sorpresa:

-A Elton John!

-No hombre, no juegues –fastidiado y divertido se lo soltó: -,a Takagaki!

-A quién!? –a pesar de lo bien actuada, a Silvia le estaba empezando a parecer chocante su propia desvergüenza, pero se justificó pensando que más que nada lo hacía por él, porque sabía que era muy sensible y terminaría por deprimirse, como en otras ocasiones, cuando llegara a enterarse de que no sólo ella se había acostado ya con varios muchachitos, sino que prefería hasta haber andado con el Chiro-pito, antes que seguir ó volver con *él;* simplemente... no podía, no sólo no sentía ya nada, ni siquiera rencor por él, sino que sentía una especie de pánico inconsciente de que el músico le fuese a contagiar su mediocridad, su fracaso, hasta su creciente mal aliento; además estaba lo de su marido: era mejor que nadie supiera por qué cada dos semanas lo llamaba desde México para decirle que se quedaría en casa de sus padres a dormir porque ya era tarde para regresar a Pachuca, ahí te encargo mucho a las niñas, cenan y se acuestan; aunque eso de la discreción no era realmente una razón en el caso de *él*, ya que lo único que quedaba entre ambos era precisamente la complicidad en ciertas cosas, el músico nunca le revelaría nada sobre Takagaki ni sobre nadie, aunque supiera, al esposo cornudo –*Takagaki*, el de la escuela?!

-Quién más! –y estuvo a punto de soltarle los pormenores y coronarlos con el chisme de lo del Sida, cosa que ella sí, no sabía, pero Silvia lo interrumpió porque quería cambiar de tema inmediatamente para no levantar sospechas (ya le preguntaría otra vez a Takagaki) y para entrar de lleno en el principal motivo de su llamada:

-Oye, ya te enteraste de que murió el cantante de INXS? Michael Hutchence?

-No,...cuándo? – él mismo sintió su "cuándo" forzado por la vehemencia de Silvia en la pregunta, a él no le parecía una noticia trascendente.

-Hace días, lo dijeron en CNN –él pensó que allí estaba ella de snob como siempre implicando que sólo veía canales en inglés-, se ahorcó con su cinturón y traen un lío con su ex mujer, una tal Paula – él pensó *otra Paula piruja! Puta, carajo, estamos llenos!*-, que aparte era ex mujer de Bob Geldof, el de los conciertos benéficos, te acuerdas? que hasta "Sir" lo hicieron, pero oye, lo sacaron mientras lo entrevistaban, tú sabes, para eso de ver su reacción, pues tuvieron la misma mujer, y se ve tan acabado y tan venido a menos...! – pensó él que las mujeres siempre estarán más interesadas que los hombres en los chismes y las relaciones amorosas y sexuales de los demás, y más al tanto de las apariencias que de otras cosas; recordó lo que le decía su abuela, mentira que a los hombres les entre el amor por los ojos y a las mujeres por los oídos; a las mujeres les entra el amor *también* primero por los ojos y ya después por los oídos; *pero siempre y principalmente por la vagina.*

" Hoy es...mmmm...cuatro de... julio de mil novecientos setenta y uno, estoy en mi cuarto, acabo de salir del baño. Leí un poco de Mafalda y una parte del Rolling Stone, el de la portada con Lennon, y estuve leyendo unos números viejos de *Los Súper Machos* y algo de *La Garrapata*. Son las... cinco y media de la tarde y afuera hay un sol tremendo después del aguacero. Ojalá así hubiera estado el viernes en la mañana...hubiéramos podido palomear un rato en el patio de la escuela como el otro día El Chabelo y El Dylan; por lo menos para irnos con el Pedro Galas a Chapultepec... o a algún lado... Estoy de flojo... ni ganas tengo de estudiar el piano. Mañana tengo clase de instrumento pero ya veré qué le digo al maestro. A ver si al rato me pongo a estudiar o mejor ya bien tarde, después de la tele......(ruido de que arrastran una silla o un banco)...

Ah! Hoy es domingo. Sí, mejor ya hasta muy tarde, y le pego la sábana al piano para que no se quejen los vecinos (ruido como de que alguien abre y cierra una puerta) mmmm... no sé si empezar con esto, qué mala onda, como que todavía no lo tengo muy claro pero ya lo he estado meditando mucho... qué saque de onda! ayer murió Jim Morrison, hoy lo dijeron. Da lo mismo si fue suicidio o no y da lo mismo que no era uno de mis ídolos; para mí que el Manzarek era el verdadero genio (notas de un piano intentando reproducir con exactitud la introducción del órgano de 'Light my Fire"); pero el otro era la voz como quiera que fuera y el que hacía chillar a las chavas. Ahora van a chillar más. Pero lo que me tiene de a seis, bien desconcertado es lo que está pasando... no puede ser coincidencia, debe ser algo bien definido desde "otro" lado, está clarísimo que hay un principio metafísico y esotérico atrás de todo esto (ruido de un lápiz dando golpecitos sobre una madera y de hojas de cuaderno que se mueven, luego, silencio absoluto durante ocho segundos) por ejemplo: es obvio que el que sigue es Lennon, John Lennon, está clarísimo! va a morir este año y es probable que de un momento a otro, lo más seguro es que por drogas como todos los demás. Es la maldición de las jotas. Las "J's" del rock. Empezó con Brian Jones, con "J", hace dos años, en el sesenta y nueve; ahí los nombres eran de diez. Pero a partir de esta década todos serán de once... once letras en el nombre y todos con "J"... y todos roqueros y todos menores de treinta y tres años. Janis Joplin...jota... dos jotas! y once letras; Jimy Hendrix, once letras y con jota también y también el año pasado; y ahora Jim Morrison, con "J" y once letras y más o menos de la misma edad... Es como un hilo en una aguja que va ensartando a todos; con algo más que supiera de ocultismo podría llegar al fondo del asunto, un poco más de concentración como la de los ejercicios que comenta Lobsang Rampa; siento que estoy cerca, lo que pasa es que es una onda bien esotérica, pero yo sé que con un poco más de práctica en la meditación yoga tibetana le llegaré. Mañana me voy a volar Álgebra y voy a ir a otra librería de viejo a ver si ahora sí consigo el libro de esa tal Blavatski. Y es urgente, tal vez podría avisarle a John y prevenirlo, ni modo que no se den cuenta, no es posible que no se hayan dado cuenta! El que sigue en la lista, y lo más probable es que este mismo año, es John Lennon! porque aunque en los discos abrevien el nombre, en muchos lugares aparece como John W. Lennon, once letras! y es tan importante para el rock como los anteriores, o más!; Voy a revisar las biografías de todos en los próximos días para ver si llego más al fondo del asunto. Se lo comentaré mañana a Silv..."

El ruido del control de la grabadora, accionado por Silvia en su casa en Pachuca, suspendió abruptamente la reproducción y lo devolvió a la realidad de la carretera: un auto azul unos quinientos metros adelante en el mismo sentido en que el Shadow blanco avanzaba, dos vacas negras pastando al frente a la derecha, cerca de la alambrada que corría a lo largo del camino, el llano seco, amarillento. Él había enmudecido súbitamente al oír su propia voz delgada, joven, irrecuperablemente joven y – a pesar de lo viejo del cassette, del mal estado de la grabadora y de los problemas de la comunicación por la larga distancia y el teléfono celular en movimiento-, terriblemente fiel. Había permanecido pasmado, escuchando. Era como verse en un espejo y quitarse muchos años, pero sobre todo, muchas penas de encima. Intentó una explicación y estaba por comprender cuando Silvia lo ubicó:

-Qué tal, eh? Qué tal? Cómo te dejé? A que tú ya ni te acordabas que existía este cassette? –efectivamente, *ése* en especial, no; pero los demás sí recordaba que habían existido alguna vez, antes de tirarlos en medio de una de sus depresiones de mediados de los ochentas-, ya ves cómo tengo cosas de ti que ni tú tienes? Estaba ayer revisando unas cajas viejas con cosas de la Universidad y de la Prepa para quemar todo el montón de porquerías que ya no uso y nada más estorban y me encontré esta cinta. Al principio ni me acordaba de qué se trataba. Cuando la puse en la grabadora y la escuché casi se me sale el corazón...

-*Ahí está otra pinche vez* –pensó él-, *primero mi cassette entre las pinches cosas inservibles que "va a quemar porque son un montón de porquerías y le estorban", y ahora con que "se le sale el corazón", muy pinche emocionada, no?*

-... y me acordé que en aquel entonces tú decías que eso de los diarios escritos ya estaba fuera de onda y tú llevabas el tuyo propio grabando todos los días lo que te ocurría y lo que se te ocurría, cualquier cosa, en aquella grabadorcita negra *Star* que tenías, aquella en la que grababas también lo que tocabas en el piano y lo que componías en la guitarra, te acuerdas?

Y cómo no se iba a acordar? si se pasaba tardes enteras grabando música, recuerdos y confesiones, porque en esos días, a sus quince años, no amaba a Silvia en lo más mínimo pero vivía con la angustia recalcitrante propia de los adolescentes a punto de estallar en el descubrimiento del verdadero amor, no encontrando a quién comunicarle tantas cosas que lo inquietaban, más que a la fiel y callada *Star*.

-Te acuerdas que ese cassette me lo regalaste pegado en la portada de un libro con poesías de León Felipe copiadas de puño y letra por ti, el día de mi cumpleaños de mil novecientos setenta y seis? –de eso sí no se acordaba, pero si ella lo decía, seguro que así había sido – Y cómo me dio risa oír que toda tu teoría la basabas en "las once letras" y se te olvidó o no sabías que "Jimmi" se debe escribir con dos "emes" ja, ja, ja!

-*Ya empezó a machacarme los güevos* –se dijo-, *a ver qué tanta pinche crema le echa ahora, a ver si no acaba otra puta vez refrescándome lo del perro...*

-El libro todavía lo tengo, ya vez que me encantó, hasta estuve con

Bob el otro día leyendo aquello de "Ser en la vida romero...", recuerdas que...

Pero él ya no la escuchó; Bob sería seguramente el nuevo asunto de la flamante bruja vendedora de calcetines y tobilleras para niños de Pachuca y ella estaba tratando de ponerle el dedo en la llaga una vez más.

Se hacía de noche y él prefirió pensar en aquella Silvia de las primeras pantimedias y en los años en que la pudo disfrutar a fondo sin complicarse amándola; para él, los años de Los Creedence, de Los Foundation, de Scott McKenzie, de los estrenos de películas como "Butch Cassidy" y "Melody", de los encuentros los sábados en la tarde en alguna esquina de Reforma, Insurgentes o San Juan de Letrán (antes de que la rebautizaran con el impersonal, incoloro y transparente nombre pretendidamente pseudoprimermundista de "Eje Central"), porque no había grandes plazas comerciales ni Perisures donde citarse los jóvenes pobretones. Sin darse cuenta comenzó a tararear bajito, lentamente, el principio de "La casa del sol naciente".

Vio al final de la llanura y de los matorrales los últimos destellos de luz... cielo vivo, rojo, anaranjado, como salsa picante. El color de la carretera le recordó el de los molcajetes de piedra. El otro auto ya no se veía. Con el teléfono sin colgar, sobre su muslo, dejó volar persistente y lejana, electrónica, la voz de la mujer ex novia venida a menos en todos los aspectos, acompañando a la bruja actual que montada sobre una escoba se dirigía rumbo al sur, a alguna pequeña ciudad perdida en el interior del país; ya otro día le platicaría sobre su visita a Takagaki y sobre lo que se había enterado de su enfermedad.

Prefirió pensar en las sonrisas, en las caricias sin tiempo que quedan grabadas con el propio ímpetu de su fuego en alguna parte de nuestras carnes, en los besos sin forma que ni la necesitan, en las miradas que nos hacen falta, en las personas que aunque permanezcan vivas... se nos mueren, en los recuerdos que desgraciadamente – y por fortuna – no conseguimos nunca desterrar. Había dejado de tararear.

En una esquina de su cerebro, empequeñeciéndolo, como en el centro de una magnífica catedral, amplificada por el natural eco de los siglos, sonaba potente la voz rasposa de una mujer apasionadamente desesperada, desbordante de sufrimiento desgarrador, una diosa, cantando "Piece of my heart".

-"Pues vete por las federales, agarra una carretera federal y así no pagas"- oyó a su lado la voz de Jamín como cuando estaba vivo y en mejores tiempos y le discutía lo que él con tanta liberalidad y terquedad se atrevía a criticar; y ya metido en los resabios ejercitó la pena como un vulgar Masoch y se imaginó al amigo sentado en el auto, acompañándolo en sus aventuras y digresiones rumbo a la casa de Marcial en Tamaulipas, y así se lo fue imaginando durante todos los kilómetros siguientes, por lo menos para ver si de tanto que le iba a doler lograba provocarse una catarsis y se desahogaba, o ya de perdida conseguía irse haciendo a la idea de su muerte.

-"Pos sí -le contestó al amigo imaginado, a ese Jamín relajado que comía tranquilamente unas palomitas en el asiento de al lado del conductor-, pero si me voy por la federal a lo mejor ni llego, ya ves como están casi todas, como desechos industriales... y tóxicos!; cuando no te estrellas, te desbarrancas; cuando no te carga la chingada, te partes la madre; sin señales, tú lo sabes, no le hagas al cuento ni empieces con tus juicios mesurados de aspirante a pinche sub-delegado o a jefe de manzana o a hueso del PRI... o del PRD o del PAN, que ya a estas alturas viene a ser lo mismo; los únicos que no pasamos de jodi...

-Ya vas a empezar otra vez, de veras que puede uno morirse y tú no cambiarás, vas a seguir siempre con tus aceleres post-socialistas – Jamín resultaba más agudo que nunca.

-Post qué???

-Post-socialistas, pues no eres tú al que le gustan esos terminajos y clasificaciones? "post-modernista" o no sé qué te largaste a decir el otro día que hablábamos de R.E.M. y...

-Que qué? de R.E.M.? que yo dije que eran post-modernistas??

-O algo así, hombre, no te exaltes, algo sobre no sé qué video... y una ventana... y unos colores "cálidos"...

-Para empezar a mí ni me gustan esos cuates, te has de estar confundiendo, me has de estar confundiendo con alguno de tus pinches amiguitos de la concesionaria de autos; yo ni hablo así! y eso de que *post-modernista*... ya hasta está bien pasado de moda; ahora la onda sería post-post, y post-post-post, jajaja! eso estaría bien, imagínate a uno de esos putos maricones intelectualoides de los consejos culturales del gobierno, oyendo alguno de mis Huapangoles Sinfónicos: "pues lo siento muy... cómo te diré...? muy post-post modernista", já, já, imagínatelo!

-Estás loco; como dices tú: "me cae", como dices cuando te pones de hippyoso retrasado; me cae que estás re loco. Y volviendo a lo de las carreteras, no es para tanto.

-Cómo no?! Si hasta parece que dejan inservibles a las federales para que no te quede más pinche remedio que irte por las de cuota!

-No, no, no, tú sabes que no; hay unas que todavía aguantan y tú tienes la absoluta libertad, este es un país de libertades, de irte por donde se te antoje.

-Sí, y tardarme seis horas para ir de México a Toluca, o de México a Temixco, no? Sí chucha... pero lo bueno es que algunos sí lo hacen, ya ves que las nuevas súper no han tenido el éxito que esperaban. Me encanta, porque están tan caras que la pinche pobre gente no tiene ni cómo pagarlas y esos güeyes que adquirieron el derecho de explotarlas privadamente se están tronando los putos dedos. Fíjate, hace dos meses fui a visitar a una pinche tía en Minatitlán y me fui por la nueva autopista, ésa, la de La Tinaja, está cabrona, iba yo a ciento treinta y a veces me tardaba hasta veinte o veinticinco minutos en volver a encontrar otro pinche auto sobre la carretera; en total vi nueve, sabes la chingadera que significa ver nueve autos en ese resto de kilómetros?, no la están haciendo, están quebrando, te digo.

-Pero eso es otra cosa, al final se van a reponer y la gente las va a terminar usando, como quiera nos vienen bien como imagen; ya parecemos hasta de primer mundo, o no?

-Cuál "nos vienen bien"!, y ésa es la chingadera, que nomás andamos cuidando la imagen y queriendo parecernos al pinche primer mundo cuando ni al quinto llegamos!; ah! pero eso sí, que del exterior nos vean muy modositos y maquilladitos y vamos a darle pinche vuelo a la hilacha organizando putos Juegos Olímpicos y Campeonatos Mundiales de Futbol; y de que van a acabar usándolas pues yo creo que sí, si las otras se siguen deteriorando como van, así ya no habrá más pinche remedio, no habrá de otra; como cuando te dicen: ésta es la nueva gasolina plus y tiene mucho menos plomo y te conviene usarla, y tú empiezas por no usarla porque está carísima pero al rato te quitan la económica y no te queda más pinche remedio que usar la cara; y así sucesivamente, luego te ponen la "plus-plus" y la "plus-plus-plus" y no es más que una forma de taparle el ojo al macho y subirte más los precios; si lo hacen con las gasolinas que no te lo hagan con las pinches carreteras? o las han de hacer sólo *para transportar mejor sus drogas*!

Así siguió la plática, por el mismo tenor, con aquel Jamín imaginario mucho más prudente, juicioso, tolerante y callado que cuando estaba vivo. Ya hasta las palomitas había dejado de comer y sólo veía al frente del camino, a la distancia. El otro se dio vuelo hablando más libremente que en otras ocasiones porque en esencia los amigos acaban siempre resultando mejores en el recuerdo. Y así, habló "con él" durante muchos kilómetros de las inconsecuencias del país; de la piratería de productos, que dominaba el mercado; de la economía subterránea; otra vez de las autopistas -pero ahí Jamín le concedió que tal vez las construían los grandes inversionistas y políticos para proporcionar nuevas vías, más transitables, a sus camiones y tráilers con marihuana, cocaína y químicos, para reducir los tiempos de transporte...-; de los vendedores ambulantes que preferían pagar mordidas con sus puestos en la calle que andar pagando mordidas *e* impuestos; de los permisos, de los dichosos permisos; de sus propios sueños de grandeza... y hasta le repitió una vez más, a sus anchas, su ""sketch" preferido, aquél que según él representaba fielmente las injustas condiciones administrativas y burocráticas de su país, aquél que le encantaba repetir para justificar su abandono de los planes que había tenido de poner una –grandota, impresionante, blanca, luminosa, moderna- Escuela de Música:

"El fabuloso empresario en ciernes sale de su casita en Temixco rumbo a la Ciudad de México para seguir con los trámites de la escuela que quiere poner. Va en su auto que compró pagando también los impuestos correspondientes de la compra.

De camino aprovecha a pasar por el Ayuntamiento para pagar los impuestos prediales de su casa y su terreno; ya que va a eso, aprovecha para pasar a las oficinas del fraccionamiento y pagar su cuota de vigilancia y mantenimiento. En el Ayuntamiento aprovecha para pagar agua y alcantarillado y se da una vuelta por la ferretería para comprar un foco de cien watts, cable y madera, para poder poner esa noche de regreso en su casa un poco de alumbrado público, porque donde vive ese concepto todavía ni existe (y llegar de las clases a las once y a obscuras bajarse a abrir la reja, está cabrón!) Pasa a la tienda de materiales a comprar seis bultos de cemento para completar lo que le falta a la pavimentación de la parte de la calle donde está su casa. Recuerda que tiene que ponerse de acuerdo con el albañil, su vecino, para que él haga el trabajo; les conviene a los dos. Las responsabilidades del Municipio...bien, gracias. Pasa a la gasolinera a cargar gasolina "plus-plus-plus-plus" y la paga (con sus impuestos correspondientes), pero sólo podrá deducir ese gasto en su declaración de impuestos si lo comprueba fiscalmente de una manera correcta, por lo que solicita al dependiente una factura con el I.V.A. desglosado. *El dependiente le dice que pase a las oficinas porque él sólo tiene notas que podría canjear después por "las buenas" - pues así como están no le sirven - . Al llegar a la oficina de la gasolinera descubre que la señorita de las facturas sólo trabaja de once a una y son las diez cuarenta y cinco. Decide esperar pues vale la pena; mientras más gastos deducibles pueda comprobar, menos tajada de su pastel se llevará el gobierno. A las once y cuarto alguien le avisa que ese día es* martes *y los* martes *no va la señorita de las facturas. Se sube a su auto y toma rumbo a la Ciudad de México. Al llegar a la caseta, de cobro poco después de Topilejo, descubre en los tableros de lámina que* una vez *más han vuelto a subir el pinche peaje, ya anda por los cincuenta pesos de ida y los cincuenta de regreso. Entra a la Ciudad de México y lo para un agente de tránsito para preguntarle por su Calcomanía de Control de Emisión de Gases Tóxicos número 34-jpf/25w. Él revisa el parabrisas de su auto, su cartera y los papeles del auto de la guantera pero no, no encuentra eso que dice el agente. Tiene sus placas, su tarjeta de circulación, su tarjetón. Encuentra su pago de tenencia, su pago de la calcomanía, de las placas, su comprobante de pago de la verificación anti-contaminación, su verificación de principios de año y su comprobante de Segunda verificación, todo pagado en orden (y tiene*

102

lo único que un coche debería requerir para circular libremente: su motor), pero no, esa nueva calcomanía, la que dice el agente, la que le está pidiendo el agente con sonrisa burlona... no, esa no la tiene. Ni modo, habrá que darle la mordida al agente y tramitar después la dichosa calcomanía a la mayor brevedad. Como tiene que conseguir su incorporación a la Secretaría de Educación Pública para poner la Escuela de Música, pasa a una papelería para comprar un par de plumas, un folder y unas hojas. Compra cinco hojas porque no lleva para más. Al pagar solicita su factura por las mismas razones que en la gasolinera. Ahí en la papelería sólo dan facturas los martes! carajo, pero... ese día es martes, *gracias, Dios mío!, gracias Dios!, no tendrá que regresar otro día. Se acerca con la señorita de las facturas, ella, muy solemne, le dice que no se la puede dar porque sólo dan facturas de quince pesos para arriba y su compra importó catorce pesos con 99 centavos. Él se controla y sonriendo saca otros tres o cuatro tickets de compritas anteriores en el mismo lugar y le dice con aire de triunfo a la señorita que sí, que ya lo sabía, que eso le dijeron la semana pasada y por eso se esperó a juntar varios tickets para que le pudieran hacer una sola factura por todos ellos. Suman 38 pesos. La señorita, incisiva y sin resignarse, ensaya su siguiente recurso (fragmento tercero, párrafo 5°, capítulo 2° de la tercera parte del libro IX de la Enciclopedia "Mil Maneras de Hacer pendejos a sus Clientes y no darles el Comprobante de Gastos que por Ley les Corresponde"): muy mona, le pide su copia del Registro Federal de Contribuyentes debidamente actualizado y la copia de su cédula. Maldición, después de buscarse en los bolsillos comprende que no hay forma de que la lleve porque la dejó el día anterior en los almacenes donde compró una máquina mecánica de escribir (para su nueva escuela) y le dijeron que no bastaba con dejar copia del documento, que tenía que dejar el original, y él decidió hacerlo porque vamos, una cosa son un par de lapicitos y una goma de borrar y otra muy distinta lograr la comprobación de un gasto de la magnitud -para sus tristes posibilidades económicas- de una máquina mecánica de escribir. Así que le dice a la señora que regresará la semana siguiente con la cédula correctamente preparada y sale apresuradamente rumbo a la Secretaría porque después de eso deberá visitar una serie de múltiples dependencias para obtener sus treinta permisos de funcionamiento, la dada de alta del negocio en Hacienda, su Licencia Sanitaria, su Licencia de Bomberos y Uso de Extinguidores por si se le quema la escuela y las otras quince licencias que necesitará para echar a andar el negocio; y deberá también ir a dar de alta a sus empleados en el Seguro Social e informarse bien de las prestaciones que les debe proporcionar para que no acaben por darle en la madre al negocio poniéndole una demanda en la Secretaría del Trabajo y Previsión Social ni bien lo haya abierto e inaugurado.(Y quién carajos previó mi* propia y_particular *pinche pobreza?) Ay! carajo! y tiene que regresar a la papelería para comprar unas formas de declaración porque al día siguiente es el último día que tiene de plazo para pagar sus impuestos del tercer bimestre del año en curso, pero al día siguiente su auto   -como otros tantos miles de autos cada día que por ley no pueden ejercer ni su elemental derecho a circular libremente por las calles qu'esque porque la contaminación llegó al índice crítico (aunque fábricas y grandes empresas puedan seguir haciendo de las suyas y contaminando) - tiene prohibido circular pues sus placas acaban en pinche 4 y lleva calcomanía de ese color, así que tendrá que hacerlo todo* hoy! Todo *hoy!!!! Jaja, jaja!, jaja!"*

Y en ese punto se carcajeaba siempre histéricamente cuando terminaba de contarlo porque en cierto momento de su vida había preferido seguir montando con sus alumnas el "Tema de Nadia" – y otras cosas- y renunciado definitivamente a convertirse en el Donald Trump de la educación musical en Latino América, porque así, con esas condiciones y *dentro de ese pinche sistema, mejor vender pepitas, fayuca, piratería…*

Pero ahí, a la mitad de la carretera a Matamoros, la risa le salió un poco forzada, menos plena, por la carga de la ausencia, y él terminó por derrumbarse porque el recuerdo de Jamín había acabado por evaporarse con los kilómetros que iban quedando atrás y Jamín ya no estaba ahí, en el asiento de al lado, *en realidad* , para carcajearse junto con él como en otros tiempos; porque la tonalidad bermeja más tardía y oscura del cielo ya no le pareció tanto de salsa, sino de sangre coagulada; porque se le apareció a lo lejos, allá al fondo, la siguiente caseta de cobro; porque en su cerebro los acordes de la canción de Janis Joplin habían modulado imperceptiblemente hacia las tonalidades más amargas de "Cry Baby" y la voz rasposa se había ido multiplicando después hasta convertirse dentro de la misma gigantesca catedral colonial en un coro mucho más dramático, mil voces lúgubres enloquecidas cantando el Réquiem de Berlioz –*pinche Berlioz, ay! cómo le gustabas a Jamín*-; y porque a esas alturas el único "post", "post", "post", "post" que se le vino a la cabeza y se le echó encima con todo el peso del recuerdo inoportuno, resultaba muy espeso para tolerarlo sin echarse a llorar -como él en ese momento se echó abierta, sonora y desconsoladamente-: *post-mortem.*

CAPITULO VI

*Felicidad es...*vivir en una *Motor-Home* que nunca se mueva de lugar

(30/Septiembre/1997)

Buscó el número en la primera casa de esa calle... no lo tenía. Ni la segunda, ni la tercera. Era absurdo, había buscado la colonia durante veinticinco minutos y la calle durante una hora. La zona, con algunos focos del alumbrado público prendidos a distancias irregulares, le pareció una reproducción de las peores partes de Ciudad Nezahualcóyotl, allá en el valle de México, junto a la capital del país.

Por fin había encontrado una esquina con el nombre de la calle –por lo menos- pintado en la pared. Alguna ventana encendida mejoraba un poco la visión y disminuía la lobreguez, pero en general el negro predominaba.

Charcos por todos lados, olor a caño y baches profundos en la calle sin pavimentar; un par de brillos en la obscuridad, como pequeñas brasas encendidas suspendidas en el aire, le hicieron pensar en las luciérnagas de Temixco y luego, claro, en la truculenta posibilidad de una pandilla tramando algo en la discreción de los callejones.

Avanzó lo más que pudo en el Shadow hasta llegar al límite de lo razonable. Más allá se atascaría en el lodo de los barrizales. Sonrió al pensar que lo verdaderamente razonable era dar marcha atrás y largarse de ahí, pero los tipos sospechosos habían quedado atrás y esa otra parte se miraba desolada y, quizá por lo inundado, menos peligrosa. Además, no había de otra, si no, ¿para qué toda esa vuelta hasta allá?

107

Estacionó el auto en medio de una gran sombra negra –*mejor que ni lo vean,* pensó-, y echó a andar protegiendo sus tenis del agua, tratando de pisar sobre piedras y zacate. Tampoco esas casas tenían número, pero estaban más espaciadas una de otra y el hombre de la avenida le había dicho que hacia ese lado estaban las casa móviles.

Se oían lejanos ladridos de perros provenientes de aquellas pequeñas luces sobre el cerro. Frente a él alcanzó a distinguir una hilera de grandes bultos. Reconoció que el número salía sobrando si lo que él buscaba era una casa móvil, pero al acercarse más a las sombras negras entre la atmósfera gris, distinguió que todas las casas, las cinco - o siete?-, tenían ruedas en sus bases.

Se detuvo y sacó el papel de la bolsa de la camisa pero en seguida lo devolvió pues no había como leerlo; decidió confiar en el recuerdo. Avanzó sin hacer ruido chapaleando ligeramente en el agua; a izquierda y derecha sólo casas sobre ruedas, pura *motor-home*, el conjunto daba la incómoda impresión de un cementerio de casas. Sólo dos de ellas expedían un poco de luz de su interior; no era cuestión de ponerse a tocar a lo baboso a las once y media de esa noche para ver qué malhumorado amargado salía con un machete a cortarle el cuello por lo inoportuno de la visita y lo estúpido de la pregunta. Rodeó cada una de las casas buscando la plaquita con el número, a veces usando el puro tacto. Nada. Se armó de valor y tocó en la primera que había visto con luz. Después de ocho toquidos, suspicaz por supuesto, descalzo, en shorts y camiseta blanca sin mangas, envuelto en una nube de vapores y olor a aceite rancio, salió un gañán con cara de pocos amigos. El visitante arriesgó:

-Perdone, ando buscando la casa de Marcial Gómez, me dijeron que era el 1340 de esta calle, pero como ninguna tiene número...

El tipo lo miraba de arriba a abajo a la poca luz que se escapaba desde adentro, frunció la nariz al percibir en su aliento restos de un olor a caño, a caca fresca; pensó que se le había vuelto a zafar a su casa sobre ruedas la manguera del desagüe de las aguas negras, aunque esta peste era más fuerte, demasiado pestilente; se limpió uno de los incisivos con la uña del dedo gordo de la mano derecha, señaló a la casa de al lado y sin decir palabra se dispuso a meterse.

-Gracias –dijo el forastero tímidamente y estiró ligeramente el cuello, tratando de identificar algo que se había movido en el interior de la motor-home. Antes de que el hombre terminara de cerrar la puerta pudo distinguir que era una mujer gorda viendo el noticiero en la televisión.

Caminó lentamente hacia la supuesta motor-home de Marcial preparando las frases adecuadas. El movimiento de la puerta al cerrar le había empujado más hacia dentro de la nariz el tufo de grasa requemada de cocina que ahora le repugnaba; se pasó la mano izquierda por la cara tallándose los ojos y la boca.

El hombre de shorts y camiseta blanca lo espiaba desde el interior de su vehículo descorriendo parcialmente una pequeña cortina. −"No creo - le dijo a la mujer gorda, ahora asomada a su lado - y de poli... tampoco tiene tipo ese güey..."

Llegó a la pequeña escalerilla de la casa de su ex compañero. Esperó frente a ella. *Ahora sólo falta que ese pinche demonio de Tasmania me haya dado mal la información y salga alguien peor que él a corregirme...* − Vio rápidamente hacia la casa móvil del tipo de los shorts, la que acababa de dejar; percibió que algo se movía tras el cristalito de la ventana, luego volteó y vio de nuevo la puerta frente a él:

-*Ni que les viniera a robar; qué tanto me espías desde tu pinche miserable casucha con rueditas, pinche güey? ájale, tamaulipeco de mierda...*

-Eres pendejo, o qué? Te dije que *ésa* era la casa del tal Marcial, te la señalé clarito con el dedo- miró a su mujer, que también pegaba la cara al cristal para ver mejor-; éste ha de ser chilango, me gusta para chilango −la mujer sonrió -, se le ve la cara de pendejo y de cabrón... −miró de nuevo a la gorda para ver si se reía de su comentario y luego otra vez al recién llegado allá, frente a la casa de Marcial; y siguió hablando para sí, un poco para lucirse con su mujer −; ya toca! Qué esperas?

-*No sé, ya hasta lo estoy pensando, tanto tiempo de no vernos, no le va a caer muy bien que digamos... y a estas horas... tst, tst en fin, ahí te voy, ahí te voy pinche Marcial Gómez, más me vale entrar ya, no me vaya a salir con algo raro ese energúmeno de allá al lado y termine asaltándome o madreándome...*-se estiró tratando de distinguir algo en el interior de la casa de Marcial, era inútil; subió la escalerilla; esperó, ahora a sólo un paso de la puerta −*estos norteños cabrones...*

-Andarás pasado, bien moto, pinche güey; por eso andas tan perdido e indeciso...-el hombre miró a su mujer, por lo menos esa curiosidad por el visitante era algo que los dos sí conseguían compartir.

-Velo a empujar para que toque – le dijo la mujer-, o está esperando que nos quitemos de aquí para meterse a robar...

-A robar... mis güevos! –el hombre alargó el brazo sin dejar de ver por la ventana y agarró un tubo de metal de unos cinco centímetros de diámetro y sesenta de largo, recordó que al salir a hablar con el tipo le había alcanzado a sentir una peste del carajo-; toca! que no tenemos toda la noche –pensó en sacar la cabeza y gritárselo, pero se contuvo – ,o lárgate de aquí y déjanos descansar...

Él tocó. Sintió que desde lejos *lo seguían* mirando.

-*Ya duérmete pinche metiche! o ponte a ver tu noticiero con tu Moby Dick.*

Pero nadie contestó. Tocó tres veces más sin ninguna respuesta. Por alguna razón, más que pensar en que Marcial no se encontraba o estaba dormido, pensó que podía haberse muerto. Jamín, Raúl Mirado, Barajas, Takagaki... pasaron por su mente casi sin dejarse sentir. *Al paso que llevo....*

Giró la manija de la puerta por no dejar y logró abrirla a la primera.

El tipo de los shorts y la mujer pensaron que Marcial le había abierto.

Él pensó que sería mejor salir de dudas de una vez y no tener que regresar al día siguiente, lo peor que podía pasarle era encontrarse con que en lugar de Marcial estaban otras personas, pediría disculpas y saldría del paso; jamás se imaginó *realmente* que lo podría encontrar ahí, en ese preciso lugar y en ese preciso momento, muerto.

Entró a la obscuridad total, dijo:"Marcial..., hey! Marcial!", a media voz; el piso rechinó bajo sus pies y la casa se balanceó cuando hizo el intento de dar un paso más. Se detuvo en seco; oyó un jadeo extraño, le pareció el de un perro o algún animal de regular tamaño. Sus pupilas, dilatadas al máximo, empezaron a percibir formas con la poquísima luz que entraba desde el exterior. No supo bien por qué pero lo invadió un tremendo pánico; se hizo hacia atrás con la intención de salir rápidamente pero se estrelló sin querer, con la espalda, contra el marco de la puerta y en ese momento, con el codo izquierdo, alcanzó a mover el interruptor de la luz. El dolor le recorrió el brazo y a la vez que se mordió los labios alcanzó a ver, alumbrado por la luz mortecina que ahora despedía una lámpara de mesa en uno de los rincones de la minúscula sala de la casa, el cuerpo recostado en un sofá de un hombre semidesnudo, despeinado, sin rasurar; la boca medio abierta, de donde pastoso, casi solidificado, salía un líquido viscoso marrón oscuro, casi negro... para llegar chorreando hasta el abdomen y los muslos y de ahí hasta los calcetines y el piso. Él avanzó ya un poco más tranquilo, sin el espanto de la oscuridad, sólo asqueado por la peste del vómito y de la humedad y suciedad de la casa. Recordó la imagen que se había hecho de las tobilleras que Silvia le platicaba que vendía; nunca las había visto en realidad. Pensó que el tipo tendría unos cuarenta y tantos años, la cabeza sobresalía del sofá y colgaba hacia un lado –avanzó un poco más, el brazo derecho del hombre caía flácido hasta el piso sobre los restos de un viejo tapete deshilachado y descolorido, pintado sólo en partes por el líquido oscuro - *"Marcial?"*-; hasta que estuvo a treinta centímetros de distancia tuvo la presencia de ánimo suficiente para asociar aquel jadeo, ese ronquido animal, con el pecho mismo del hombre ahí tirado y para ir desenterrando del subsuelo de su memoria los rasgos del llorón de secundaria que Takagaki le había recordado, cotejándolos contra éstos, mucho más fofos, porosos y deformados, pero en esencia: *los mismos.*

Tardó dos horas en quitarle el vaso de ron de la mano izquierda, levantarlo, cargarlo hasta el pequeño baño, limpiarle los restos de vómito y hacerlo volver en sí.

Para cuando Marcial estuvo en condiciones de reconocer a su antiguo compañero de clases, sentirle a su vez el fétido aliento que le provocó por lo menos cuatro arcadas y dos vómitos más, y salir de la sorpresa al escuchar cómo había obtenido su dirección y otras peripecias de su viaje, el otro había tenido ya tiempo suficiente de lamentarse veinte veces por estar ahí limpiando y consecuentando borrachos, él, que desde la infancia, por culpa de su padre, los había odiado tanto.

-Ni a mi padre le toleraba yo estas madres –fue la primera frase que Marcial le oyó, totalmente consciente, decir.

-Cuántas horas? –se ríe al preguntarlo-.

-Dieciocho...

-Dieciocho?! –suelta una risita nerviosa-, pero có...

-Ya te expliqué que no fueron de golpe.

-Pero dieciocho horas?!? –más risitas nerviosas-; oye, pus ni que yo me fuera a Yucatán desde aquí –dispara más risitas, éstas, divertidas – pus qué, traías las cuatro llantas ponchadas o qué?

-Oh! que la... entiende, salí de Monterrey, me regresé, me fui a comer donde te dije; luego quise venirme de Matamoros para acá por otro pinche lado, no me gustó la pinche carretera, me regresé a Monterrey... volví a tomar la misma carretera que había tomado en un principio... y me vine para Ciudad Victoria.

-Lo que es no tener qué hacer! –le dijo Marcial entre más risitas –y te gustaron?

-Qué cosa?

-Los tacos!, oye, pus para haberte regresado nomás para probarlos te tenían que haber gustado un chorro.

-No, si yo ni los conocía, me habló de ellos Takagaki, que ha venido mucho por acá y me los pintó como el Non Plus Ultra...

-El qué?!? – rió de nuevo –cómo se llaman!? Cómo dices que se llaman?!

-No! no se llaman así, güey; es una expresión, como decir: "lo máximo"; me dijo que él había comido un chingo de tacos en montones de taquerías, y mira que es taquero el pinche Takagaki, a pesar de lo japonés, pero que como en ese lugar... ningunos; los mejores de la frontera, pero de toda, y mira que es larga nuestra pinche frontera, desde Tijuana hasta por acá; y ahí me tienes de baboso, acordándome cuando ya venía rumbo a Ciudad Victoria a todo lo que daba; y me regresé. Luego se me olvidó lo de las casetas y me fui por la súper, que yo ni cuándo me iba a imaginar que iba a estar tan cara, carísima, eh?, y llego y ahí me tienes pasando por las pinches calles de Matamoros entre moscas, perros y lodo, como imbécil, buscando el pinche puestito como si fuera el Santuario de Lourdes...

-Y ésa qué, ésa quién es? la dueña? –por primera vez Marcial había dejado de sonreír. Él renunció a explicarle:

-Como si fuera... quiero decir: *muy importante*.

-Ah, ésa es otra, ya entendí –esbozó Marcial una sonrisa de satisfacción.

Resulta difícil platicar con un imbécil y más cuando uno no se considera tonto. A él le costó trabajo sobrellevar esa risita estúpida de Marcial Gómez, sobre todo porque aparte de boba le resultaba increíble en alguien que se había pasado los seis años de Secundaria y Preparatoria... *lloriqueando*.

Pensó que no valía la pena tratar de explicarle y resultaría muy difícil hacerlo entender, y luego, aparte, soportar su risita cuando llegara al desenlace frustrante de la historia, cuando le dijera que los dichosos tacos que Takagaki le aconsejó que no se perdiera por nada del mundo, y que él había buscado tan apasionadamente como a Silvia alguna vez por los corredores del Conservatorio de Música *(imagínate tratando de explicarle a este pinche güey que a Silvia no la había buscado para que me diera ningunos tacos, más bien la torta, ejem, calmado, no va por ahí; y que aquello pasó hace veinte años!)*, habían resultado un absoluto, flagrante *(explícale además la palabrita)*, y definitivo chasco. Le empezó a parecer también que tampoco había valido la pena haber buscado la casa de Marcial - tan insistentemente como había buscado la taquería - por entre todas esas colonias de Ciudad Victoria tan mugrosas como aquéllas - tal vez más -, las de Matamoros.

El tipo, que nunca había sido santo de su devoción, acabó por reventarle el hígado pues fue incapaz de darle otro dato que no fuera la dirección de Blanca Ramírez, la que había sido novia de Miguel Hernández en la Prepa y ahora vivía y trabajaba en Veracruz.

Además, la reacción de Marcial a la narración que recibió del episodio del Aeropuerto en Chihuahua, que el otro se moría por contarle a quien fuera pues no había encontrado a Toledano, no contribuyó en nada a mejorar las cosas. Al final de la historia, Marcial se rió con su risa bobalicona, aunque un poco más contenido y alzó los hombros. Nunca quedó claro si porque no entendió el episodio, o porque le hizo gracia, o porque Marcial ahí en Ciudad Victoria era miembro también de algún Cártel. Eso, él lo consideró internamente más como un auto-comentario burlón y divertido, pues era absolutamente improbable; a no ser que lo utilizaran de tapadera o anduviera de incógnito. Una casa móvil, desastrada por dentro, en una calle sin pavimentar, a treinta cuadras del centro de los suburbios de una triste ciudad como aquélla, no es precisamente la residencia típica de un traficante, a no ser que perteneciera de plano a la infantería, a los de muy de a pie.

Sin embargo, le quedó una cierta duda por algunos comentarios que Marcial hizo esporádicamente respecto a su "troca", sus frecuentes viajes a Brownsville y sus "trabajos", donde ciertas personas le encargaban "cosas"; al hablar de ello la risita perdía un poco de su natural idiotez y daba la impresión de convertirse en burlona, divertida, cómplice, y entonces sí, una posible tapadera de la tal vez verdadera personalidad. Pero todas esas elucubraciones, en el fondo, eran ejercicios de su imaginación motivados por lo insulso de la plática.

Aceptó por educación el agua de limón que le fue ofrecida con la misma risita boba y trató de ser paciente con ese nuevo Marcial, tan distinto en sus reacciones ante las cosas a aquel Marcial cursimente dramático de la adolescencia. Con un poco de suerte podría acordarse de algún otro teléfono o de algún otro dato que le serviría a él para su búsqueda. Así sucedió.

-Blanca está muy bien –se rió– , bueno, no me refiero solamente a "eso" –más risitas bobas-, aunque te diré que se puso así, cómo te diré, más... –se rió como idiota una vez más mientras alzaba los brazos a la altura de su pecho y los abría en un gesto amplio, más amplio, amplísimo-, protuberante *(órale, 'ámonos con la palabrita, quizá no sea la más apropiada pero insinúa que no es tan pendejo el pendejo éste)*; y le ha ido mucho muy bien. Se lleva de a cuartos con un titipuchal de gentes y todos bien importantes, bien influyentes, puro jefazo; hasta la quieren postular *(otra palabrita –pensó el otro- vamos mejorando)* como candidata a gobernadora de Veracruz dentro de un par de años, ya ves que ahora cualquier vieja viciosa y megalomaniaca, con suerte y con los huevos bien puestos puede hacerla chido en la política; yo la vi porque vino acá a atender unos asuntos con unos millonarios sobre unas compras de futuros *(otra palabrita más, hay que aprovecharlo, está*

114

pasando por un momento de lucidez).

-De plano no te acuerdas así de nadie más?

-Pus...no...no, pá' qué te voy a mentir —soltó risitas más idiotas que las anteriores-, pá qué te digo que sí, si no *(paciencia, Señor, paciencia)*; aunque... —Marcial entornó los ojos- aunque... -*(ahí viene, sí, ándale, acuérdate, yo te espero, me aguanto las cabronas ganas de sorrajarte esta pinche jarra de agua en la cabeza con tal de que me digas algo)* expectante, el músico le reforzó silenciosamente la actitud, que aparentaba un inminente recuerdo, poniendo las palmas hacia arriba, levantando las cejas, agachándose un poco y aproximándose a él sin levantarse del sofá; la casa móvil se balanceó con el peso-... sí... — Marcial subió la vista y vio hacia todos lados en el reducido espacio de la vivienda, notando el repentino movimiento *(este pendejo ha de creer que la tierra está temblando, pero mejor ni lo interrumpo, está a punto de...)* - sí! - dijo Marcial súbitamente entusiasmado-, ya decía yo- echó fuera más risitas-, ya decía yo que me acordaba de otros, y hasta los vi; bueno, hace ya muchos años, o ni tantos, pero 'pérame... te acuerdas de El Jarocho?

-Sí...

-Parece que trabajó un tiempo con Blanca Ramírez en Veracruz, al menos creo que eso me dijo ella, pero yo no lo veo desde la Prepa; estaban también... El Chabelo...

-El que se murió...

-Cómo?

-El que se murió, ése se murió el día de la madriza, el día que se chingaron a los de la porra, a los de la flota grande, te acuerdas?

-Ah, sí —se rió estúpidamente, al músico le pareció que más estúpidamente que nunca, por milésima vez-; también me acuerdo que vi al Melenas y al que era su hermanito, que luego se puso bien alto, bien grandote, con su parche negro de pirata y toda la cosa, en un partido de fut allá en el Estadio Azteca cuando la copa del Mundo de...ochenta y seis, pero los vi así nomás, de pasada, nomás nos saludamos de lejos; esos cuates nunca me cayeron... y también en esa época estaban... —él ni se movía para no afectar el súbito acceso de memorización que le había dado al imbécil-... pus los Gómara!! Pus cómo no me iba a acordar?, claro, los Gómara!, los que dirigían la flota grande, los tres hermanos pandilleros, el trío de porros –se rió más sonoramente-, sí te acuerdas, no?–siguió riendo-.

A él un súbito aguijonazo de revelación le picó el estómago; hasta miedo sintió y se enderezó, porque volvió a escuchar en su recuerdo el aparato de banda civil de aquel tráiler del aeropuerto de Chihuahua, con los ruidos y las interferencias, al mismo tiempo que en alguna parte de su mente se le representó la imagen del tipo que manejaba la Suburban que había llegado corriendo al aeropuerto.

-No, esos cuates sí que la hicieron –continuó Marcial-, ya ves que uno llegó hasta a Subdirector de la Policía allá en Puebla –se rió-, y el otro, el mayor, acabó siendo Procurador de Justicia del Distrito Federal – rió más-, si te enteraste...?

-Algo oí en algún lado –empezaba a recordar vagamente algunas ocasiones en que oyó en los noticieros el apellido que ahora se le revelaba como perteneciente a la *misma* persona que dirigió la porra grande de su Prepa 2 por muchos años: pero no como en esas ocasiones en que lo había escuchado como algo ajeno, lejano. La asociación de ideas perdió fuerza contra los recuerdos, que resurgieron más potentes ahora, de la voz del que había hablado por el aparato de banda civil del tráiler informando lo de los gringos que estaban a punto de desmadrarse, y del hombre que le resultó muy "conocido", aquél que entraba con la Suburban al aeropuerto de los narcos cuando él y el trailero salían; sí! en ese momento lo supo ya sin duda: era el segundo hermano, el de en medio, de *los Gómara!*. La voz del aparato y la figura en la camioneta eran de aquel *mismísimo cabrón.*

-Les fue re bien –insistió Marcial-; pero han andado metidos en un montón de líos –se rió de nuevo-, más que nada el mayor; el de en medio, que fue el que te digo que llegó a no sé qué muy importante en Puebla, en la policía de allá, ahí ha andado... y del tercero, del menor, no he sabido nada.

-A los otros los volviste a ver? ¿ Has hablado con ellos?

-No, pus te digo que subieron mucho y muy rápido; yo nomás por lo que oí en la radio o leí en los periódicos; ora quién sabe dónde anden. Otro que se me vino 'orita de pronto a la memoria fue aquel cuate al que le decían El Pescado, ni me acuerdo bien cómo era pero yo lo oí mentar mucho, te acuerdas?

De pronto, al oír sobre ese otro tipo, se le vinieron más recuerdos a la cabeza, de golpe; pero fue algo más visceral, como si de repente se hubiera transportado momentáneamente a otro lugar y otro tiempo, sintiéndose *ahí*. Le llegaron, como por oleadas, fulgores de instantes especiales donde El Pescado había tenido que ver o había sido mentado…, en suma, donde había estado presente; pero no consiguió recordar sus rasgos ni ubicar su imagen. Una tarde, a las tres y media, en el patio de entrada de la escuela, él platicando con Silvia, por primera vez diciéndole que lo suyo no funcionaría, que era mejor terminar, unos chavos ya grandes corriendo por el centro del patio rumbo a las escaleras principales y alguien gritando "Pescado! Pescado!" para que aquél volteara. Una mañana fría de Julio, él en la escuela, caminando distraídamente por un pasillo, acordándose de la vergüenza de la semana anterior haber reprobado el examen de Conjuntos Corales en el Conservatorio Nacional de Música porque cuatro gallos en medio de la faringe le habían echado a perder su interpretación de la parte del tenor de un Motete de Pergolessi –qué podía haber hecho si le estaba cambiando la voz, *carajo!,* por su edad, y él ya *no debía estar dentro de los tenores sino dentro de los barítonos?*-, hundiéndose moralmente por la primera materia reprobada en tres años de estudios profesionales de música y, ensimismado, alcanzando a oír de pronto que en el patio central, el más grande de la Secundaria, y contra la prohibición obstinada de los prefectos, los amantes del blues y del sonido *bayou* -El Jarocho, El Dylan y Carlos Torres-, más tercos que todos, habían comenzado a palomear otro concierto general público y gratuito, esa vez para celebrar la fantástica primera llegada (el día anterior) del hombre a la luna, entre la algarabía de prácticamente toda la escuela, que oía extasiada la armónica, la guitarra, el fregadero de lámina acanalada y el bajo hecho con palo de escoba, cordón grueso y tina grande de lámina boca abajo, y el escándalo de los grupos de fanáticos que aplaudían y seguían el ritmo con los pies y bailaban felices pegados a los barandales del segundo y del tercer piso, y él, volviendo en sí de su tragedia melódica escolar y avanzando a cada paso más emocionado hasta llegar al patio iluminado brillante de entusiasmo y de sol - que hasta se asomó en ese momento entre las nubes para servir como gigantesco reflector para el evento y presenciar también la ejecución de *Spirit in the Sky*, *Keep Mamma blues*, *Graveyard Train*, *Con Dios de nuestro lado*, *Jambalaya* y *Nacido en el Bayou*-, alegre como él mismo, que ya sin tristezas de ninguna índole se sumó contentísimo, cantando y bailando, al disfrute del llegue a la real música mientras unos chamaquillos de primero de Secundaria que hacían bolita le gritaban al Pescado desde arriba, con cierta reverencia y cuidado, que dejase de cantar a grito pelado y permitiera oír. Un medio día, él corriendo en medio del zafarrancho y la madriza de todos contra todos del día histórico en que se chingaron a la porra grande -por lo menos eso creyeron porque el único realmente fregado fue el Chabelo (*qué más fregado puedes acabar si te mueres a las doce de un día en que llegas a la escuela, a "tu" escuela, porque prácticamente es tuya si haces lo que te da la gana, mides 1,85m, eres bien parecido y el brazo derecho de los cabrones hermanos Gómara y los salones son tuyos para ti solito, para tu uso privado y personal y los llamas "mi despacho", y ahí adentro tienes armas, drogas, dinero, cajas de refrescos, chelas, cajas llenas de botellas de Bacardí y tu propia King Size para cogerte a la chava que se te antoje, y ese día llegas feliz de iniciar otro día de poder junto a los poderosos y terminas partido por la mitad, con la columna vertebral en dos, en una muerte horrorosa antes de que suene la chicharra de salida?*)-, y deteniéndose él para evaluar las posibilidades de fuga o de venganza, escuchando que en la planta baja los de la flota chica habían hecho un pequeño alto en su agresión para llamar refuerzos y tratar de hacer la venganza definitiva, en grande, diciéndose entre ellos: háblenle a El Pescado, llámenle a El Pescado, localícenlo, *(era un chingón de seguro ese cabrón, ya para que lo llamaran como refuerzo para madrear a los Gómara y a los Melenas)*. Una noche, él tocando el piano de cola de caoba del salón de filosofía, en el pasillo rumbo a la dirección, para El Chabelo y El Jarocho —mucho antes de la muerte de El Chabelo-, toque y toque y toque él desde las dos de la tarde, sin haber ido al Conservatorio, sólo para congraciarse con los jefes de la mafia privada de la escuela que no se cansaban de oírlo tocar y le pedían de todo, desde rancheras hasta cumbias, desde rocks hasta mambos, pasando por *Trébol Carmesí* y *Una Pálida Sombra* (*ejem... cómo*

118

chingados voy a hacer en el piano acústico de cola los efectos del wah-wah y del delay? Algo se me tiene que ocurrir para que éstos queden contentos), soportando sus chistes sangrones para ganarse su buena voluntad, recibiendo palmaditas en la espalda junto con bravo mi Beethoven, échele mi Mozart, y todo con la plena convicción de que eso era lo más apropiado hacer para resultarles simpático, parecerles buena onda, caer bien en su ánimo, no de su gracia, y no tener que volver a sacarles la vuelta ni a morirse de miedo cuando pasaran junto a él, ni a sufrir por su feria ni por su reloj ni por lo que le pudiesen hacer a Silvia; oyendo que desde afuera del salón, El Melenas, jugando basket con su hermanito, gritaba muerto de la risa: pídele que toque el tema de El Pescado, dile que se eche el tema de El Pescado *(carajo, pues sí que es un cabrón ese Pescado que hasta los de la flota grande hablan y bromean de él y hasta su tema le tienen)*.

Y por todo eso, el simple hecho de haber oído ese apodo después de tantos años, le traía tantas cosas a la mente, aunque de momento no lograra ubicar bien los rasgos de la cara ni la forma física exacta del cuerpo del tal Pescado. Pero por lo demás, claro que se acordaba.

-Y cómo no? si era bien famoso; no lo tengo claro *claro*, pero sí me acuerdo –le brillaron los ojos cuando le preguntó entusiasmado-: ¿De ése sí tienes su teléfono? ¿Su dirección? me cae que ése, y el Toledano, por ejemplo, y el Pedro Galas, son de los pocos que realmente me gustaría volver a ver; no porque hayan sido mis cuatísimos, bueno, el Pedro Galas sí, sino porque hay gente que como que te dispara recuerdos, situaciones nostálgicas nomás de verla.

Marcial lo miraba como embobado, medio sonriendo, tal vez narcotizado por el hiprástico y somnífero tufo del pésimo aliento del músico, al que había empezado a percibir cada vez con más claridad conforme las brumas de la borrachera le iban dejando más despejado el cerebro; reaccionó súbitamente:

-Qué, Takagaki no te dio más datos? Él se llevaba con todos ellos, él se llevaba en la Prepa con mucho más gente que yo!-. Quería deslindarse y acabar esa visita lo más rápido que se pudiera.

-Pues si es así, la verdad, entonces quién sabe...

-Quién sabe qué?

-No, lo que pasa es que nada más me pudo dar un par de teléfonos y una que otra dirección... me dio el teléfono de Fernando Bravo –volteó a ver a Marcial para ver si se acordaba de alguien más mientras él iba enumerando con los dedos de una mano los datos obtenidos.

-Puuus no...

-Me dio tu dirección, el teléfono de Cruz Lugo, también su dirección; por cierto, vive en Veracruz; voy a pasar a verlo dentro de unos días –miraba fijamente a Marcial para ver si reconocía los nombres, las personas, y le aportaba algún otro dato-, la dirección de Chepina... -Marcial se animó y rió cuando escuchó el nombre-, la recuerdas?

-Ajá – ya así, seco, sin más, sólo la interrupción anterior de la risa; él agradeció internamente que por lo menos Marcial no le hubiese preguntado por Silvia, la mejor amiga de Chepina-.

-Y me dio también el teléfono y la dirección de Octavio Sánchez y el de Marga Méndez Cue, que andan por allá por Chiapas; parece que ella en Tuxtla Gutiérrez y el otro hasta por allá por Ciudad Chetumal. Esa chingadera fue lo único que me dio.

-Qué raro! Pa'mí que él sí siguió viéndolos casi a todos. Hace poco vino por acá a un congreso, de médicos o algo así; me lo encontré a la entrada del Hotel Victoria, yo iba a dejar un "encarguito"; me saludó muy bien y me dijo que había seguido viendo a muchos de nuestra generación, que acababa de comer unos días antes con uno de los Gómara, el de en medio; bueno –se rió con ganas-, eso de "nuestra generación" es como quien dice... –se rió más-, ya sabes que yo tronaba a cada rato todas las materias y terminé haciendo la Prepa en diez años- siguió riéndose-, yo no fui, como ustedes, generación 67-73, sino que fui de la 67-77 –se carcajeó-, pero mi papá quería que terminara la Prepa a como diera lugar...

-Y por qué crees?

-Que mi papá quería que terminara?

-No! que Takagaki no me dijo cómo localizar a esos otros cuates, si él sigue en contacto con ellos.

Un teléfono sonó en la motor-home, él pensó que sería el suyo e instintivamente lo buscó, pero recordó que lo había dejado en el Shadow, sin batería. Marcial miró hacia el dormitorio y luego lo vio a él. Él le hizo un gesto de que lo esperaría tranquilo, de modo que fuera a contestar, pero Marcial entrecerró los ojos y le hizo señas de que no era importante, subió los hombros y frunció la boca. El teléfono dejó de sonar. Marcial retomó el hilo a su manera:

-Y a ti cómo te ha ido?, conseguiste todo lo que querías?, -sonreía sólo un poco- eras bien inteligente, bien exigente, yo te veía siempre, a futuro, como un gran compositor y director de la Orquesta Sinfónica Nacional, o hasta, por qué no?, de la Filarmónica de Nueva York ; me acuerdo siempre del día que casi me escupes por haberme puesto a llorar –cuando dijo llorar se le ensombreció repentinamente la expresión y se le cayeron las comisuras de los labios, fue sólo una fracción de segundo, tan breve, pero tan marcada, que resultó absolutamente antinatural, misteriosa- frente a la maestra de francés, ja, ja, ja- se carcajeó súbitamente de manera estentórea -, esa vez sí que estuvo buena!.

Él, sin responder nada, se levantó del sofá-cama donde ambos platicaban, avanzó unos cuantos pequeños pasos cuidando de no tropezar en la mínima estancia, vio la pluma (*de oro?*) con la que Marcial le escribiría más tarde la dirección de Blanca Ramírez y pensando en muchas cosas, preparó la incursión emocional con la pregunta que no había planeado hacer pero que ya para ese momento resultaba imperiosa:

-Oye Marcial, hablando de eso, sin que te encabrones y ya que tú mismo sacaste el tema... qué fue de aquella... qué pasó con aquella...cómo te diré? no me lo tomes a mal, eh? aquella costumbre tuya de...

-Dilo, hombre –se reía más fuertemente que nunca-, dilo sin pena, qué pasó! no que ustedes eran los normales y yo el que estaba loco por ese detalle? a ver, por qué te cuesta tanto trabajo decirlo?, es muy simple, quieres preguntarme cómo se me quitó lo llorón, no?, porque era yo un lloronazo de miedo, verdad?.

-Pues sí, la verdad es que llorabas por todo –se animó más conforme iba hablando-, pero *por todo*, nos sacabas de onda, qué oso, hijo…; que voló el gorrión...tú a llorar; que se cagó la mosca... tú a llorar más; que Joan Manuel Serrat cantó "Señora" la noche anterior en la televisión... uuuta!; que se murió el profesor Zobek partiéndose la madre desde un helicóptero... putíiisima!; que sonó la pinche chicharra de fin de clases... tú muerto en llanto, me cae que eras un pinche llorón mariquita de mierda.

Marcial se carcajeó, se echó para atrás en el sofá-cama y hasta las piernas levantó mientras se sujetaba el abdomen con las manos, riéndose, riéndose; se calmó un poco.   – No, no era tanto así, no; pero ya ves, llegó un punto, un día muy especial; lo tengo grabado en la memoria y hasta ahí, mira, grabado en ese rotulito de metal que está ahí junto a la entrada del baño - señaló con el dedo, el músico caminó dos pasos más para leer el texto y ahí *la* vio: desde ese ángulo, antes que el rótulo, alcanzó a ver una *pistola* que estaba entre los trastes del fregadero de la pequeña cocineta; entre sorprendido y asustado sintió que era de verdad *(una "cuarenta y cinco"? qué onda?!)* y luego, para no demostrar que la había visto, se fijó muy atentamente en el rótulo, estaba escrito "Día 15"-; fue el día que me di cuenta que estaba de plano bien amolado porque ese día lloré de tristeza de estar llorando por la tristeza que me daba llorar siempre, y creo que lloré con tantas ganas, que Alma, la gordita, la gordita amiga de Marisa, te acuerdas de ella??...ah!! pus ahí tienes otra de la que me acuerdo y creo que por ahí tengo sus datos, pero no, yo creo que ya ni sirven, son de hace como veinticinco años!

-La chava de ojotes y nariz aguileña?

-Esa mera!, la que después se fue a estudiar Psicología; pus ella, que ya le gustaba la Psicología en ese entonces, me aconsejó que me preocupara por lo que me pasaba; tú crees que yo no me preocupaba? Si hasta lloré como niño de kínder el día que me le declaré a una chava que me gustaba! lloré tanto, que no pude ni terminar de declarármele; me había yo aprendido varias frases de aquéllas de "Amor es...", te acuerdas?, para decírselas, como esa chingadera de: "Amor es... nunca tener que pedir perdón", sí te acuerdas, no? de la película aquella de *Historia de Amor*, ya ves yo qué bien me acuerdo ahorita!, pero en ese momento no me salía nada! y estaba yo atorado y como pendejo y desesperado apretándome las manos y repitiendo sólo "Amor es...", "Amor es...", "Amar es..." y se burló de mí, pus cómo no! grandulón de dieciocho años moqueando y temblando como escuincle...!; Alma me dijo: búscate unos libros de Psicología –Marcial empezó a reírse de nuevo divertido de sus propias cosas-, me dio unos títulos, me dijo que tratara de investigar la causa de lo que me pasaba y hasta me dio la dirección de un tío suyo que era psiquiatra y al que fui a ver un par de años después, porque a pesar de que yo ya había leído mucho, ni encontraba la causa de mi llanto permanente ni se me quitaba –se rió más-. Ese cuate me trató como unos 5 años, era re buen médico, me hacía que yo le platicara un resto sobre mis cosas, mis papás, de cuando yo era chavito...

-Pero entonces era un psicoanalista, no un psi...

-No! nunca me hizo análisis de nada, ni de sangre, ni de orina, ni de nada, te digo que nomás oía, y a veces me platicaba él sus cosas.

-Por eso, te digo que era un *PSICOANALISTA*; psi-co-anal...

-Anal?! qué esos cuates tienen que ver con eso? –él pensó que en su supina ignorancia, Marcial no andaba tan alejado del asunto, pero de cualquier forma no sintió ya ganas de explicarle nada-; bueno, yo no sé, el caso es que como te digo, nos hicimos amiguísimos. Luego, por falta de dinero, dejé un tiempo el tratamiento y empecé de nuevo aquí, cuando llegué. Aquí son mucho más baratas las consultas y encontré a otro psicólogo que también es re bueno, hasta me propuso varias formas para dejar de llorar, de ser tan así; me dijo que podía yo intentar romper cosas, por ejemplo, no? esa era otra posibilidad; o tratar de hablar golpeado; o dar de gritos, me dijo que eso daba resultado, que era la forma de curar de un tal doctor Janov, o Panov, o Tanov, ya ni sé, que hasta a uno de los Beatles, creo que a John Lennon, y a otros famosos había curado, sólo haciéndolos gritar! así nomás, gritar muy fuerte cualquier cosa con todo tu corazón y pus, así, me propuso varias formas de salir de eso, o cualquier cosa mejor que seguir llorando toda la vida, así me decía, y al final logró que dejara yo de llorar por todo –Marcial se rió con una sonrisa amplia, la más amplia de todas, franca, inocente, convencida, triunfal-; ahora me *río* de todo, pero en estos tiempos de tanto drama y problemas y angustias y pobreza y matazones, es mejor ser positivo, o no?; yo ya lloré –como me dijo el último doctor- "la dosis de llanto" que me tocaba para toda la vida; 'tonces pa' qué seguir tristeando?, y si de todos modos me van a pendejear como me pendejeaban ustedes en la escuela, que yo sí me daba cuenta, eh?, no te creas que no, pus más vale ser un pinche pendejo risueño que un pinche pendejo llorón, digo yo.

Aceptó otro poco de limonada y varias situaciones estúpidas más. Como la del *karaoke*. En un momento en que la conversación volvió al tema de la música, tal vez llevada a propósito ahí por Marcial, éste miró fijamente al visitante y le preguntó muy serio:

-¿Tú me producirías un disco? Me dirigirías *musicalmente* un disco? Por supuesto…yo te pagaría…

El músico se quedó un instante sin respirar y luego, lentamente subió mucho las cejas. Marcial lo jaló del brazo con entusiasmo y lo llevó al pequeño dormitorio para mostrarle el lujo de su pasión secreta: un flamante equipo de *karaoke* para cantar siguiendo pistas musicales y las indicaciones y las letras de las canciones en la pantalla. Y no le dio tiempo al músico de decir nada; el karaokómano lo sentó en una pequeñísima cama y buscó rápido entre el menú de canciones la de los Hombres G que más le gustaba, *Devuélveme a mi chica*. Tomó el micrófono y comenzó a cantar todo desafinado bailando y contoneando su cuerpo a destiempo de la música y meneando toda la casa.

El músico permaneció inmóvil sin salir de su asombro; pensó qué pinche época ésta *en que le venden a la pinche gente el sueño de "ser" artistas por un momento, así, trak, rápido y fácil, trak como con un tronar de dedos de un mago oriental; época en que la pinche apariencia sustituye a la esencia, el pinche parecer al ser…en que un puñado gigantesco de pinches babosos retrasados mentales en todo el mundo se ríen impunemente de su pinche torpeza para cantar y falta de talento musical y para colmo se sienten soñados y son aplaudidos por otros más pinches babosos que ellos, que están impacientes deseando pasar al frente a hacer las mismas pinches pendejadas en karaoke o en playback.*

Después del mal momento apenas pudo balbucir algunas explicaciones, comprendió que nada útil podría ya sacarle a Marcial y salió de ahí malhumorado, caminando entre las aguas puercas. Hundió sin querer el pie derecho en un bache gigante y pensó que sólo le faltaba no encontrar el auto, que se lo hubiesen robado; avanzó a trompicones sacudiéndose el pantalón con la vaga impresión de que para un observador ajeno, él resultaría –en esos momentos de su vida y a pesar de que su casa en Temixco tenía por abajo cimientos de concreto y no ruedas-, más parecido a este Marcial Gómez que a los Takagakis y Toledanos que andaban por el universo; ellos; hombres competentes y competidores, capaces y eficientes, que se mueven a sus anchas en un mundo al que siempre soñaron acceder y que hablan ya –como Takagaki- de una forma muy diferente a como lo hacían antes y se dan el lujo de emitir juicios con autoridad y soberbia; éstos: Marcial, *él...* queriendo vivir eternamente en movimiento, pero sin llegar nunca a ningún lado; queriendo tener casas con ruedas, para luego irlas a parar definitivamente junto a otras porquerizas en un lamazal inmundo.

Pensó en suspender su viaje. Estaba harto de gastar en gasolina, casetas y casetas de cobro y tarjetas para llamadas de celular, y en la comida que - cuando no hay mucho dinero- tiene la gente que andar sirviéndose en esos puestos de lámina de las esquinas: *taquitos de suadero, de tripa, de machitos, en pinches tortillitas micrométricas para que salgan baratos, y remojados con un pinche Yoli o un puto Titán del sabor que haya, o ya de perdis una pinche Manzanita Sol; tst, tst, puede uno acabar con una tifoidea cabrona o bajándose cada tres minutos a abonar los sembradíos en la orilla de la carretera con una canija mezcla acuosa de tortilla a medio fermentar, pellejos, jugos estomacales e intestinales y salsas verde y roja junto a pedazos desgarrados de los propios intestinos; porque eso de esperar hasta la siguiente gasolinera está en chino, aaa! y para cómo están los pinches baños...*

Podría dejar el auto con Marcial y regresarse en avión –*a'i luego lo recojo*-, o venderlo, porque al paso que iba y con tantos días ausente, sin tener entradas de dinero y habiendo dejado a sus alumnos esperando a Godot *(como los pinches tarahumaras de la sierra)*, tendría que empezar de nuevo a allegarse recursos. Lo pensó muchas veces porque el viaje hasta ese momento se le estaba revelando como absolutamente infructuoso, especialmente las dos últimas semanas.

Las expectativas eran mínimas. No le parecía que su visita a Veracruz pudiera sacarlo de dudas, ni de pobre; tal vez sólo de quicio.

Cuando salió de México, jamás tuvo la idea de localizar a Cruz Lugo, ni se acordaba de él; lo catalogó siempre como el mojigato más rastrero de la escuela. Y si la novia del Hernández iba a estar tan ocupada y viajera como Toledano o tan estúpida como el Marcial, para qué seguir?

Le tomaría sólo unos días más darse cuenta de lo equivocado que estaba.

Pensó que llevaba las de perder; esa vieja, Blanca, era una de las putas más putas de la escuela y aunque ella le había echado los perros –a espaldas de Hernández-, a él nunca se le había antojado y por eso nunca le hizo el favor ni llegaron a las manos. La dejaba ser. *Let it be,* se repetía interiormente mientras hojeaba el libro de fotografías que acompañó a la lujosa primera edición del último disco del cuarteto y que Capitol en México imprimió en 1970 a todo color y colocó en una cajita de cartón junto con el disco de portada doble para regocijo de los cuates. Ahí, en uno de los asientos del patio principal de la prepa se sentaba él a ver pasar la gente y a dejar correr las horas cuando no le apetecía entrar a clases, especialmente cuando se había peleado con Silvia

Veía a John con su traje blanco, a Paul con su barba y su piano, a George con su chamarra gruesa sacudiéndose al viento, sobre la azotea, a Ringo con su risa bobalicona como la que Marcial adoptaría muchos años después, y levantaba los ojos del libro sin levantar la cabeza, para ver pasar a Blanca por el mero centro del patio principal besuqueándose y abrazándose con alguno de sexto porque Miguel Hernández no había ido ese día a la escuela; y él se repetía a sí mismo *let it be, let it be,* siguiendo la tonada, para después bajar la mirada hacia el libro y sacudir la cabeza y encontrarse de golpe con Billy Preston sonándole al órgano en *Get Back*.

La faldita, de largo casi a la cintura, y las piernas blanquísimas de la muchacha –como su nombre-, superbien torneadas, nunca le hicieron a él el menor efecto; tal vez porque a él le gustaban más modositas y seriesonas o tal vez porque le daba miedo que Miguel los fuera a sorprender después de haberse acelerado con unas doce pastillas y anduviera bien high y acabara por dejarlos tendidos y resquebrajados a él y a la pirujilla.

Así que para qué iba a ir a Veracruz a encontrarse con ella? vieja y ajada por tanto revolcón con tanto "amigo". En cualquier caso llevaba las de perder: o se la encontraba más putañera que antes y dada al catre por la menopausia, o quizá habría dado el cambiazo total, como Takagaki, y vendría a resultar que se había arrepentido, reformado y convertido en testiga de Jehová, siendo ya hasta insoportable hablar con ella *(porque los más pecadores e hijos de la chingada acaban resultando los más pinches insoportables proselitistas puritanos misioneros predicadores evangelistas cuando se convierten! –* pensó, enojado de pronto).

Pues saldría perdiendo, aunque fuese sólo para obtener de ella unos cuantos teléfonos y direcciones que le permitieran seguir con la cadena de su viaje hasta encontrar lo que buscaba y - por qué no, ahora que se lo habían traído a la memoria? - hasta al dichoso "Pescado" ése. Se divirtió pensando que qué mejor lugar para encontrarlo que allá en Veracruz, en el mar.

Tal vez, después de todo, valdría la pena seguir, aunque Lugo fuese a resultar intolerable y aunque Blanca fuese ya una vieja acabada o hubiera dado el cambiazo.

La gente cambia.

Eso es un hecho.

Sí, y después de todo, qué carajo? Será mejor ver a Blanca primero y a Lugo...luego.

A la mañana siguiente, en el mismo momento en que en Ciudad Victoria el Shadow blanco cruzaba los límites de la ciudad para tomar camino a Veracruz, y en Monterrey Don Jorge Toledano marcaba el teléfono de Fernando Bravo, Marcial Gómez tomó el teléfono celular para llamar a Blanca Ramírez a la Ciudad de Veracruz.

Pero no tuvo tiempo ni siquiera de marcar el primer dígito; el teléfono le timbró a Marcial en la mano, resonando, amortiguado, en los muros de madera prefabricada y fibra de vidrio de su eternamente balanceante casa sobre ruedas.

CAPITULO VII

El camino para Noya   (1º./Octubre/1997)

-Marcial?... Marcial?

Marcial contestó hasta que reconoció la voz y, por supuesto, entre risas.

-Qui'ubo Doctor? qué milagro! No me llamas desde hace seis días, qué pasó? ya no soy bueno, o qué?

-Ni lo digas, Marcial, sigues siendo de los buenos, de los efectivos - El doctor Takagaki sabía que Marcial era un elemento útil e intentaba hablar a su altura para no resultarle antipático, pero lo mantenía a distancia para que no le perdiera el respeto - cómo va todo por allá, qué onda?

-Pus con sorpresas – risitas de las de siempre-; ya ni te mides, para qué me mandas gente como el de anoche? de veras...

-Ah! ya te cayó ese tipo por allá? me lo...

-...estaba yo hasta atrás -risitas marcialescas, pero hasta atrás!-"como siempre", pensó el doctor-, durmiendo la monalisa y de pronto que vuelvo en mí y veo un panzón a unos centímetros de mi cara –Marcial se rió cada vez más fuerte- y quejándose...

-De qué?

-De mi cara, así de cerquita...

-No!, digo que *de qué* se quejaba? –Takagaki empezó a desesperarse, como le ocurría cuando Marcial comenzaba con taradeces-; me estás diciendo que empezó a quejarse y yo pregunto que... *de qué?*

-Pus de que según él tuvo que moverme, limpiarme el vómito -se rió con una risa que daba la impresión de ser de pena, pero no lo era-, lavarme, zarandearme y hasta tararearme una canción para que yo recuperara el conocimiento –Marcial se carcajeó; Takagaki, en Tijuana, ni siquiera sonrió, estaba preocupado–, imagínate!

-Precisamente te llamé para saber si ya había pasado a visitarte.

-Pus qué buen cálculo! te pasaste por un día. Lo que sigo sin entender es para qué me lo mandaste; se me hizo muy distraído y disperso para supervisor...

-Para quitármelo de encima! Para eso te lo mandé!! Vino a investigar no sé qué cosa, a hacerse el tonto mientras me analizaba y analizaba toda la clínica e investigaba cosas; los guardias de seguridad me llamaron a la cabina de control para mostrarme a un tipo que estaba en recepción, sin moverse, tratando de hacerse el disimulado y viendo dizque discretamente a los emplazamientos de las cámaras de televisión del circuito cerrado de seguridad; yo les dije que no se preocuparan porque ya había visto su tarjeta, pero luego el preocupado fui yo porque no sé en qué anda metido ni qué quiere sacar; bajita la mano y haciéndose menso te habla como para sacarte información...

-Sí, aquí vino a hacer lo mismo –Marcial habló sin reír.

-Y te tira unos buscapiés como para que caigas y le digas algo...

-Algo de qué?!

-Yo qué sé? Digo "algo", en general, yo qué sé! de qué ha de ser? de lo que *ya* sabemos tú y yo- "o de lo que sólo *yo* sé", pensó Takagaki-; o quién sabe de qué?

-Y enton's para qué me lo mandaste?

-Pues para zafarme de él, para deshacerme de él-"eso hubiera estado mejor", pensó Takagaki-, y si no te lo mandaba a ti, a quién se lo mandaba?, ni modo que a *los otros!* Habría estado más comprometida la cosa!; acabé dándole unos tres o cuatro datos para que ya se fuera y me dejara en paz.

-Y el mío para qué? –seguía sin reír.

-Para hacer bulto, para que no le parecieran tan poquitos; pero en realidad yo nunca pensé que verdaderamente pasara a verte, qué te preguntó?

-De qué?

-En general!! –Takagaki se alteró más, como siempre; Marcial lo sacaba de quicio, pero a pesar de sus limitaciones era eficiente en lo que hacía para el doctor-; qué te preguntó? quiero decir, de cualquier tema, de cualquier cosa, de qué hablaron?

-No, pus de un montón de cosas, de...

-Te preguntó por los Gómara?

-No... que yo recuerde... –Marcial dudó, primero porque realmente no se acordaba, y luego porque comprendió que el doctor Takagaki se enojaría por su indiscreción; pero de todos modos, como ocurría siempre, se iba a enterar, así que se animó-: no... pero yo se los recordé...

-Pero para qué?!? Marcial! Pa-ra-qué??!

-De hecho le dije que tú los veías frecuentemente...

-Cómo se te ocurre?!-Takagaki se alteró de veras.

-Pus yo qué iba a saber que no querías? Pensé que por algo me lo habías mandado o que ya estaba trabajando contigo –se puso nervioso y estalló en una risita-, pensé que de eso se trataba, de meterlo...o que ya estaba metido; si venía de tu parte...

-Cuál de mi parte! Cuál de mi parte!! –Takagaki comenzó a gritar furioso; Marcial se separó del oído el aparato, se levantó y empezó a caminar yendo y viniendo de la salita a la recámara de la motor home-; qué, te llevó alguna tarjeta mía?! Te mostró alguna tarjeta mía? o qué? alguna carta de recomendación? o qué? Qué inútil eres! le doy tu dirección pensando que ni cuándo te va a ir a ver y tú lo recibes como si fuera mi secretario particular o mi hermano; qué, al primero que te llegue diciendo que yo lo mandé le vas a soltar todo? qué le dijiste? qué más le dijiste?

Marcial le contó más o menos el curso de la plática, trató de ser honesto sabiendo que era mejor darle datos a Takagaki para que aquél pudiera prever cualquier posible conflicto y evitar que se generase un problema mayor. En general le dijo todo, incluido lo de la comida de Gómara con Takagaki; se reservó únicamente lo de Blanca, que no sólo no tenía que ver nada con el doctor, sino que era para Marcial su único punto de contacto con otros tipos importantes, su paracaídas, su vía de escape por si todo se echaba a perder con Takagaki –como en casos como ese parecía que podría suceder-; Blanca era su "detalle" de categoría y su tabla de salvación.

-Te preguntó algo de Silvia? -dijo Takagaki un poco más calmado.

-Qué Silvia?

-Cuál ha de ser? la que fue su novia, su querida, su amante durante tantos años! – el doctor seguía pensando que tal vez la visita hubiera tenido que ver con su relación secreta con Silvia.

-Ah! Ya me acordé, uuuuy! –Marcial recuperó las explosioncitas de risa-, pero eso fue hace mucho, muchísimo... y él ni la quería –"claro que la quería y mucho", pensó Takagaki, "tal vez al principio quién sabe, pero después ni hablar"-; yo me acuerdo, doctor, que le daba sus buenos descolones y a veces hasta se le paseaba con la Xóchitl enfrente de sus narices –Marcial se rió con más ganas al seguir con sus comentarios- y ahí se quedaba la otra... Silvia, con su cara de perro con chorrillo viendo cómo los otros se iban muy juntitos, pobre chava!

El doctor Matsuo Takagaki recordó con tristeza aquellos episodios a los que Marcial se refería, a él también le había tocado verlos; recordó la cara de borrego a medio morir que ponía Silvia cuando el gran amor de su adolescencia, "el musiquillo de quinta", como ya en aquel entonces Takagaki le decía, se levantaba en las diferentes clases a contestar, pasaba al frente a exponer algún tema o tocaba el piano. El doctor se despidió y colgó –demasiado súbitamente y con demasiada tranquilidad, a juicio de Marcial-, rumiando interiormente que los grandes amores de la adolescencia, en un sentido o en otro, jamás acaban en un final feliz.

Este cabrón... será pollero o será narco? será padrote o sólo un borracho pendejo? será melón o será sandía o será la vieja del otro día. Eso de los "encargos" y de que vete al Hotel Victoria y lo que contó de sus idas a Brownsville, y el teléfono... y la pluma... y la pistola! Qué chingados! suenan más a pequeño traficante que a otra pinche cosa... o a coyote, pollero. Ése ha de ser de los que andan tratando de pasar a los pobres mojados ilusos para Estados Unidos y luego dejándolos en la estacada. A'i nos vidrios, a'i te dejo, hoy te vi y si mañana te veo de seguro ni me acuerdo. Y los que pagan el pato son los pobres wetbacks pendejos que viven soñando en juntar sus dolaritos para dejar de sufrir aquí e irse a sufrir al otro pinche lado; luego acaban regresándose. Y esa risita... esa pinche risita... sonaba de repente demasiado boba para ser real; aunque quién sabe? Igual se puede ser un desgraciado y llevar dos, tres vidas, aunque no se sea demasiado brillante. Si vende droga, allá él, que con su pan se lo coma. Lo que no soporto es pensar cómo un tipo así puede andar haciendo de las suyas sin que lo encierren y alguien como Jamín tiene que verse expuesto a la vergüenza pública, al chisme, al escarnio y acabar condenado como acabó... y luego muerto.

Y la puta "niña" que se convirtió en su Waterloo, épale! estaba más corrida que una de toros! una pinche tipeja era lo que era! "Señorita"... "Señorita mis timbres! Ni en la parte de atrás de sus putos calzones! para mí que le entraba a todo y a todos; mira que acusarlo de que la había querido violar cuando era ella la que llegaba a buscarlo al trabajo y le decía luego atiendes a tus clientes, te invito a tomar un café; cuando era ella la que se encargaba de que no llegaran al café y se quedaran en el auto agarrándose por todos lados, mamándosela con gusto, o de plano sobre el escritorio abriéndole las piernas en la cara, invitándolo, invitándolo... en la misma oficina de Jamín cuando los demás vendedores se habían ido. Y él qué iba a hacer?, si hasta le decía que qué fecha era y que tuviera cuidado para no embarazarse, y la otra se reía y extraía el condón de algún lugar en el doblodillo de su falda o en la bolsita de sus jeans, y tenía tanta práctica que abría el pinche sobrecito, lo sacaba y se lo echaba a la boca para después, sin usar las manos ni para bajar el cierre o abrir la bragueta del pantalón de mi amigo y en un despliegue de capacidad y virtuosismo cabrones, ponérselo donde se debe con la pura destreza de sus labios, sus dientes y su lengua, expertos desde sus putos quince años! o le mostraba la caja de Nordet riéndose y alzando las cejas. Él qué iba a hacer cuando lo detuvieron y lo arrestaron y ni a una puta fianza le dieron derecho? Si no tuvo tiempo ni de montar en su caballo! Él qué iba a hacer si la ley y los jueces estaban de parte de la "casta niña", de la "pobrecita niña" sufridora?

La justicia está cabrona: Es ciega; verdaderamente es ciega!

A Thimoty Mc Veigh lo condenan a pinche pena de muerte, pero le quedan recursos, y entre esos y la espera vendrá muriendo en tres años, o en diez; mientras que a Wilbur Jones lo condenan a dieciocho cadenas perpetuas consecutivas, pinches güeyes! jueces pendejos, jurados jodidos!; y a la pinche señorita Woodward, por asesinar, "más o *menos", a un niño al que supuestamente cuidaba, la condenan sólo a nueve meses! pero nótese: después de haberla declarado culpable y de haberle dictado sentencia dan marcha atrás porque la gente se manifiesta aquí y allá en su tierra, en Inglaterra y en quién sabe dónde chingados más, y entonces CNN, tcht, tcht, la pinche moldeadora de opiniones del nuevo vecindario global (porque eso es, mi querido Mc Luhan, y no una aldea como tú dijiste: es ya un simple, corriente y vulgar pinche vecindario! un puto y jodido lavadero) se encarga de mover el agua y de tentarnos el corazón, y hasta al juez, que dice que siempre no; y además, de los nueve meses de condena que te tocan ya llevas nueve por el tiempo que estuviste detenida así que bye, te puedes ir; mira nomás... qué pinche maravilloso sistema!: te detengo meses, años, aunque no te haya comprobado la culpabilidad y a pesar de que el sistema presume de que todos son "inocentes" hasta que no se pruebe lo contrario! (sí, cómo no! más bien es al revés!:eres culpable hasta que no consigas tú demostrar que eres inocente!)... o te libero si me presiona el pinche público..., los medios... o te condeno pero me tardo meses, años en ejecutarte (por fin, en qué quedamos, te voy a matar ó no?) gastando mientras el pinche dinero del contribuyente! Te la pasas vivo cuando deberías estar muerto, te la pasas adentro cuando deberías estar afuera y afuera cuando deberías estar adentro!*

Después de encerrarlos por meses, años, absuelven a algunos: fue un lamentable error, usted perdone, no se volverá a repetir (claro que no! porque nunca me volverán a encontrar si hago algo, sea malo o no!); *perdonan a unos y a otros no.*

Qué pinche diferencia hay en el castigo? y sí la hay en el crimen! Pinche "Justicia"! O.J. Simpson es declarado inocente. Cualquiera con suficiente dinero y tiempo puede inducir al puto jurado a que dude razonablemente de cualquier certeza, del tamaño de un guante, o de un DNA. La pinche "justicia" depende de qué tan buenos abogados tengas o de qué tan incompetente sea la acusación. Si eres latino: hondureño, mexicano o español, te chingan más que si eres negro. A Joaquín José Martínez, español, lo condenan a la silla eléctrica por un supuesto doble crimen, no tiene dinero para contratar a veinte cabrones especialistas que demuestren que él estaba en Saturno cuando los pinches asesinatos; es pobre, y latino para colmo de males! ni siquiera

134

negro, con lo que quizá le iría un poco mejor, porque tal parece que la pinche justicia blanca ya se lo piensa dos veces (a veces) antes de condenarte o agarrarte a palos como a Rodney King, brother. Pero si eres de Michoacán ya te puedes ir curando los macanazos tú solito con puro pinche Iodex, porque si no pasó un helicóptero de noticias cerca, no habrá quien dé testimonio de cómo la Border Patrol te agarró de su piñata o practicaron con tus pinches nalgas el tiro al blanco en su coto privado de caza. Pinches tiempos éstos!

La esposa de Fernando Bravo no estaba acostumbrada a recibir llamadas donde la que comunicara fuera una secretaria. Interrogó a la mujer de voz madura con un agresivo cuestionario en el que sólo le faltó incluir si en resumen se había acostado con Fernando o no. "Este canijo –pensaba mientras le preguntaba a la señora del otro extremo de la línea– anda todas las mañanas y todas las noches de caliente y de emotivo conmigo y en el inter se ha de echar sus canas al aire con viejas coscolinas como ésta, y mira que haberle dado el teléfono de nuestra casa..., sí, cómo no... "*secretaria*", cómo no...!"

La mujer en el auricular conservó la paciencia en todo momento y fue incapaz de salirse de sus estándares de educación, aunque poco le faltó y por momentos estuvo a punto de demostrarle a la esposa celosa que la educación universitaria no estaba reñida con el conocimiento profundo y práctico del lenguaje florido y folklórico de los carretoneros – de hecho estaba acostumbrada a usarlo cuando trataba con algunos subalternos, empleados de las fábricas o proveedores especialmente impertinentes-; pero decidió ser prudente en todo momento porque Don Jorge Toledano le había pedido que desenterrara las agendas de su hijo y localizara a como diera lugar para ponérselos en la línea, a todos los ex compañeros de Jorgito con los que su hijo hubiese tenido relación, amistosa o del tipo que fuese, desde el kínder hasta el doctorado, en Monterrey, en la Ciudad de México, en Suiza, en Estados Unidos, o en la Patagonia si fuese preciso.

La secretaria resintió haber inquietado, con su relación de los hechos del día anterior, al viejo magnate.

Corrió al piso número veintitrés, donde estaba la inmensa caja de seguridad de la empresa y abrió los compartimientos que tenían sólo una pequeña tarjeta negra pegada en su exterior; buscó las agendas y decidió dejar para más tarde la revisión pormenorizada de otros documentos y cuadernos que habían pertenecido al infortunado heredero.

Decidió hacerlo en orden, empezando por las más viejas; no encontró ninguna de kínder ni de primaria, pero ahí, dentro de un folder beige-amarillo típico de los que se usaban para todo por la época en que ella empezó a trabajar con Don Jorge Toledano, y ahora más amarillento por los años - estaba la agenda de plástico café tamaño media carta con una buena cantidad de números telefónicos y direcciones de los amigos que habían sido de Jorgito.

"Barajas, Alfonso"... no contestó nadie; era demasiado optimista pensar que podían seguir viviendo en el mismo lugar después de tanto tiempo, pero quizá alguien podría saber algo de ellos y darle alguna información.

"Bartres, Michel"... el lugar en donde se le podía localizar en aquel entonces, era ahora una carnicería en la colonia Popotla, en el D.F. "Bravo, Fernando"... por fin algo; la viejita que contestó le dijo que sí, que ahí había vivido Fernando, su hijo, pero que desde que se casó se había ido a vivir a Monterrey.

La secretaria esperaba ilusionada que la esposa, menos susceptible ya, la comunicase con Fernando Bravo.

Y por mí, que los maten a todos; si son culpables, si realmente son culpables y el delito es grave, que los maten a todos. Yo no voy a quitarles la comida a mis hijos para darle de tragar a un pinche delincuente. Para que esté ahí encerradito, bien protegido y comiendo todos los días y gastándose el agua cuando defeca y la luz cuando lee sus mamotretos, cosas todas que pago yo con el dinero de mis clases, de mis impuestos. Todos nosotros!

Que los maten a todos o que los dejen morirse de hambre; a votación popular; el que quiera pagar impuestos para mantener calientitos, seguros y comiendo a diario a esos pinches cabrones delincuentes, que marque la línea digital con terminación 0009; el que no, pues no. Yo no marcaría.

Que robaron un pinche banco... mátenlos; que violaron a una niña... mátenlos; que mataron a alguien... mátenlos; que secuestraron a alguien... mátenlos; que torturaron a alguien... mátenlos en la Iron Maiden; que pusieron una bomba esos terroristas... mátenlos poniéndoles un cartucho de dinamita en el cogote, dos en las orejas y cinco en el culo, o mejor cuatro en el culo y uno retacado en la uretra, amarrándolos perfectamente bien a una pinche silla de hierro y haciendo que no puedan cerrar los ojos y que vean cómo la larga mecha se va consumiendo frente a sus desorbitados ojos despacito, muy despacito...! pero no tanto que no terminemos antes de las ocho para irnos a cenar. Corrijo, mejor no, güey; que los maten a todos con algo más barato; por qué no una pinche bolsa de plástico grueso envolviéndoles la cabeza y amarrada al cuello? O con un disparo, como en China, donde dicen que después le cobran el costo de la bala a la pinche familia del ajusticiado! A todos...! Se trata de no gastar para que nuestros pinches impuestos no se diluyan manteniendo a puro pinche desgraciado; ahora sí que estamos bien, financiamos los resorts de los presidentes hijos de puta y también los de los delincuentes hijos de la chingada, más modestos pero a fin de cuentas también resorts...!"

-Qui 'úbole mano! Qué gusto! De veras que ni lo podía creer, ya tiene tiempo que no nos hablábamos, pero yo entiendo, has de andar como siempre bien ocupado; no, y ahora más desde lo del Tratado de Libre Comercio...

Al viejo magnate se le hizo un nudo en la garganta, pasó la lengua por los labios y se decidió:

-No, mire, yo creo que se está usted confundiendo, señor Bravo: ha de creer usted que soy mi hijo, el que fue su compañero en la Secundaria y en la Preparatoria, allá en la Ciudad de México; pero no, yo soy Jorge Toledano, el papá...

Fernando se quedó frío; el mítico hombre de negocios era una leyenda en la región, amigo íntimo de los tres últimos gobernadores y –se decía- su promotor y protector.

-Caray señor, es un honor –dijo inquieto-, en qué puedo servirle? –le extrañó que fuera el padre el que le hablara, pensó de repente que algo malo podía haberle pasado a Jorge. El viejo repitió la mentira ensayada.

-Verá, lo que sucede es que mi hijo Jorge anda desde hace tiempo atendiendo unos asuntos en Medio Oriente y lógicamente nosotros aquí en la empresa nos encargamos de darle seguimiento a los asuntos particulares de él. Me comentó mi secretaria que el día de antier al medio día un ex compañero de mi hijo había venido a la empresa a buscarlo de manera urgente y que había insistido mucho en cómo poder localizarlo, en su casa o donde fuera –Fernando escuchaba con mucha atención, su esposa seguía sentada en la sala frente a él sin apartarse, por si las dudas, pela'o coscolino...-; yo pensé que quizá podía tratarse de un asunto muy importante... -en realidad Don Jorge trataba de investigar algo más, lo que fuera, que pudiera ayudarlo a esclarecer las causas del asesinato de su hijo y la identidad del responsable-, y como es el caso que mi hijo tardará un buen tiempo en volver, decidimos tratar de investigar quién fue el que nos visitó y está tratando de entrevistarse con él, para ver en qué podemos ayudarle. Desgraciadamente esta persona que vino –Fernando Bravo supo en ese preciso momento de quién se trataba -no nos dejó sus datos, por eso hemos empezado a llamar a diferentes personas para tratar de localizarla.

A Fernando Bravo le extrañó tanto celo por localizar al visitante y más el hecho de que fuera el mismo Don Jorge, en persona, quien se estuviera tomando la molestia, pero no era momento de profundizar ni de empezar con susceptibilidades, sino más bien de ser útil, quedar bien, tratar de congraciarse con el ilustre millonario y sacarle provecho a la increíble oportunidad que se le presentaba:

-Pos mire usted, Don Jorge, ha dado usted con la persona indicada -la emoción de haber corrido con tanta suerte y localizado tan rápidamente a la persona, le impidió a Don Jorge notar la pedantería servil estudiada en el tono de voz de Fernando-, porque me siento muy honrado de decirle que si alguien le puede proporcionar esa información soy yo, su servidor: Fernando Bravo, pues. Hace unos días recibí la llamada – Fernando escogía las palabras con cuidado para sonar como un hombre preparado- de un antiguo compañero que tuvimos su hijo y yo en la Secundaria –Don Jorge tomaba nota en un pequeño block sobre el gran escritorio-; era un compañero bien destacado de nuestra generación que a luego platicaba mucho con su hijo –sin querer, a Fernando se le salía el verdadero tamaño de su preparación académica y sobre todo de sus últimos años de degeneración- y se ponían a comentar y cosas así; yo tenía un resto de tiempo, mucho, de no ver a este muchacho, pero cuando me dijo que...

-¡Ejem! –Don Jorge le impidió continuar- oiga Don Fernando –el trato deferente fue sólo para motivarlo más-, qué le parece si lo invito a mi oficina para charlar, tomarnos un café y platicar con calma y en privado –Don Jorge sabía que pese a los sofisticados equipos de contraespionaje de sus sistemas de comunicación, podían estar siendo escuchados- de todo eso que pueda usted comentarme sobre su llamada y la visita del otro día? –el viejo no sabía si el visitante había sido el ex compañero de Fernando y de su hijo, o si había sido el mismo Fernando Bravo como consecuencia de su plática telefónica con el otro; pero decidió ser paciente-: qué le parece si se viene hoy a las seis de la tarde para acá para la compañía? –hizo la cita sin consultar su agenda y sin preguntarle a la secretaria, esto era más importante para él que cualquier otra cosa- sí sabe dónde estamos ubicados, verdad?

Y cómo no iba a saber Fernando Bravo en dónde estaba Tol Industries! Y cómo no iba a colgar feliz –con su habilidad más rastrera-, de imaginar que por fin la vida le permitiría acercarse un poquito al mundo de los poderosos y, por qué no?, hasta llegar a sentarse en su mesa , conocer de los despojos y mancharse con las mismas salsas!

-Si yo no pido que me den; nomás que me pongan 'onde hay! –le dijo sonriendo a la esposa ya más tranquilizada, antes de meterle la mano en la bata para empezar a acariciarle los senos.

Al ir bajando por la ladera oriental de la Sierra Madre, por el lado de la sierra rumbo a Veracruz -carretera tortuosa, sinuosa, por momentos inconcebible-, junto a los variados episodios de crímenes y castigos que se le venían a la cabeza, a la angustia de las búsquedas de su viaje, al coraje y la tristeza por la muerte de Jamín aumentados al ver la vida infructuosa, tal vez delincuente de gente como Marcial, se sumaba el infernal calor del trópico que comenzaba a esas alturas, y sus monólogos pasaban luego a ser más obsesivos, acres, ásperos e indiscriminados...

... a todos, deben chingomatarlos a todos los que hayan cabronmatado a alguien, nada de pinches juicios demorados ni putas cárceles! a todos, a los que mataron al candidato, al que mató a su esposa, al que mató al tipo del basurero y lo enterró entre latas, al que envenenó las aguas, a los judiciales vendidos y asesinos, a los capos, a los narcos, a los granaderos que mataron a mis cuates de sexto hace treinta años, a los soldados que dispararon el bazookazo contra la puerta de la Prepa 1 y nos macaneaban y torturaban y al pinche presidente que le ordenó al pinche secretario (o al revés! como chingados haya sido) de gobernación que le ordenó al pinche general que le ordenó al pinche teniente que se los ordenara a ellos; a todos; *a Pinochet y sus secuaces, a los de la ETA que ponen bombas y matan, y a los que matan a los de la ETA, a los pinches asesinos rusos, americanos, israelíes, palestinos, irakianos, a los que disfrazan sus crímenes poniéndoles una etiqueta de "lucha social", "militancia política", " defensa de los intereses de la patria" o "guerra por la justicia y la dignidad del hombre" o "por la paz del mundo", a los pinches torturadores que me torturarán mañana, a los que matan campesinos, a los que asesinan a cualquiera, que se los echen a todos, agárrenlos, ven para 'cá, güey!, juicio sumario y su pinche bolsita de plástico en la cabeza. Así, sin gastar en grandes juicios, que pagamos nosotros, contribuyentes; sin gastar en ropa, comida, alojamiento, clases y transportación; sin tirar tanto dinero durante tanto tiempo. Para qué conservas guardado a un energúmeno que nunca va a poder salir y lo que es peor, para qué lo sueltas creyendo que ya se regeneró?; va a salir a vengarse de ti que lo entambaste o a cumplir con su pinche cuota atrasada reprimida de pinches desmanes y salvajadas...!"*

En aquella zona de la sierra no había visto tanta miseria en los indios como unos días antes en Chihuahua, ni a nadie tan necesitado...porque simplemente *no había nadie.*

Ahora, al cruzar por Pánuco, veía de todo: vendedores ambulantes,

140

señoras con sus cestas de palma vendiendo tortillas en las esquinas, niñas en puestos de frutas ofreciendo jícamas y naranjas con limón, sal y chilito piquín...indios huastecas y campesinos. Caminaban en grupos hablando de sus cosas, parecían tranquilos; no como los que verá unas horas después en Papantla, donde los modernos totonacas, descendientes de los antiguos constructores del Tajín, estarán reunidos en Noya, frente al Ayuntamiento Municipal de la localidad, protestando por las irregularidades de las elecciones municipales llevadas a cabo la semana anterior. Los verá iracundos, enojados, aglutinados en una masa compacta en movimiento casi gelatinoso, como molusco afectado por el limón, blandiendo palos, machetes y pancartas de ortografía deficiente, convencidos ya de que el presidente municipal, el secretario, el diputado, el director del PRI en la región, su secretario, su ayudante, el asistente del ayudante del secretario, o quien sea, debe salir y darles la cara y no seguir viéndosela a ellos de pendejos; porque doce muertos de diversos partidos de la oposición en los últimos siete meses no son cosa de chiste y porque tanto va el cántaro al agua hasta que se rompe; como oirá decir en la periferia de la pequeña ciudad a uno de los más viejos, cuando se los encuentre.

Sabrá, cuando los vea enajenados por la rabia, unidos por el rencor, exaltados por el anonimato y excitados por la fuerza del grupo, que ya les colmaron el plato, que de tanto engaño y tanta mentira y tanta promesa incumplida, acabaron las autoridades por llenarles el hígado de piedritas; y los verá empujar la puerta del Palacio de Gobierno hasta reventarla, entrando a empujones y en completo desorden, pisoteándose con sus mismos huaraches y pasando por sobre los caídos, para cruzar en tropel el patio de la dependencia gritando improperios en su dialecto, subir las escaleras tropezando, avanzar lanzándose hasta las puertas del despacho del Presidente Municipal y tratar de entrar a como dé lugar, porque no es justo carajo, que les hayan hecho una vez más lo que llevan más de cuatrocientos años de hacerles –primero los españoles, luego los criollos, luego los mestizos y luego los mismos indios como don Porfirio; o dicho de otro modo, primero los reyes, luego los virreyes, luego los insurgentes, después los reformistas y luego los revolucionarios, sus pontífices y sus herederos–: verles la cara de paisanos y darles atole con el dedo "revolución" tras "revolución" tras

141

"revolución"; vendiéndoles la idea de un mundo mejor y de una mejoría en sus condiciones de vida que simple y llanamente no llegan nunca; especialmente en este siglo donde a estos pobres la revolución se la institucionalizaron como símbolo justificado de la opresión malsana, vil, engañosa; haciéndoles creer que ellos realmente escogen y eligen a sus dirigentes; haciéndoles creer que la revolución realmente cambió algo a su favor y para bien de *ellos*; haciéndoles creer que se puede ir cambiando de a poquito para, poco a poco, gradualmente, irles dando los logros que la revolución institucionalizada les consiguió, tenme paciencia, 'pérame tantito.

Pero *él*, curioso, bajará de su Shadow dejándolo abierto y mal estacionado al lado del parque municipal al abrigo de la confusión del momento y avanzará cauteloso para asomarse al recinto que los indios por derecho y por motivos de salud habrán acabado de violar, y sabrá que ésos ya no se lo creen... ni tantito. Los verá empujarse tratando de derribar las puertas del despacho del Presidente Municipal y los verá encender las teas para adelantarse como modernos Pípilas contra esta construcción heredera –en muchos sentidos- de aquella Alhóndiga de Granaditas, prenderle fuego y hacer que se abra, que se evapore esa puerta que no los deja estar a solas con sus jefes...

Él cruzará el patio tras los últimos indios entre empujones de algunos policías que habrán sido desbordados por la chusma y que serán, por su condición de amigos de algunos de los manifestantes, de los pocos que no habrán huido en la revuelta para salvar el pellejo. Avanzará casi hombro a hombro con ellos sin notarlo; más que nada para ver - como el reportero al que verá tratando de entrevistar a uno de los aplastados - en qué acaba el desmadre.

Él dejará atrás al camarógrafo y al reportero, subirá los peldaños viendo siempre con la cabeza volteada hacia la planta alta, hacia el lugar del fuego, porque la masa de campesinos gritones apelotonada en el pasillo superior y casi desbordándose sobre los barandales le impedirán el paso y la visión del momento en que la puerta cederá ante el impacto ígneo destructor y dará paso entre las llamas y el humo a la horda sin orden que en el éxtasis del orgasmo de la satisfacción del triunfo a causa de la violencia largamente sufrida pero pocas veces, como ésta, bendito sea Dios, ejercitada, avanzará por la lujosa sala de recepción y a través

142

de otros pasillos interiores para cruzar por entre los despachos sucesivos de la secretaria, el ayudante, el asistente y el secretario, y llegar hasta el despacho del mero Presidente Municipal que no estará, porque habrá salido momentos antes de la irrupción de los indios desde la calle, para bajar por escaleras y pasadizos ocultos junto con su séquito más allegado e íntimo y escabullirse por la parte de atrás, como quien dice por la trastienda, porque hay que estar preparados para todo, carajo, estos aceleres, estas exaltaciones ocurren de vez en cuando, usted lo sabe, Sr. Gobernador, y aunque luego se calmen y vuelvan los ríos a su cauce y las cosas a la normalidad de la opresión, es necesario salvar el pellejo.

Él, aplastado entre el montón de seguidores apelotonados en los corredores, exultantes, sudorosos, gritones, ahumados, no podrá ver la llegada de los líderes del grupo alzado a la oficina principal; tampoco verá cómo momentos después, cuando empiecen a amainar los ánimos caldeados, los dos dirigentes revolucionarios, ya más tranquilos, festejados y rodeados por sus comparsas satisfechas de por una vez haberse salido con la suya y haber demostrado su fuerza y poderío latentes luego de haber arrancado de la pared las fotos del Presidente de la nación y del fugitivo Presidente Municipal, se sentarán, par de líderes triunfantes, frente al escritorio que estará solitario por la ausencia del que habrá huido, acomodándose como dos modernos Francisco Villa y Emiliano Zapata (como lo hicieran ellos aquella vez en el Palacio Nacional, cuando el rumbo de la historia pudo haber cambiado para siempre por el efecto de los "delitos" de aquellos dos "facinerosos"; aquéllos: enormes; éstos: mucho más modestos pero con similares inquietudes, intenciones, resultados y consecuencias), abrirán el closet del despacho del Presidente Municipal para saquearle algunas botellas de licor, festejarán el triunfo fabuloso de haber podido entrar donde nunca quisieron recibirlos y brindarán con un poco de Curvoisier, algo de ron Bacardí, Cuervo Especial y unas cuantas galletitas Oreo.

Él verá el comienzo del ataque y la entrada de la turba por las puertas del palacio, unos minutos después de llegar al pueblo de Noya.

Antes, en las afueras de la población, sin sospechar lo que ocurrirá adentro, habrá visto en la aparente calma de la tarde caliente, solitarias, desamparadas, meciéndose ligeramente con el viento tranquilo, las largas cuerdas pendientes del sólido palo vertical. Imaginará en su optimismo de turista maravillado, todavía no descompuesto por la violencia que presenciará –como en un documental de Barbachano Ponce con el "Huapango" de José Pablo Moncayo como música de fondo, reminiscencias de anuncios de cerveza-, a los hombres danzantes colgados por sus tobillos de esas cuerdas; héroes impertérritos de jade que en otras épocas, en otros tiempos, en el torbellino de colores brillantes, entre risas y gritos de muchachas, en medio del éxtasis y al calor de verdaderos motivos para festejar, felices, emotivos y exaltados por el respeto de su propia justicia y la justicia de su mutuo respeto, celebraban la vida –como ahora quiere él comenzar a hacerlo- convirtiéndose en los pájaros airosos de la valerosa mística del riesgo: los hombres voladores de Papantla.

-Y para qué me lo mandaste para acá?! –le tocaba a Marcial otra vez ser el interrogado-, yo para qué lo quiero aquí? Sabes que estoy muy ocupada y siempre ando de arriba para abajo.

Marcial eructó su risa pensando en que efectivamente Blanca andaba siempre de arriba para abajo pero en los palos de sus múltiples amantes. Sacó una cerveza del refrigerador de la motor-home y la comenzó a beber sobre la marcha.

-Pus es que me cayó de improviso aquí en mi casa y yo andaba pedísimo; bueno, ya para ese momento ya casi se me había pasado, pero de cualquier forma no entendí ni a qué vino ni qué quería exactamente –Marcial omitió por las mismas razones que antes, hablar de su otro contacto-, me cayó así nada más, en medio de la noche, como un aparecido...

-Pero quién le dio tu dirección? –se molestó Blanca en su oficina de la ciudad de Veracruz.

-Pus eso ni me quedó claro porque hablamos de tantas cosas que ya no supe ni qué; pero no te enojes, Blanquita –a la mujer le pareció más estúpida que nunca la risa colocada después del "*Blanquita*"-; por eso te estoy llamando por teléfono, calma, y avisando, calma, para que no te caiga de sorpresa como me cayó a mí; ahí tú ya sabrás qué haces con él o si lo recibes o no.

-Ay si, mira, pero de cualquier forma ya me va a tener localizada y va a estar insistiendo...

-Pus niégate –se rió-, niégatele!

-De verdad que eres, Marcial...

-No, Blanquita, no fue por mal; la neta es que lo vi muy inquieto, muy necesitado de conseguir datos de los que íbamos con él en la Secundaria y en la Prepa; pero a mí no se me figuró que quiera localizarnos para nada malo, yo no lo vi mala onda; como que anda desesperado, nervioso, pero por otra cosa... y hasta me pareció que anda necesitado de dinero, digo, no porque yo ande nadando en dólares pero pus se me hace que le ha ido mal y me dio cosa que como que trata de ocultarlo; cuando vio que yo tenía teléfono celular me dijo que él también tenía pero que lo había dejado en su auto... ya mero!, con esos pantalones y esos zapatos que trae puestos..., pus ahí tú sabrás, já, já, a lo mejor hasta una chambita le puedes dar...

-Chambita la que vas a perder tú por chambón e indiscreto, tonto Marcial –Blanca Ramírez pensó que no sería tan descabellada la idea de darle un trabajo al enviado por Marcial, sobre todo si seguía siendo tan atractivo como a ella le parecía en tiempos de la Prepa…, pero ése no era el caso-; te puedes ir despidiendo de mis encargos y de volver a colaborar conmigo, porque en este negocio lo que más afecta son los habladores, ya lo sabes –Marcial sintió que la mujer hablaba en serio y se le cayeron los ánimos, su economía dependía en gran parte de los "trabajitos" de Blanca-; de verdad, Marcial, la regaste; olvídate de que existo porque lo que hiciste fue absolutamente impropio –a cada palabra Blanca aumentaba el énfasis acicateada por el nerviosismo y el descontrol que percibía en la respiración de Marcial-, ya te he dicho que mientras menos hables de mí, mejor, así que cómo se te iba a ocurrir darle información *de mí!* a alguien que no está en el ajo? y que es ya para nosotros un total desconocido!; a ver ahora quién te da para tus gustos y quién te aguanta tus estupideces! –. Colgó furiosa, disfrutando con la venganza de hacerlo sufrir, sintiéndose segura por su superioridad y por el hecho de saber que si Marcial le hacía falta en el futuro, ella de cualquier forma podría llamarle y él seguramente volvería; no tendría como sustraerse a las jugosas comisiones y al estilo seductor de Blanca.

Marcial era bueno, quizá mereciera una oportunidad en el golpe de gracia que Blanca pretendía dar a los Gómara el mes siguiente, pero por lo pronto se merecía el despido, tampoco era cuestión de que ese bobo se le empezara a saltar las trancas.

El doctor Takagaki se pasó el día en su oficina haciendo llamadas de larga distancia. Pidió incluso que le sirvieran la comida ahí para no tener que desplazarse hasta el comedor del hospital.

Hacia las seis de la tarde hizo entrar a su secretaria para dictarle una serie de instrucciones. El doctor planeaba viajar al día siguiente a la Ciudad de Guadalajara para entrevistarse con Alberto Gómara, el mayor de los hermanos; luego pasaría ocho días en la Ciudad de México.

La reunión con Alberto Gómara era urgente para planear la logística de las nuevas rutas que seguiría la mercancía –estaban por probar dos lugares nuevos de desembarque en Estados Unidos, donde, según sus asesores, los aviones podrían bajar con comodidad, seguridad y el mínimo riesgo de ser descubiertos por los agentes de narcóticos de la DEA: uno, entre Las Cruces y Álamo Gordo, en el estado de Nuevo México; el otro, a unos ochenta kilómetros al noreste de Yuma, Arizona, rumbo al llamado Imperial Valley en California–; con ellas, completarían una red alternativa de introducción de los estupefacientes – cocaína y marihuana– al país del norte, mismos que seguían una ruta terrestre desde Perú y Bolivia hasta Chiapas (pasando por Colombia y Centro América), para luego continuar por Guerrero hacia los paraísos mexicanos de la droga en la Costa Occidental del país: los estados de Jalisco y Sinaloa, en su prodigioso viaje de comercialización y distribución hasta los estados del sur de la Unión Americana–; también era necesario que se reunieran para que Alberto le dijera cómo proceder en una negociación delicada que estaban por realizar con Jeremy Powell, brazo derecho del Zar de la droga en Colorado; por razones de comodidad y discreción la reunión entre el doctor Takagaki y Mr. Powell se realizaría en Tijuana, en el hospital propiedad del japonés a donde el americano acudiría para unos supuestos análisis por un probable "cáncer de piel".

Takagaki aprovecharía también la entrevista con Alberto Gómara para comentarle de la visita del misterioso viajero –no sabía de qué otra forma podía calificarlo- que andaba tratando de localizar a los antiguos compañeros de la Prepa, Gómaras y Melenas incluidos. Tal vez Alberto sabía algo y tenía una explicación satisfactoria o podría dar alguna sugerencia para lidiar con el asunto. Takagaki sería lo que fuera, pero no descuidado;   llevaba años actuando en completa impunidad. El comentarle todo a Gómara sería una forma de estar cubierto con él ante cualquier posible complicación y ambos señalarían posibles soluciones basándose en la experiencia del mayor de los hermanos (a quienes se conocía en el medio de la droga como "Los hermanos coraje" en alusión al temperamento de aquéllos otros de la famosa telenovela de finales de los sesentas).

Conocer el peligro, reconocerlo, vivir con él y superarlo era la forma en que el Doctor Takagaki sentía que conservaba un poco de la energía que perdía cotidianamente de manera inexorable; superar contratiempos, salirse con la suya en el mundo prohibido y peligroso del narcotráfico, engañar a todos los que lo conocían sólo como *Doctor* y llevar dos vidas a cambio de la que estaba perdiendo, constituía su apoyo psicológico necesario para creer, en un rincón de su cerebro, que de la misma forma podría vencer y engañar, si realmente se lo proponía y en un alarde de esfuerzo sobrehumano, a la terrible enfermedad; o qué, la muerte era tan tremenda que nadie podría vencerla, o por lo menos ganarle unos meses? años?

Aunque fuese congelándose; cien o doscientos años después; pero él haría hasta lo imposible por ganar la partida. Fuese cáncer, sida o lo que fuese, sería posible vencer; pero para eso el doctor Takagaki necesitaba todo el dinero del mundo.

Y sabía mucho de eso; había recorrido el largo camino del pobre hijo de inmigrante –su padre había empezado recogiendo basura por los tiraderos de Santa Cruz Meyehualco- hasta convertirse en el eminente oncólogo especialista reconocido a nivel internacional. Eran muchos los pacientes que llegaban a su hospital desde San Diego, San Francisco y Sud América, y por encima de todo, era ya la eminencia gris, la cabeza no publicitada del Cártel de Tijuana; ni Peter Parker, pues.

Con un poco de suerte y más dedicación abriría clínicas en Utah, Missouri, Nueva York, las mejores fachadas para sus actividades;

contaría con la infraestructura ideal no sólo para salvar cada vez a más enfermos de cáncer, sino para traficar la droga en mercados mucho más poderosos.

Tiempo.

Era lo único que necesitaba.

Hasta para dedicarse a Silvia. La vería en la Ciudad de México y pasaría con ella unos días de lujo; comidas, paseos, sexo, descanso... pero, como en otras ocasiones, a ambos les parecerían insuficientes. Cuando estaba con ella se le exaltaba el romanticismo y aunque no era capaz de llegar a confesarle ni su "otra" actividad, ni lo de su enfermedad, ni sus verdaderos planes, sí conseguía sonar convincente cuando le decía que quería cambiar de vida e irse a vivir con ella a Pachuca.

Pidió a su secretaria que anotara en la agenda una invitación que haría a su esposa para ir a cenar cuando regresara de su viaje.

Si todo salía bien con Silvia, le diría por fin a su mujer, y de manera definitiva, que quería divorciarse. Ya no aguantaba; que más daban los hijos? ya no eran niños. "Nunca es tarde para decidirse uno a hacer en la vida lo que realmente quiere, para vivir uno con quien realmente ama -pensó-, y más cuando se está uno muriendo".

Entre las conversaciones le preguntaría también a Silvia más cosas sobre el "Marco Polo de los pobres" —así había empezado a decirle interiormente al viajero que en sólo unas semanas había recorrido ya una gran parte de los estados de la periferia del país, desde Guerrero hasta Tamaulipas; aunque esperaba sinceramente que éste, a diferencia del otro, no descubriera tantas cosas y, menos aun, decidiera comunicárselas al mundo de forma tan explícita como imaginativa-; ese viajero se le estaba convirtiendo, en su madurez desahuciada, en una piedra en el zapato, después de años de ser una piedra inaguantable en la vesícula de su juventud. Silvia podría aportar algún dato, alguna información, algo que hubieran pasado por alto; no en balde hubo una vez en que Silvia y el peregrino inquisitivo de Los Hupangoles, Huipangoles, o como se llamaran, compartían hasta el papel higiénico.

Después de decirle "gracias, se puede usted retirar", a su secretaria, volvió a pensar —con cierta amargura en la garganta- que los grandes amores de la adolescencia jamás acaban, ni en un sentido ni en otro, en un final feliz.

...y esos cabrones a los que la chusma les debe haber metido un susto de los mil carajos! Órale!!

Me imagino al pinche Presidente Municipal huyendo como rata por algún túnel secreto o brincando como gato apedreado por los tejados; ay, güey! me lo imagino junto a sus secuaces y asistentes poniendo todos la misma expresión de espanto y miedo que los campesinos conocen tan bien porque la llevan ellos mismos marcada en su cara luego de tantos siglos de sufrirla.

Imagino al pinche Presidente Municipal corriendo y llamando desesperado por su teléfono celular al Gobernador para pedirle ayuda, écheme una mano licenciado, ayúdeme Señor Gobernador, que las cosas se nos salieron de las manos y ya ve que vamos en el mismo barco, no le vayan mañana a hacer lo mismo a usted.

Me imagino al pinche jurado popular juzgando y condenando a los dirigentes que hayan agarrado, convertidos estos últimos ya en delincuentes reconocidos porque es lo que yo he dicho siempre: el pinche concepto de delito no es más que una pinche cuestión política, y no porque ataña al pueblo, sino porque sólo es considerado como tal, juzgado y condenado o no, en términos del peligro que pueda representar para los intereses del grupo gobernante, o como elemento para congraciarse con los pinches votantes. Aaay, güey!

Así que si estos sublevados realmente logran hacerse con el control, los pinches políticos y gobernantes de este municipio la van a pasar de la chingada.

Me imagino al pinche director de Comunicación Social del Municipio pergeñando alguna explicación pretendidamente justificatoria ante los medios. Los medios!!!

Pinches medios!, no dejan títere con cabeza y se van por donde les conviene; desmadran a quien sea a diestra y siniestra pues los gananciosos siempre son ellos, cada vez más fuertes e intocables, cabrones!;hijos de su chingada y re putísima madre! hasta los

149

gobernantes les temen y se agachan ante ellos, que sólo se ríen y continúan medrando con el dolor, como esos güeyes con su cámara de televisión que ni bien habían entrado los asaltantes al Palacio Municipal, ya estaban grabando y entrevistando a uno de los madreados!

Pinches medios; y hoy en la noche de seguro estará la imagen de ese pobre diablo desangrando sus miserias y llorando sus desgracias en cadena nacional y levantando los pinches niveles de audiencia porque nada atrae ni llama más la atención que la desgracia, los enfrentamientos, el conflicto, los pleitos, la violencia. Y ese pobre güey estará hoy en la noche durmiéndose en su choza, en su petate en el piso de tierra, bajándose con mezcal el dolor de las heridas y las magulladuras, con una fiebre del carajo mientras su imagen estará cautivando cabronamente la atención de los televidentes en todo el país y en muchas partes del mundo que verán, poquito antes o poquito después de los anuncios de Bimbo, de Coca Cola y de Ford por el mismo canal, cómo fue aplastado el pinche campesino, porque de eso se trata, de llenar los pinches tiempos de televisión de la forma más atractiva y barata posible para tener más televidentes y vender más caros los tiempos de publicidad a los pinches anunciantes. El pinche "derecho a la información" no es más que el pinche pretexto, la "carta de corsario" de los nuevos piratas hijos de su pinche madre, para meterse libremente en la intimidad de la gente y poder lucrar con ella! Y hacen millones de dólares con eso! Y aparte ni respetan; acosan y acosan y acosan a las personas, se meten en sus casas, fisgan, hurgan, violan su tranquilidad, las intimidan, invaden los espacios de la gente, su tiempo, sus hijos, sus familiares, sus autos, su alma, sus cuerpos, sus excrementos, su basura, en un acoso peor que el "sexual": el acoso mediático!, el pinche acoso de los pinches medios, dizque "justificado" por el pinche espejismo de que la pinche gente tiene "derecho" a recibir la pinche " información"! Díganle eso al novio, a un hijo de Lady Diana, al señor Spencer, díganles que ella se murió porque los pinches paparazzis hijos de su recontraputísima madre iban persiguiendo a la ex princesa porque "el público" tiene derecho "a la información"! Uy! Sí chuchísima, cómo no! A ver si ellos no les responden a quienes se lo digan con un simple y concretísimo madrazo

150

en medio de la pinche jeta de desvergüenza que tienen! y que ponen! Cabrones! Quieren mi imagen? Quieren ver cómo lloro la muerte de mis hijos? Cómo se estrelló mi padre en carretera? Quieren ver cómo me cortaron la pinche pierna en el hospital? Quieren transmitirlo? Quieren hacer un programa especial?, pues páguenme, cabrones! Si el afectado o interesado decide prestar su imagen y su caso de manera gratuita a cambio de que los medios den a conocer su problema, a cambio de cierta promoción, o de lo que sea, eso es una cosa razonable, equitativa. Pero si no es así, los medios, Los Medios, la radio, la televisión, las grandes cadenas, la prensa, las revistas, deben pagar! porque a ellos todo eso les genera dinero! Y mucho! Mucho pinche y puto dinero!! Somos nosotros, los pinches pobres diablos, los que les servimos en bandeja de plata los argumentos y el contenido de sus programas. Si a mí mi esposa me está madreando porque llegué borracho y armamos un pinche desmadre en el vecindario que no nos lo acabamos, y llega la pinche policía... con las cámaras de televisión por supuesto... chingada madre!, por qué van a hacer de eso una noticia? Si es mi vida privada y muy mi vida! Y yo, aunque no sea rico ni famoso tengo tanto derecho como cualquiera a que respeten mi persona, mi familia, mi pinche dolor y mi pinche privacidad! Por qué se van a meter en mis cosas?! Sólo porque ellos tienen las cámaras y los canales y las estaciones y los medios, y yo no? por qué no ponen en las noticias las broncas de sus ejecutivos, los vicios de sus esposas, de sus hijos, los delitos y problemas de sus directivos, de los pinches dueños de las empresas de comunicación y de sus familias? Ah! verdad? Es todo una pinche chingadera! Si lo mío, lo de cualquier persona lo graban en video y lo ponen no como noticia sino como parte de un programa, de un show, o es una noticia tan chingona que la siguen repitiendo a cada rato y hasta programas especiales le hacen, con publicidad, muchos anuncios comerciales en los cortes y toda la pinche cosa, pues que nos paguen regalías y derechos de transmisión a los vecinos, a mi esposa, a mis hijos y a mí! que bastante trabajo nos costó "montar" el pinche numerito: adrenalina, sudor, sangre, bilis y lágrimas!. A mí, el dolor de los trancazos cabrones encima de mi borrachera; a mi esposa el pinche esfuerzo de sus pinches brazos para darme de madrazos y la amargura de la bilis de su hígado; a mis hijos el puto susto y la impresión; y a los vecinos, *la chingadera de la desvelada y el griterío; y mejor montado no podía haber quedado el drama para su transmisión (aunque a veces tapen con cuadritos digitales algunas caras, el pinche efecto es el mismo); realizan horas y horas y horas de programas con los mejores shows que pueden producir porque son reales! y no gastan dinero más que en mandar su pinche camarita y su puto entrevistador!*

Pinches putos medios! hasta por la madriza que esos campesinos le deben haber acomodado días después al puto Presidente Municipal y a su tropa, deberían pagar si quieren retransmitirla o darle un uso mayor o más extenso que el de una simple noticia de interés general. Y no es porque yo defienda a esos pinches güeyes políticos; por mí que los agarren, los madreen, y los entamben y se los cojan! Algo muy grave han de haber hecho para que tanto indio y tanto campesino estén tan inconformes, tan descontentos y tan alterados contra ellos. Y si son culpables de algo muy grave, que se los echen de una pinche vez; yo no los voy a estar manteniendo en la cárcel con mi dinero! Por mí que se los echen a todos; pero si los canales de televisión van a transmitir su ejecución y a recibir cientos de miles de dólares por los segundos de los comerciales que exhiban, y cheques y cheques de los patrocinadores... entonces que les paguen, y un buen dinero, a los ejecutados y a sus familiares y a todos los que hayan participado directa e indirectamente en el problema, en el montaje del pinche numerito; y que den hasta una buena parte a instituciones de beneficencia social, porque lo que los pinches medios ganan, es inconcebible! es un desequilibrio inhumano y una injusticia absurda! Cientos de miles de pesos por unos segundos de publicidad en televisión! Está cabrón! Dinero que un pobre trabajador, que un campesino, no ven en toda su pinche vida!! Ya después y después de pagarles lo que les corresponda por su participación y siendo así, y por mí, que se los echen a todos!

En esas inacabables, reiterativas, espirales, retorcidas, pesadas y desfondadas lucubraciones se le fue pasando el tiempo hasta que ya no pudo arrepentirse de seguir adelante con la misión de su viaje, porque le llegó el aroma salado que lo revitalizó y se emocionó hasta la médula al ver la arena obscura, las casas blancas y el hotel desgastado de Paso de Ovejas frente a las aguas pardas del Golfo de México y allá, a la distancia, el atardecer animado de rojos y naranjas artificiales de postal de farmacia de su niñez: las siluetas negras de los pescadores, los nidos de las olas del mar, los rayos dorados y las palmeras borrachas de sol.

CAPITULO VIII

Veracruz   (Octubre/1997)

Cuando vio a Blanca avanzar balanceándose desde la puerta del gran despacho hacia él, se le enchinaron aun más los pelos del pubis.

Una erección incontrolable empezó a abrirse paso entre los pliegues de su pantalón al grado de quitarle la intención de ponerse de pie por pena de que Blanca y la secretaria se la notaran.

La rotunda mujerona en que se había convertido la puta de la escuela exudaba una especie de líquido afrodisíaco con el calor de la noche porteña.

El vestido era claro, ligero, floreado, sin mangas y con un escote que hacía que la raya entre las protuberancias frontales resaltara aun más. La prenda se le pegaba al cuerpo como acariciándola y en ciertos puntos dejaba ver entre las transparencias estratégicas, oscurecimientos más excitantes. No llevaba ropa interior. El conjunto completo proyectaba un aroma sin olor, una especie de feromona extática que a él le levantaba los ánimos y le paraba la virilidad poniéndosela *más dura que la palanca de velocidad del Shadow, quién iba a decirme, caray!.*

-Si ya se paró mi compañero –pensó- qué caso tiene que me pare yo?, y además, si mi compañero llega a desahogarse por la emoción, voy a presentarme ante este par con la bragueta bien batida y aunque el calor está fuerte, no lo está tanto como para traer una manchota de sudor ahí; *van a pensar que me oriné.*

Así que se quedó sentadito y con la respiración interrumpida mientras la Licenciada Blanca Ramírez avanzaba abriendo a cada paso más la sonrisa al irlo reconociendo. Las piernas conservaban su hechura y robustez; el blanco de la piel se había bronceado ligeramente.

Era eso, o la extrema redondez de sus formas, o el calor, o la proverbial sensualidad del puerto, o la noche tibia y callada y la vibración de los cocuyos, pero el caso es que a él ese bodoque que avanzaba le provocó un estremecimiento parecido al de la matazón en Chihuahua, aunque de índole diferente. Quince segundos de contemplación habían logrado en su ánimo lo que no pudieron seis años de compañerismo condiscipular; tal vez por el hecho de saberla ya libre de la presencia constante y ominosa de aquel Miguel Hernández, que de poeta sólo tenía las letras y deshonraba la homonimia porque era más burdo y corriente que cualquier gandalla de los de la flota grande. La simple imagen del tipo resultaba intimidante.

A pesar de eso y de manera más curiosa aun, la Blanca adolescente encontraba siempre los momentos oportunos para ponerle los cuernos a su novio con quien se apareciera, o mejor dicho, con quien a ella se le antojara, que eran todos.

Miguel resultaba ya, en su juventud, idéntico a esos maridos salvajemente fortachones y con cara de maleantes que parecen estar siempre dispuestos a despedazar al primero que vea con ojos libidinosos a su hembrita, pero que ya a la hora de la verdad, pasan por alto las infidelidades y los cachondeos de la mujer con terceros, sea por incapacidad cerebral, que les impide darse cuenta de lo obvio, o porque a pesar de su supuesta hombría, los verdaderos pantalones los lleva la mujer y es ella la que mangonea e impone las condiciones bajo el imperio de su coño. El tipo se quedaba siempre como silbando al cielo y parecía no darse ni por enterado de las veces en que Blanca se le resbalaba a algún muchacho o de plano se iba a solas con el es*cogido* a meterse a algún salón.

El sufrimiento por la posible reacción violenta de Miguel no era privativo de él, lo compartían casi todos los elegidos por la muchacha.

Él en particular nunca entendió por qué Miguel no reaccionaba como se suponía que debía hacerlo, pero mejor no le buscó; los demás –el 99% de la población estudiantil, literalmente- terminaron por arriesgarse, ya sea por calentura, por debilidad o por inconciencia.

El comportamiento de Blanca era legendario y lo comentaban todos en cuanto pasaba la muchacha por entre los grupos de estudiantes platicadores. Las anécdotas corrían de boca en boca y proliferaban equivocándose muchos de los que las transmitían, pero increíblemente, siempre por defecto, jamás por exceso. En medio de todo, la chica seguía dando diariamente tela de donde cortar (y otras cosas).

Como aquél día de la semana anterior a la final del Campeonato de Futbol México-70 en que el maestro de Anatomía estaba por llegar al tema de los órganos reproductores del varón y Raúl Mirado, inconcebiblemente para algunos, se removió en su banca de la última fila y fuera del alcance de la vista del maestro se desabrochó el cinturón, se desabotonó el pantalón y se sacó el pene para empezárselo a mostrar a todos los de la fila de atrás con una risa entre docta y traviesa, señalando con el índice, como didácticamente: el glande, el prepucio y todas sus partes a la manera en que el maestro iba aún mostrando allá enfrente las correspondientes partes y los ventrículos del corazón, y siguió así, con el pene cada segundo más grande entre sus manos hasta que Blanca, que estaba en la fila de adelante, volteó – ya fuera por las risitas o por el aburrimiento- y alcanzó a ver el pedazo de carne tensa en las manos juguetonas de Raúl, y en vez de voltearse de nuevo, indignada, nerviosa, por lo menos sorprendida –como quizá habría hecho cualquier otra al reaccionar hipócrita o sinceramente con el hecho-, se quedó mirándolo fijamente, al pene por supuesto, y luego sonrió entre aprobatoria y divertida y empezó a extender la mano hacia atrás como tratando de alcanzarlo y la abría y la cerraba como diciendo acércate m'hijito que no te alcanzo; a todos los de la fila de hasta atrás *se nos pusieron los pelos de punta y a algunos, como a mí, uuuy... hasta escalofrío nos dio, porque al ladito de Blanca, ahí en su fila, a su izquierda, estaba el pinche novio, Miguel Hernández, oyendo la clase y rayando distraídamente en su cuaderno, pero con la posibilidad de darse cuenta de un momento a otro de lo que estaba pasando a sus espaldas y entonces sí quien sabe qué pasaría y qué desmadre se armaría, porque sabíamos que por lo menos golpearía a Raúl como golpeaba a sus contrincantes en las peleas callejeras y de paso nos agarraría a cates y moquetazos a todos los pendejos que nos hubiéramos estado riendo de la pinche ocurrencia del bromista. Porque eso era Mirado en ese momento: un pinche bromista queriendo hacerse el chistoso, y nunca se imaginó que alguna de las muchachas lo vería,* menos Blanca, ni tampoco que encontraría eco en los desvíos de la tipa, y lo vimos ponerse lívido cuando él a su vez veía la mano blanquísima que se abría y se cerraba, cómplice del affaire, y volteaba a vernos a los que estábamos sentados junto a él como diciéndonos "qué hago?" y la verdad por pinche morbo y cachondeo todos sentimos la necesidad de ver en qué acababa aquello y al unísono le hicimos señas de que siguiera y terminara de acercarle el tubo de músculos tensos a Blanca.

Raúl, medio indeciso, pero también atraído por el vacío que dejaba en sus intestinos la sensación de la aventura, se empezó a mover imperceptiblemente hacia adelante, un poquito él, un poquito la silla, otro poquito él, otro poquito la silla, y cuando ya le pareció que la silla estaba demasiado fuera de su lugar y podría llamar la atención del maestro, se deslizó lentamente hacia adelante y se sentó en el borde con las piernas bien abiertas y nosotros nunca supimos si sentimos el propio clímax en nuestros cuerpos y en nuestros miembros cuando él por fin pudo poner el suyo al alcance de la mano de Blanca y ella se lo empezó a apretar y a jalárselo hacia arriba y hacia abajo y hacia todos lados, ya, por supuesto, viendo ella hacia el frente para despistar, o cuando por efecto del manoseo salió el chorro blanco inevitable y se proyectó con fuerza contra el vestido de Blanca a la altura de las nalgas de la muchacha mojando después en su natural hipérbola descendente la parte de atrás de su pupitre, el piso y las piernas de los pantalones de Raúl.

O como aquel otro, memorable día, en que el maestro de Matemáticas, el nuevo, el que murió el día del desmadre de la porra grande, el que era un pinche jovencito pasante apenas de la carrera de Física en la UNAM y no llegaba ni a los veintitrés y para colmo tenía cara de niño bonito como esos de los de Viva la Gente... empezó a distraerse y a hablar cada vez con más imprecisiones mientras daba la clase de Conjuntos, porque ya había reparado y sin remedio en lo que Blanca precisamente había intentado que se fijara desde el día anterior en que lo había conocido y decidiera que no se le iría vivo ni pasaría de esa misma semana.

Yo no la vi, pero me lo contó Silvia, que ese día había llegado antes que yo a la clase y se había sentado hasta el frente, entre Blanca y Chepina. Ahí estaba Silvia sin dar crédito a lo que veía pero consciente de que a fin de cuentas no resultaba tan increíble, porque Blanca era capaz de eso y más.

La muy caliente y como araña en celo, aprovechando la ausencia de Miguel Hernández, ese día por real enfermedad, empezaba a tejer con los filamentos de sus secreciones vaginales la red en la que caería el físico en ciernes, porque ella había metido disimuladamente su mano por la cintura de la falda llevándosela por dentro hasta la altura de sus vellos y como no llevaba calzones porque ese día tampoco los llevaba porque nunca los llevaba (para excitarse constantemente con los roces y estar siempre lista y preparada para sus cópulas instantáneas), se complacía jugando y metiéndose el dedo y mojándoselo para después llevárselo a la boca y chupárselo como niña inocente pero intencionalmente, mientras abría las piernas estratégicamente, y cada cierto tiempo, al descruzarlas y volverlas a cruzar y reacomodarse en la silla, dejaba ver al maestro, y sólo a él, la sólo en lo gramatical negra perspectiva. El tipo no pudo más (quién iba a poder?), empezó a sudar, a hacer imperceptiblemente mmh, mmh... se sentó rápidamente tras el escritorio (quizá para cubrir la erección como yo lo vine a hacer años después en la oficina ejecutiva de la tipa), y después de unos minutos, acabó por cortar la clase, dictar la tarea, coger su pinche gabardina y salir apresuradamente del salón rumbo a los baños. Silvia se imaginó que a secarse la ropa o a masturbarse, pero ahí no acabó todo porque Blanca sería lo que fuera, pero siempre fue terca y consistente consigo misma, y acomodándose la falda y sin preocuparse por sus libros, bolsa, o cuadernos, salió corriendo tras el hombre, seguida por Silvia y Chepina que sabían lo que pasaba, lo habían visto todo y habían decidido simultáneamente y sin cruzar palabra ni miradas, ver el final del turbulento episodio.

Cuando llegaron al fondo del pasillo de los baños, alcanzaron a ver la calceta y el zapato derecho de Blanca desapareciendo tras la puerta del baño de hombres y al llegar ellas hasta ahí, resbalándose por el piso como Willie Mays tratando de llegar en safe a la segunda base en un juego de Serie Mundial de Baseball, tuvieron que conformarse con el puro sonido, con la pinche pista sonora, porque Blanca por supuesto, había cerrado desde adentro una vez que entró.

Los otros dos muchachos que se encontraban en los inodoros en

159

ese momento alcanzaron sorprendidos a oír en estéreo y a todo lo que daba, lo mismo que Silvia y Chepina oían desde el exterior a menor volumen: una larga serie de ruidos de ropa, golpeteos contra la pared, jadeos y gemidos, gritos y chillidos, al principio sólo de Blanca y luego también del profesor, de manera desesperada primero y después, además, casi cómicamente acompasada; y terminaron ambos alumnos por apurarse a defecar, limpiarse, abrocharse los pantalones y asomarse, uno por arriba desde el inodoro de al lado y el otro por abajo desde el frente de aquél en que se encontraban encerrados los fogosos amantes recién llegados, para ver con asombro cómo la novia del Hernández prácticamente violaba al nuevo maestro de Matemáticas, quien dudoso y descontrolado e instantes después convencido y resquebrajado, tomaba poco a poco pero cada segundo más rápido, energético (como un ser transformándose en monstruo o crisálida apareciendo desde adentro de un gigantesco capullo a punto de completar su metamorfosis) la iniciativa para desvestir a su vez a Blanca, desnudarla completita hasta de zapatos y calcetas y aretes y anillos y pins y prendedores de la ropa y broche del pelo ahí adentro de su improvisado pinche burdel privado y con todo el entusiasmo de sus veintitantos años, ya abandonado completamente a la pasión, se dedicaba de lleno a meterle y sacarle la verga a la muchacha, umba, umba, umba, justo ahí, en el agujero que ella había preparado con tanta complacencia desde que lo había estado calentando, distendiendo y humedeciendo en el salón de clases, precisamente para él.

Yo no lo vi, tampoco lo escuché, pero Silvia me lo contó con la acostumbrada precisión y el pinche desparpajo de su sinceridad de aquellos años, y Chepina me lo corroboró dos años después cuando la confianza entre los dos había aumentado.

Yo no sé si la narración distinta pero coincidente de ellas dos, una haciendo hincapié en los jadeos de él y la otra en los de ella, es la que me tiene ahora tan pinche inquieto y caliente en este auto que le queda chico a mi erección, carajo, se me va a salir y va a romper el parabrisas!, cuando veo cómo Blanca mueve las piernas con la falda corriéndosele hacia arriba al ir hundiendo alternativamente clutch, freno y acelerador mientras maneja, habla sin parar y sin que yo la escuche, y me lleva casi en vilo rumbo al pinche Café de la Parroquia

160

para cumplirme la invitación que me hizo en su oficina a los cinco minutos de nuestro reencuentro.

Él vio los indios y los campesinos dormitando en la plaza grande frente a la Marina y creyó reconocer a algunos. El coche pasó de largo rumbo al restaurante y Blanca, concentrada en su acelerada plática, ni reparó en ellos. *Podrían ser los mismos* –pensó él–; *si me bajara y rebuscara un poco entre los pinches jorongos, las cajas de cartón y los periódicos, estoy seguro de que me encontraría al michoacano que vi en Tijuana y en Chihuahua, a los tarahumaras de las nubes de hielo y a los sublevados de Papantla.* Una pequeña no mayor de seis años chillaba frente a su mamá, que le limpiaba los mocos.

Habían apoyado una pancarta contra un poste de luz. Una manta con una leyenda ilegible por los dobleces cubría a otros cinco campesinos.

Él pensó que probablemente llevaban ahí sentados varios días y que en cualquier momento se desesperarían como los de Noya y se armaría la revuelta; luego pensó que quizá acabasen de llegar y se dispusieran a iniciar hasta al día siguiente su plantón oficial demandando la atención de las autoridades. Pensó también si aquel indio del día del Aeropuerto realmente habría sido tan parecido a él como se le había figurado, o todo había sido efecto del tinte casi sobrenatural de aquella parte de su viaje. De cualquier modo no tuvo oportunidad de reflexionar mucho; el auto cruzó por otra plaza más arbolada, llena de luces, de cancioneros, de aroma de café. Tomó nota de que debería pasar a Córdoba para conocer la ciudad y comprar café del bueno antes de regresar a Temixco. Luego se embebió de nuevo en los comentarios insulsos y las piernas de Blanca.

"Una bomba...
Una micha
Dos garnachas...
Unos frijoles negros refritos...
Dos tortas de pierna de cerdo...
Un arroz con plátanos fritos..."

-Y más pan y más café por favor- el tono de voz era suave, seductor, pero con gran autoridad.

-En seguidita, Licenciada Blanquita-. El mesero giró en redondo y se dirigió rápidamente a la barra. En otras de las mesas algunos de los parroquianos pedían más café haciendo sonar las cucharitas en los vasos; el tradicional chocar del metal con los cristales adquiría un efecto rítmico por influencia de ese sonsonete más machacón de la marimba que vibraba estridentemente en un rincón del local y ambos sonidos se mezclaban con las risas, pláticas y carcajadas en la peculiar batahola de jarochos y extranjeros mezclados en el restaurante de más tradición del puerto de Veracruz.

La noche afuera, en los muelles, en los barcos anclados en el puerto y más allá, en mar abierto, se mecía en un tranquilo silencio. La brisa refrescante, sin llegar a enfriar, alcanzaba en repetidas ocasiones el interior del café, manteniendo una temperatura agradable.

Entre tanto argüende era difícil a veces continuar la plática. Blanca habría preferido una atmósfera más propia para sus intenciones, más obscura, más íntima; pero él insistió en conocer el tradicional símbolo de la cocina porteña y para colmo ni siquiera había aceptado que la mujer lo llevara a esos otros cafés, que eran como prolongaciones del Café de la Parroquia de siempre pero más modernos y espaciosos que se encontraban cercanos al muelle; simplemente deseaba cenar en donde *tienes que cenar si vas al tres veces Heroico Puerto de Veracruz: en el Café de la Parroquia* original!.

Entre vendedores de collares de colores, de estatuillas, ajedreces, peinetas de carey, adornos de conchas marinas y cassettes piratas, y niños dulceros que pedían su ñapa, los dos ex compañeros alcanzaron a intercambiar parte de la información atrasada por los años. Blanca, resignándose al ruido, hasta pudo en un momento llevar la conversación a terrenos sentimentales. Él, embobado con los pechos de la mujer que temblaban sobre el plato de frijoles, y tratando de asimilar lo de los frascos, preocupado al mismo tiempo por analizar por qué lo excitaba tanto ahora *esa* mujer, e inseguro respecto a si valdría la pena tirársela y más que nada, si se dejaría, pasó por alto las insinuaciones verbales de la ninfómana.

A ratos la escuchaba, a ratos no, pensando qué decir al terminar la cena –porque sí, indiscutiblemente, pasara lo que pasara después y por las razones que fueran, él se la tenía que coger esa misma noche o acabaría despedazado en su cuarto de hotel por los efectos, no de una eyaculación nocturna como las que le empezaron poco antes del descubrimiento del pedazo de hoja de revista con la fotografía de "La Ponderosa", sino por los de una verdadera explosión atómica de sus testículos ahora hinchados hasta casi impedirle cerrar las piernas-; miró de reojo la puerta de acceso a la cocina, que se abrió en ese momento al salir un mesero, y en los dos segundos que tardó en cerrarse de nuevo, alcanzó a ver a una señora de edad, gorda, amasando la masa para las tortillas junto a un gran comal.

Cuando él volvió sus ojos hacia la cara de Blanca y oyó sin escuchar algo de lo que ella le decía sobre quién sabe cuáles japoneses, se la imaginó en el lugar de la señora de las tortillas, dentro de la cocina, amasando con sus gruesos brazos una reproducción gigante, de noventa centímetros, en masa de maíz, de su propio pene, mientras él, garrotero compañero de trabajo de ella en la cocina, vestido de blanco, con gorrito en la cabeza y toda la cosa, le introducía el suyo, el real, por atrás y por debajo del mandil levantado.

El simple hecho de imaginársela en esa postura y vestida únicamente con un mandil que dejaba al aire sus protuberancias traseras, hizo que temblara ligeramente y volviera al hilo de la conversación, remojándose los labios con un poco del café ya medio frío y enderezándose en la silla para acomodar sus intimidades.

-Y dices que esos japoneses… qué?

-Ni me escuchas, verdad? Estás como en otro lado... te siento como ausente, qué, andas enamorado o qué?- Blanca gesticulaba con una de las tortas de pierna en la mano.

-No, para nada... qué dijiste de los japoneses?

-Pues nada, que tienes razón en lo de Takagaki, ha de sonar presumido, autosuficiente; todos ellos son unos prepotentes; a pesar de su supuesto espíritu de colaboración y su trabajo en equipo son soberbios y prepotentes, pues ya para que hayan estado aliados con los nazis en la guerra, imagínate! y a los alemanes los han tenido muy controlados, pero estos orientales se les fueron de las manos y ya ves el poder que tienen ahora, aunque lo están perdiendo...   ya lo están perdiendo y me da mucho gusto.

-Pero no puedes generalizar, es como en todo. Unos son de una manera y otros de otra –trataba él de hablar más medido, como frente a sus alumnos y los padres de ellos, como antes, sin tanta grosería, sin palabrones-, yo más que nada los siento concretos, sinceros, y eso es algo que la mayoría de los mexicanos no tenemos; siempre andamos dándole vueltas al asunto y pensando cómo va a tomar la otra parte nuestros comentarios: "Se irá a ofender?" "Qué irá a pensar de mí?"; tratando de quedar bien –la marimba se había callado pero afuera, a lo lejos, subsistían los arpegios del arpa de un grupo jarocho que entonaba *El Jarabe Loco*-; yo los conocí porque en el setenta y tres participé en un concurso de piano que organizaron ellos aquí en México, ese año andaba yo que me llevaba la... tristeza y la indignación por la muerte de Salvador Allende y el golpe de estado en Chile, y los des...manes de los imperialistas fascistas...asesinos..., me entraban unas depresiones... y luego peor, cuando se fueron muriendo en serie Picasso, John Ford, Neruda... –el mesero había llegado de nuevo con las dos jarras humeantes para servir el café con leche-; yo siempre he sentido a los japoneses muy sinceros.

-Uy! Sí, *"muy sinceros"*, no? por eso seguramente son los que tienen el mayor índice de suicidios entre sus empresarios, no... yo no me lo trago – ella lo dijo en una forma tan sensual, o al menos así se lo pareció a él, que por un instante el músico perdió de nuevo el hilo de la plática y pensó que ojalá la mujer *se lo tragara...* y *"todo"* -; yo los sigo viendo como unos payasos autosuficientes prepotentes y mucho más racistas que muchos otros; pero luego ahí andan llorando como niños cuando se les viene el mundo abajo; sí los has visto, no? en público, en cadena internacional, y a todo color! –él asintió, sabía muy bien a qué se refería-.

-Oye, pues qué te hicieron? –se rió él al preguntárselo.

-Nada, sólo lo que te dije, pareces ido, que estoy llevándoles una consultoría para una empresa que quieren poner aquí; pero nada más agarran vuelo y se vuelven intolerantes y pesados, ya no los aguanto; tú mismo lo viviste con tu amigo, el "eminente Doctor" Takagaki, según me cuentas... yo, de veras que prefiero tratar con alemanes o con gringos...

-Y los mexicanos? –preguntó él sonriendo.

-Los mexicanos..., hijos de su madre!: *relajean*, echan relajo! siempre!, no sabemos hacer otra cosa sólo relajear! Por eso nunca llegamos a nada –él pensó en los policías del día del aeropuerto, en Raúl Mirado, en un montón de ejemplos; pero la dejó continuar-, o sí? Y a ver, tus amigos japoneses muy sinceros muy sinceros pero en resumen no te dieron el trabajo, o sí?

Él no resistió la idea; no era un tipo especialmente chismoso pero el momento y las circunstancias se prestaban:

-Sabías que Takagaki se está muriendo de Sida?

Blanca se quedó paralizada, tomó rápidamente la servilleta y se limpió cuidadosamente la boca para que no se le notara el temblor en los labios. Vio su plato.

Él pensó que el largo silencio de la mujer obedecía sólo a la solemnidad del momento. Aprovechó para seguir cenando.

-¿Estás seguro? –dijo ella después de un rato, sin haberse repuesto del todo; la noticia le había provocado un sin fin de recuerdos supuestamente olvidados que ahora se desbordaban, poniendo angustia y preocupación donde Blanca creía haber logrado succionar el pasado y crear una especie de vacío somnoliento.

-Dentro de lo que cabe –dijo él sin mover la cabeza, viéndola fijamente a los ojos, queriendo descubrir por qué tanta turbación.

-Y... desde cuándo?-

-La verdad, no lo sé exactamente, pero debe ya tener bastante tiempo –señaló él expresando una simple suposición. Ella pensó que insistir no haría más que evidenciar cosas que prefería dejar ocultas. Qué más daba? lo hecho, hecho estaba. Una mayor o menor información no harían ninguna diferencia en lo esencial, en lo verdaderamente importante, en lo que le preocupaba. Ni en lo que estaba por hacer. Decidió cambiar de tema como si no tuviera ya más qué decir sobre Takagaki.

No tuvo tiempo de decir nada porque, como mandada a hacer para la ocasión, el pequeño grupo de la marimba atacó estridentemente la anacrusa de *Oye la Marimba*.

La fuerza de la interpretación y el ritmo machacón le dieron tiempo a él para volverse a acordar de *los tarros*.

Uno tras otro, alineados en perfecta hilera en el gran librero de pared de la inmensa oficina ejecutiva. Reparó en ellos casi inmediatamente después de entrar. La licenciada Blanca lo había recibido cálidamente y después lo acogió con su sensual hospitalidad llevándolo del brazo hasta sentarlo en la pequeña y mullida sala a un lado del escritorio de caoba. Desde ahí alcanzó él a ver los tarros por primera vez. Ella se le sentó junto, en el sofá, y entre sonrisas de bienvenida, coqueteos y acariciadas de pierna, cachonda, le preguntó por su música, por su carrera, por su familia…y juntos empezaron a recordar viejos tiempos.

Él evitó a propósito mencionar a Miguel Hernández tratando, de impedir que cualquier posible incomodidad estropeara el momento, pero fue ella la que sacó el tema de su antiguo novio a colación, se levantó alisándose el vestido, presumiendo de una figura de la que se sentía orgullosa a pesar del peso y avanzó hacia el escritorio:

-Pues mírame ahora, bien casada y con tres hijos –tomó una foto de sobre el escritorio y se la extendió-, y ya bien grandes los tres, mira.

Él reparó en el apuesto y elegante hombre de edad que aparecía como padre. Lo señaló y volteó a mirarla enarcando las cejas.

-Efectivamente –dijo ella-; no será tan grande la pasión como con Miguel, pero qué le vamos a hacer?, así es la vida... y a veces así es mejor...

Él frunció el ceño, ella se sentó. Reflexionó; pontificó:

-Es mejor, más calmado, más reposado. Las grandes pasiones casi nunca terminan bien; como dicen mucho por aquí: más vale paso que dure...... ya llevamos quince años de casados.

Él tomó conciencia de repente de cuánto había pasado el tiempo; se preguntó si ella –y por la forma de recibirlo supuso que sí-, a pesar del marido aparentemente honorable, de los tres hijos y de la imagen idílica de familia perfecta que exhibía la foto, seguiría siendo tan putísima como en la escuela. Percibió un brillo velado de tristeza en los ojos de la mujer después de haber hablado de Miguel, era como si de pronto hubiese recordado los pormenores de una muerte que sólo para ella había estado envuelta en circunstancias claras, o quizá ni para ella; el pasón se lo habían dado los dos en un viaje a Acapulco y a ella la habían recogido con urgencia de la casa de huéspedes para internarla en

Cuidados Intensivos del Hospital Vicente Guerrero; habían tenido que cortarle los pantalones acampanados lilas de mezclilla apretadísimos que llevaba, porque de la inflamación en el bajo vientre y en las piernas no querían salir. La Cruz Verde recogió el cuerpo de Miguel Hernández: "Edad: 24; Sexo: masculino; Complexión: robusta; Cabello: castaño obscuro; Ojos: café obscuro; Estatura: 1,80; Causas del Deceso: intoxicación por consumo de sobredosis de barbitúricos combinado con el de grandes cantidades de vodka, cocaína y marihuana".

Él trató de cambiar el tema ante la visible turbación autoprovocada inconscientemente por Blanca, pero ella pareció complacerse en molestar la cicatriz, era otra manera de inspirar ternura, otra de sus muchas formas de seducir:

-Te enteraste, no? creo que todos se enteraron. Nunca se me olvidará su cara; inerte, como incorpórea y nebulosa, viéndome y sin ver cómo me levantaban los de la Cruz Roja para sacarme en la camilla... – reaccionó: - pero bueno, eso es pasado, yo lo adoraba como no tienes idea y lo digo muy de veras, aunque ya sé que todos ustedes, al ver cómo era yo con todos los chavos, pensaban lo contrario –se levantó y retiró la foto de las manos de él llevándola de nuevo al escritorio-; lo importante es que la vida sigue y te da oportunidad de conocer cosas que ni te imaginabas, que ya te contaré con mucha calma, porque me vas a aceptar que te invite a cenar, verdad? Hago solamente un par de llamadas y nos vamos.

Mientras Blanca hablaba por teléfono sentada en el escritorio, él tuvo oportunidad de caminar por el despacho contemplando fotografías, títulos, diplomas y reconocimientos. Se aproximó a los tarros, llenos algunos de pedacitos de materiales y substancias arenosas rojizas, pardas, tostadas; otros en blancos de diferente tonalidad, cada uno con una etiqueta e iniciales: M.G.... R.A.... C.... C.M.G.... R.P....

Estaba a punto de abrir el que decía R.P. cuando Blanca colgó el teléfono y se levantó; él no alcanzó a preguntarle el significado de las letras porque ella, sin darse cuenta de la curiosidad, avanzó hacia otro de los tarros, lo tomó, lo destapó y dijo entusiasta y coqueta:

-Ahora me vas a permitir que te invite a que nos liemos uno para ponernos a tono antes de irnos. Esta es "Rojo Panamá", no tienes ni idea de la calidad ni de cómo te pone, es auténtica; me la trae directo desde allá un socio que tengo –había puesto el tarro abierto sobre el escritorio y estaba sacando de un cajón unos papeles turcos para forjar cuando reflexionó y dio marcha atrás-; no, mira, -guardó los papeles y cerró el frasco regresándolo al librero-, eso mejor otro día; ahorita como que se impone algo de esto -tomó uno de los frascos llenos de color blanco, el más brillante-, como que se antoja más esto por la temperatura de la noche, por el calorcito que hace, así como que bien cachondo, no? –desparramó una buena porción de polvo blanco sobre la carpeta del centro del escritorio y lo aplastó con la mano-, y además como que nos va a sentar mejor antes de cenar –se inclinó, acercó la nariz al montón de polvo y jaló directamente con la nariz por las dos fosas, estornudó tapándose la cara con la mano derecha y sonriendo aplicó la mano húmeda al montón de polvo que quedaba, levantó la mano y se lamió amplia y lentamente el polvo impregnado en los dedos untándoselo en las encías y viendo insinuante a los ojos del visitante; a la mitad del proceso se separó la mano y se la ofreció para que él acabara de quitarle el polvo lamiéndola-; es purísima, 96% de pureza, dicen los que verdaderamente entienden de esto, me la regaló personalmente el cónsul de Alemania aquí; sírvete, anda –le señaló la que quedaba sobre el escritorio-; verdad que mejor esto que lo otro? Además, mejor así, mediditos, que andar mezclando varios asuntos, ya ves como termina uno, como Miguel; si no sabré yo de estas cosas, acaban friéndote el cerebro si las mezclas.

El saxofón contrapunteó algunas melodías y abordó el tema final junto con la marimba. Al terminar, los músicos levantaron sus instrumentos y se fueron. El arpa y el grupo jarocho de afuera habían terminado también su día. Solo quedaba un trío de cancioneros en la esquina, a un lado del local, cantando un bolero de Álvaro Carrillo.

Blanca, súbitamente, sacó un frasquito y vació un poco de cocaína en la mesa. Él vio inquieto hacia todos lados, nervioso, las pocas mesas que quedaban con gente. La mujer, con toda tranquilidad, sacó una pequeña pajilla verde traslúcida de su brassiere, en medio de sus pechos y aspiró rápidamente; le ofreció pero él no quiso. A cambio, se puso a canturrear suavecito, nervioso, viendo hacia la calle, la parte de la canción que decía que yo no sé si tenga amor la eternidad pero allá tal como aquí en la boca llevarás sabor a mí. Notó que las personas se levantaron de las mesas y empezaban a abandonar el restaurante por la puerta hacia la que él dirigía su canto; notó que comentaban preocupadas entre ellas y también con los meseros que aparentemente se deshacían en explicaciones, inclusive una pareja de gringos con cara de gran perturbación manoteaba en dirección a la cocina y se apresuraba a salir poniendo en mano de uno de los meseros dos billetes de a dólar:

-Gracias, *thank iu, thank iu verry moch*- cabeceaba y hacía caravanas el mesero.

Hasta de la consumición de la droga por parte de Blanca se olvidó él para dedicarse a desentrañar por qué tanto alboroto de los últimos comensales. Dejó de tararear.

-Deben tener cuidado-dijo una señora de blanco-, ese olor está terrible!

-Debe ser una fuga de gas… o de algún producto químico… pero algo bueno no es, seguro que va estallar de un momento a otro-dijo el viejo de pantalón gris superplanchado que la acompañaba; hablaban siempre hacia los meseros pero sin dejar de ver al fondo del restaurante de donde les llegaba la peste. Los últimos clientes sólo movían negativamente la cabeza y salían rápidamente frunciendo el ceño y gruñendo entre ellos.

Los meseros levantaban las cejas, se miraban y miraban después hacia la cocina y la caja y los baños y se frotaban las manos tratando de entender, asqueados y también esperando alguna desgracia mayor de un momento a otro. Blanca terminó de retocarse el maquillaje y de guardarse la pajilla bien acomodada entre los dos globos carnosos que se le inflaban en el pecho:

-¿Qué pasa, eh?-le preguntó al músico.

-¿Quién sabe…?... parece que algo de la comida le hizo mal a esa gente-le respondió él, como siempre, inconsciente de lo vomitivo de su aliento y se bebió un último trago, ya frío, de café.

-Yo supongo…-le dijo Blanca mirando con repulsión a una muchacha que vomitaba exactamente en la puerta de salida del Café de la Parroquia; luego, viendo que casi todos habían salido, que no acababa por pasar nada realmente y para evitar sentir asco ellos mismos, dejaron simultáneamente de estar de espectadores y continuaron la plática.

Conversaron de múltiples cosas, de su juventud de las "óperas-rock", los festivales; de la guerra de Vietnam y su desenlace; de la genialidad y la locura de Cat Stevens, su retiro, *El tren de la paz*, *Father and son* y sus contrapuntos interesantes y emotivos; de la absurda conmoción de la primera visita de Uri Geller a México; del cuadro *Guernica* de Picasso, que a Blanca le parecía horrendo y engañabobos ("prefiero *Las señoritas de Avignon*- le dijo); de subastas; de negocios; de dinero; de las empresas; de la situación del país; de la desbordada piratería que, para él, es realizada por las mismas compañías legalmente establecidas para evadir impuestos y pagos de regalías autorales y de intérpretes – "Si no, por qué crees tú que no consiguen acabar con ella y hasta a veces los pin…los productos piratas salen antes que los buenos?", le dijo-; de la economía subterránea; de la presión social que el gobierno se quita de encima permitiendo la proliferación de vendedores ambulantes –como el medio centenar que durante el tiempo que había pasado desde que ellos llegaron al café de la Parroquia, les había ofrecido a Blanca, a él y a los cientos de paisanos y extranjeros que atestaban el lugar, desde juegos de video en miniatura y tortuguitas vivas hasta dulces de coco artesanales y un caimán, jí, enjerio, güerito, un caimanito ijoesuchi, se vaponer bien jrande cuando crejca, anda, cómpramelo; de los impuestos –él tuvo oportunidad de volver a quejarse y le contó su sketch de las mil razones por las que abandonó la idea de poner una escuela de música; ella tomó partido, como Jamín y Takagaki, por el *statu quo*, defendiendo y disculpando al gobierno-; del no circula que en Veracruz no existe –ella había nacido en Veracruz, había marchado a la Ciudad de México, había regresado a Veracruz después de casarse y estaba contemplando seriamente el volver a la capital si no se hacía lo de su candidatura a Gobernadora del Estado-; de los aparatos modernos –recordando que en sus tiempos qué capaz que fuera a existir un teléfono celular portátil y tan pequeño como ése de Blanca que por el momento descansaba sobre la mesa junto a la copa de coñac, o el fax de papel plano e impresión digital que tenía la Licenciada en su oficina - ; de cómo había avanzado todo tan rápido en tan poco tiempo desde aquélla época en que la capa de ozono no preocupaba a nadie, las computadoras personales no habían revolucionado nuestro mobiliario, el único ratón sobre nuestro escritorio era Mickey, nadie fabricaba sillas ergonómicas para secretarias taquimecanógrafas y el condón era un lujo, un retorcimiento, una sofisticación – y pensar que Blanca, de adolescente, lo prefería hacer sin que sus parejas desechables usaran un preservativo-; por no hablar de las píldoras anticonceptivas, casi inimaginables en un uso cotidiano por pre-adolescentes de esa generación, cuando las toallas sanitarias no volaban, cuando escribíamos nuestros trabajos escolares en máquinas mecánicas, registrábamos los recuerdos familiares en cámaras fotográficas de rollos de película (o ya cuando mucho en cámaras de cine súper-8) y un disco de larga duración no cabía en las bolsitas de mano de las muchachas ni podía usarse como espejo para retocar el maquillaje.

Con el paso de las horas y guiados los dos por una intención que la calentura y los nervios de él le impidieron descubrir en Blanca, terminaron hablando del exitazo de aquellos tiempos, la canción *Je t'aime... moi non plus*, la sensualidad de Jane Birkin, su voz, su pelo, su boca, sus jadeos...; de las relaciones hombre-mujer –ella por supuesto, justificó su manera de ser de siempre, putañera-; del papel de la mujer; del acoso sexual – él le platicó el caso de Jamín y ella también, a pesar de su propia conducta viciosa y debilidad de siempre, como si la crítica de las conductas de los demás permitiese acallar o distraer la propia sensación de culpa, tomó, como otros, partido por la muchacha-; y llegaron hasta a hablar de las diferencias de edad en las parejas y de la insatisfacción que a Blanca le provocaba un hombre del estilo de su esposo.

Ésa fue la señal que él estaba esperando para decidirse a entrar a matar y pidió la cuenta –que pagó ella- convencido de que cuando caminaran rumbo a la salida seguiría él agregándole mentalmente atributos a la mujer, como aquéllos de su preparación profesional, de haberse convertido en una flamante corredora de bolsa, consultora empresarial y además política importante casi por naturaleza, y el de no dejar que su nuevo comportamiento ni su lenguaje empresarial dejaran traslucir ni el más remoto residuo de su forma de ser tan putísima y pelada, aquélla de la Prepa, salvo en las palabras que la mujer dirigía expresamente con toda la alevosa intención de influir una atracción sexual –ya más discreta con los años- en sus interlocutores; todo ello, con el único fin de derribar él mismo sus propias barreras y de convencerse ya sobre la marcha de que no era sólo por un coqueteo

171

inconsciente – implícito en la personalidad de Blanca y generalizado- por lo que ella se mostraba tan insinuante, sino porque seguramente él le resultaba atractivo; y continuaría animándose a meterle mano una vez que estuvieran en la calle porque el temblor de esas carnes que caminaban a su lado merecía el arriesgue de un posible descolón.

Pobre de él, si hubiese sabido que cada uno de los movimientos, miradas, atenciones, frases y giros de esa -para él- "Nueva Blanca", no habían tenido otro fin durante toda la velada y desde que lo vio, que el de tirarle –a su manera más madura y civilizada de brillante profesionista y elegante cuarentona, política desde chiquita por puta vocación y futura candidata a la gubernatura del estado-, simple, categórica y rotundamente: el calzón!

Cuando despertó en el hotel no se sorprendió demasiado de no encontrarla a su lado. La imaginó bañada, muy bien arreglada, agresiva, entrando a su oficina para sacar adelante otro intenso día de logros económicos. Y políticos.

Antes de revolverse en la cama para seguir durmiendo, la imaginó también forjándose un toque de Mexican Gold o de algo por el estilo. Pero no consiguió quedarse dormido porque la excitación de la noche anterior regresaba por oleadas intermitentes a sus miembros despertándolo con un deseo tremendo de volverla a ver. Con los ojos cerrados recapituló cada uno de los episodios que materialmente lo pararon de cabeza desde las tres de la mañana. Entre las brumas evanescentes de la resaca alcohólica y en el *down* posterior a la exaltación de la cocaína que Blanca le había hecho probar por segunda vez antes de cogérselo, él fue recordando su tres veces heroica noche porteña de excesos:

Blanca lo había querido de todas las formas y en todas las posiciones pidiéndole sólo que no dijera nada, que mantuviera la boca cerrada, tú déjate hacer nada más. Le había cantado en el oído lentamente, suavecito pero con voz ronca y lamiéndoselo, metiéndole la lengua hábilmente hasta el fondo, una parte de *Whole lotta love* de Led Zeppelin, que les encantaba cuando iban en Secundaria; se le había montado en la cara abriéndose con sus manos los labios vaginales para que coincidieran con esos otros labios transversales de él, en un beso que le descosió las tripas y que tuvo la ventaja de suplir la lengua de los besos normales por un movimiento del clítoris que Blanca dominaba a la perfección y que él no había encontrado en ninguna otra; luego se le sentó con cuidado sobre la parte superior del pecho, mientras estiraba la mano hacia atrás para sacudirle el miembro, como hiciera muchos años antes en el salón de clases con Mirado, y le provocó el primer orgasmo cuando junto con eso, le bañó lentamente el pecho y el cuello con su líquido caliente, amarillento, casi dorado; luego lo paró sobre la cama con las piernas abiertas como Coloso de Rodas de alcoba jarocha mientras ella daba maromas parsimoniosas que terminaban en ir a encajarse profunda y perfectamente en su pene, como balero de Jalisco, unas veces por delante y otras veces por detrás; abrió las ventanas de la habitación y se empinó desnuda en el balcón a plena luz de luna madrugadora y frente al golfo, sin complejos ni inhibiciones ni culpas, para que el otro golfo, él, el de atrás, se la metiera como se lo había imaginado en la cocina del restaurante; le intentó meter en el ano una especie de sacacorchos de plástico anaranjado con espiral grumosa y corrugada, de unos cinco centímetros de diámetro mayor, y cuando él se negó, le pidió que se lo metiera a ella por atrás mientras su pene la traspasaba por delante y ella gritaba más, más, más, así papacito, por todos lados, ahora tu lengua y tus dedos en los hoyitos de mi nariz, en los de mis oídos, en estos que tengo en las mejillas, si? ándale! todo, todo, todo por todos lados!; le chupó las orejas, las manos, los dedos de los pies y los huevos, le chupó el trabuco entre las piernas hasta vaciarle el arroz con leche de la perpetuidad, se lo apretó como saxofón soprano de cualidades esponjosas y elásticas y lo sorbió –como en un popote cósmico- hasta extraerle al hombre la materia gris, el cerebro y hasta el tuétano de los huesos; lo vació; y se siguió después de largo para meterle la lengua en el ano lo más profundo que pudo y redefinirle lo que la expresión "beso negro" –que él no había pasado de leer en alguna parte- realmente quería decir. Ya lubricado de esa forma, él aceptó que le metiera el "sacacorchos" anaranjado; y culminó ella el amanecer erótico diciéndole permíteme tantito, fue hasta su bolsa, extrajo un estuche metálico plateado de unos 5 x 8 centímetros, que tenía unos agujeritos, sacó también de la bolsa unos como dulces envueltos en papeles rosas, de china, regresó a la cama, se sentó y sacó del estuche una especie de gusano o serpiente de unos quince centímetros –viva– que tenía una cadena de oro sujetándola en la base de la cabeza, sacó uno de los "dulces" de su envoltura, se subió a la cama, se hincó, abrió mucho las piernas, se agachó boca abajo apoyando la mejilla derecha en la cama, de modo que alcanzaba a verlo seductoramente, pero dejando las nalgas paradas hacia arriba y a un nivel superior, apuntándolas hacia él, ofreciéndoselas en toda su plenitud, obsequiándoselas sumisamente a *él*, que todo nervioso y excitado le miraba a ella todas las partes del cuerpo, no sabía ni qué parte del cuerpo verle más, y ya en esa posición se metió ella una mitad del "dulce" en su vagina, bien adentro y la otra mitad en su ano de la misma forma, lentamente, gimiendo, contorsionándose, y hacía, con el puro movimiento de sus músculos vaginales y anales, que los dulces le salieran y entraran lenta, sensualmente, en una prodigiosa y excitante manifestación de gimnasia sexual de sus partes íntimas – "te gusta, papacito? esto se llama *pompoa*... (entre el asombro y la excitación él no entendió una parte del nombre pero ni se le ocurrió preguntar) y lo aprendí en Europa, hasta tomé un curso, de seis meses; te gusta?" – y arrastraba las palabras como se arrastraba un poco hacia delante y hacia atrás por la cama. Luego se introdujo la cabeza de la culebra en la vagina y el animal se animó y empezó a entrar más y más hasta desaparecer entre los jadeos y la abertura de Blanca; ella se daba tiempo para mirarlo a *él* sugestiva, invitadora, emocionadamente, con lágrimas en los ojos; antes de que la culebra terminara de salir de la vagina, ya estaba entrando, ávida, en el culo de la mujer, para salir luego otra vez húmeda, brillante y con la cabeza manchada por la substancia azul cielo fosforescente del "dulce", y entrar de nuevo en la vagina y así de nuevo muchas veces y cada vez más rápido, como acompañando - excitada ella misma y amaestrada - las convulsiones desesperadas y los gritos de placer de Blanca. Él se masturbaba, no comprendía ni cómo, dos, tres veces seguidas, y acabó, a la par y junto al animal, cogiéndose rítmica y eufóricamente a la mujer que lo dejó exhausto, violado y dormido como un angelito, a las ocho en punto de la mañana en que ella se levantó sin hacer ruido, se bañó, se vistió y se fue a trabajar.

Le dejó sobre el buró una tarjeta con un recado que él descubriría hasta mucho más tarde –"Llámame"- y al que él en su calentura que empezaba de nuevo a subir con el sol y las gaviotas, le acomodó juguetonamente el acento en la última sílaba para cambiar la palabra de esdrújula a aguda y solazarse con el efecto en sus genitales mientras veía, acostado de nuevo, satisfecho como pocas veces en su vida, girar lenta y seductoramente el ventilador en el techo de la habitación.

Sólo más tarde, en una de sus despertadas, descubrió que la tarjeta recargada en la parte de la cabecera que quedaba tras la lámpara, no era una tarjeta, sino un sobre, lo abrió y fue entonces cuando descubrió nuevecitos, ordenados, fajados y en un verde azuloso más bello que el marino, los $50,000.00 pesos.

CAPITULO IX

Ver a *Cruz*   (Octubre/1997)

Subió las escaleras de la casa vieja donde el Licenciado Cruz Lugo solía atender a sus clientes.

Llevaba en la bolsa derecha del pantalón, bien agarrado con su mano metida en ella, el sobre con los cincuenta mil pesos. Más que el bulto en la ingle que le raspaba el escroto, le molestaba el hecho, que todavía ahí, en ese momento, no atinaba a comprender del todo.

Pues de qué me vio cara o qué?, de muerto de hambre?, de damnificado del temblor? Jódase! Si dejé que pagara la pinche cena fue porque insistió, pero todavía me alcanzaba para eso y más, una cosa es que no sea millonetas y otra que las putas clases que doy no me hayan dado para ir tirando y para tener un pinche colchoncito de reserva... si la dejé pagar fue nomás para que no dijera; ahora que muy liberadas las mujeres, yo pago, yo pago, yo puedo, yo sola, yo llevo los pantalones; nomás por eso, no porque yo no tuviera. Pude haber pagado hasta con mi tarjeta chingona; qué se cree, pinche Blanca, me vio cara de su pinche puto? de su Richard Gere? de su mexican gigoló?... y luego el monto; para mí que se confundió de sobre y pensó que me estaba dejando uno con la dirección de su casa o ya de perdis con unos cuantos billetes de a cien, para el viaje, para la gasolina; pero dejarme toda esa cantidad... sí, para mí que se equivocó de sobre y me dejó, por error, en el que llevaba el pinche dinero que usa para comprarse sus pinches polvos.

Cuando el asistente del Licenciado Lugo abrió la puerta del modesto despacho, el recién llegado aún movía la cabeza negativamente y conservaba en la boca la mueca de la medio sonrisa de haber recordado que aunque él pensó en los polvos de Blanca como refiriéndose a la cocaína que aspiraba, también quedaba perfecto el término, usándolo como en España, para referirse a esos otros "polvos", como los salvajemente eróticos de la noche anterior, y aunque el músico más bien fuese moreno, con la blancura de Blanca bastaba para calificarlos así, en un sentido y en otro.

El asistente, extrañado, lo condujo directamente al pequeño privado del Licenciado Lugo, donde éste se encontraba terminando de dictar una carta.

El Licenciado Lugo vio a su antiguo compañero cruzar tímidamente la puerta del privado acompañado por el asistente; alzó la mano con rápidos movimientos indicándole que un momentito –sin dejar de dictarle a su secretaria-, que podía sentarse en la silla desocupada – *pinche desatento, después de años que no nos vemos y me recibe como si fuera yo el de las pizzas, y esta pinche silla incómoda de mala muerte...-*, y terminó rápidamente de dictar balbuceando las consabidas frases de las despedidas comerciales para el destinatario de la carta.

Aunque a muy poca gente pueda molestarle un paquete de cincuenta mil pesos regalados en el bolsillo, a él no lo dejaban de incomodar las posibles implicaciones del detallazo de Blanca; probablemente lo quería involucrar en algún acto ilícito, pagar su complicidad para fines turbios o usarlo de camello. En lugar de llamarla, como ella le había pedido, le caería personalmente por la tarde y le aventaría el dinero a la cara – *qué te crees, gordinflona?, ya en plan de pagar un* polvo *mío, te saldría mucho más caro que estos cincuenta mil, más caro que tus polvitos blancos, faltaba más!*-, o por lo menos le pediría una explicación.

Cuando la secretaria salió, el asistente del Licenciado todavía no dejaba de insistirle para que aceptara una copita, un cafecito, una agüita, o lo que fuera; a él le pareció que el joven de pantalones pegados y pestañas largas muy negras y rizadas no era más que un redomado maricón que trataba de pegar su chicle y aprovechaba la distracción del jefe.

-¿Y a qué se debe el honor?- le disparó atentamente Cruz Lugo a bocajarro poniendo punto final a las insistencias del asistente que se retiró en silencio y salió cerrando la puerta dejando a los ex compañeros solos con sus incompatibilidades.

Él, después de pedir que Lugo le repitiera la pregunta que no había entendido la primera vez, le contestó sonriendo que no, que de ninguna manera, que no bromeara, que el honor era para él- (*para que veas que puedo ser tan pinche arrastrado y servil como tú)-*, era un honor poder ver a su ex compañero, al que admiraba desde los tiempos en que lo veía pasar al frente del salón para exponer sus temas en la clase de Civismo y Ciencias Sociales, después de tantos años, convertido ya en *todo* un Licenciado. (*Putamadre, este güey se ve aun más viejo que el Takagaki; parece de setenta años ya!*)

Intercambiaron las frases usuales de dos que se encuentran después de mucho tiempo de no verse, sin haber sentido nunca afecto el uno por el otro. El Licenciado comenzó a sentir un mal olor en el ambiente pero lo achacó a la ropa percudida y bastante sucia del visitante. Él le contó a Lugo lo de Jamín.

La plática amenazaba con degenerar y pudrirse rápidamente y estuvo a punto de llegar a su fin de manera abrupta, de no haber sido porque de la misma manera el Licenciado Lugo le soltó e él, diplomática pero sólidamente, la pregunta obligada:

-Bueno, y en esencia... en qué te puedo servir?

Era un típico ejemplo de la parquedad y amabilidad de Cruz desde que era un adolescente.

Él optó por darse su lugar y también intentó jalar ciertos hilos en la psique del Licenciado sacando a colación el nombre de Pedro Galas (el escultor hijo del otro escultor más viejo y famoso pero con sus mismos rasgos: Pedro Ricardo Galas), aquel Pedro, Pedrito, el amigo común con el que Cruz simpatizaba años atrás –incluso trató de expresarse de la manera más propia-:

-Pues ando viendo por acá la posibilidad de hacer algunas inversiones –fantocheó él -, he sabido que el Puerto de Veracruz ha tenido mucho desarrollo últimamente y están en auge las inversiones; afortunadamente me ha ido muy bien. Tengo un dinerito por ahí ahorrado y pensé que sería interesante venir a darme una vuelta - decidió súbitamente omitir cualquier episodio anterior de su viaje, incluido el reciente con Blanca. – Estoy aprovechando también para saludar a algunos de los cuates, supe que estabas radicando aquí y, bueno, pensé en pasar a verte para platicar de los viejos tiempos... ¿Qué has sabido de los cuates? ¿Has visto a Galas?

-Tengo mucho de no verlo –le respondió el Licenciado Lugo-, cinco años exactamente, pero a pesar del tiempo excesivo, siempre será un grato y poderoso recuerdo; la última vez nos quedamos toda una noche platicando en su casa de Coyoacán; fue después de una de sus exposiciones. Loquísimo como siempre, yo lo quiero mucho; una de las esculturas era una bola de unicel con el contorno de los continentes dibujado en negro, como si fuera el mundo suspendido en el centro de una habitación por cuatro chorros de humo de diferentes colores; veías de pronto rojo, blanco, azul rodeando la esfera y en la pared se prendían unas luces de neón que decían "La France", luego los humos cambiaban de repente de color, se apagaban esas letras y se prendían las de otro país. La obra escultórica se llamaba "La Volubilidad del Mundo"... (él se acordó de sus Huapangoles, pensó que era una idea similar; cómo ayudaba tener un padre famoso, caray!) y así sucesivamente... un gran éxito, había mucha gente importante, estaba hasta su papá, el eminente Pedro Ricardo Galas, como siempre.

Pensó que cuando pudiera encontrar a Pedro Galas le propondría presentar esa obra pero con su música de fondo, la de los Huapangoles, cambiando los colores de la orquestación, las tonalidades y los ritmos, acomodándolos a cada país que fuera apareciendo en los colores del humo y las letras; el mundo podría estar dibujado sobre una esfera manchada de pentágonos como los de los balones profesionales de futbol; sería un exitazo, sí, era una extraordinaria idea.

-Yo tenía entendido que vivía en la capital –le dijo a Cruz-, pero no sabía que en Coyoacán; a ver si me das su número y su dirección, me encantaría platicar con él; yo sí tengo añísimos de no verlo.

-Cómo no! aunque no creo que te vayan a servir de mucho; Galas me comentó la última vez que lo vi que estaba por irse a vivir a la ciudad de Cuernavaca...

-Claro –dijo él en broma y en serio, omitiéndose a sí mismo el hecho de que Temixco *no* era Cuernavaca, sólo *quedaba* a unos kilómetros de ahí-, ahí nos vamos a vivir todos los artistas creativos importantes.

-...así que lo más seguro – Cruz Lugo ni reparó en el comentario- es que ya no lo encuentres donde yo lo dejé. De cualquier forma te doy los datos, no hay problema. Además, con eso de que se andaba divorciando...

-No me digas, hombre, así que casado y toda la cosa...

-Y tiene una hija preciosa; una jovencita de trece años bien crecidita, preciosa, chula de verdad.

-Entonces la mamá debe ser muy guapa –concedió él, recordando el gran sueño que Pedro Galas tenía de joven y que alguna vez le había confesado-; porque lo que es él, era bastante feo.

-Feísimo, con tipo de tlaxcalteca autóctono –sonrió Lugo moviendo la cabeza-, y su mujer, pues... sí, pero nada del otro mundo. No era para nada una Pilar; eso sí, parecía extranjera, y ya sabes que Galas se la pasaba defendiendo a nuestras culturas indígenas...

-Muy chocante, por cierto-, complementó él, que recordaba perfectamente la pasión con que Pedro Galas hablaba de los indios en los días de Secundaria.

-...pero a la hora de escoger –continuó Lugo- prefería las carnes internacionales, los cortes extranjeros.

-Sí, dices bien:"a la hora de es*coger*"; aunque bueno, en realidad yo creo que a coger realmente nunca llegó, hasta sus veintitantos años, ya ves cómo era antes, en nuestros tiempos, la cosa: empezabas a coger, en general, un poco más grande; no como ahora que los chavitos y las chavitas de doce y trece años ya le andan dando duro; y él, que de por sí estaba horrible, como para llorar...

El Licenciado Lugo se rió sin ganas; no se sentía a sus anchas por la forma en que el otro iba degenerando en sus expresiones. Y por el giro que tomaba la conversación.

-Era muy nacionalista, pero no en cuestiones de pareja – dijo Cruz Lugo regresando la conversación a su cauce-. A la hora de escoger pareja, en la Secundaria o en la Prepa, se volvía menos mexicanista, más cosmopolita, más universal; ya ves cómo no andaba tras Xóchitl, que estaba muy bien pero tenía tipo de india; en cambio cacheteaba la banqueta por Pilar... y moría por las conejitas de Playboy...

Al músico se le vino de golpe a la mente la tarde de noviembre en que se citó con Pedro Galas en la esquina del Museo Etnográfico, cuatro años después de haberse graduado de la Preparatoria. Se citaron para platicar, después de un buen tiempo de no hacerlo, justamente en el punto de referencia que utilizaban cuando estudiaban juntos: el Museo Etnográfico, con sus vasijas precolombinas y sus trozos de muros aztecas rescatados del lodo, a dos cuadras del Zócalo de la Ciudad de México, a una cuadra de la Preparatoria Dos y enfrente de una de las fachadas laterales de la Catedral Metropolitana.

Aquella tarde la conversación había pasado por los comentarios de las actividades que ya no compartían (cada uno en su propia carrera, uno en el Conservatorio, músico, otro en la Academia de San Carlos, escultor), para desembocar en el terreno más íntimo de las relaciones personales.

-Ya se había casado?-preguntó el Licenciado Lugo.

-No, para nada –le contestó él con un gesto significativo-, precisamente le empecé a preguntar de mujeres, de novias; lo vi muy triste, ya sabes, como cuando ves a alguien solo, solo de verdad; le dije y qué pues, Galas, qué onda? tú cuando te casas o con quién andas o qué onda?

-Uh! no! – respondió Galas- yo creo que eso sí va para largo –talló el piso con el pie y luego miró hacia la Librería Porrúa.

-Pero por qué? –le insistió él-, por lo menos andas con alguien, no?

-Pues no –dijo Pedro secamente-, la verdad es que ando bien metido en mi carrera, mucho trabajo, mucho dibujo, mucha escultura; y ya sabes cómo son los pesaditos de la Academia-. Pedro Galas culminó el comentario con un movimiento de cabeza y de mano en dirección a la Academia de San Carlos, a unas tres cuadras al este de donde se encontraban.

-Óyeme, pero qué pasó? –le dijo él sonriendo, bromeando-, acuérdate de lo que tú mismo me decías: hombre que duerme sólo, hombre que duerme a medias...

-Eso decía? –preguntó divertido el Licenciado Lugo echándose hacia atrás en su sillón-.

-Sí – le contestó él-, eso decía; y lo decía muy chistoso, no sé si para burlarse de Takagaki o nomás para hacer ver que se trataba de una especie de refrán chino u oriental; decía (él entrecerró los ojos para darle mayor efecto a lo que seguía): "*homble que duelme sólo... homble que duelme a medias*".

-Y es verdad – aceptó Galas con una sonrisa más bien tristona-, pero también hay un dicho que dice: más vale solo que mal acompañado, y yo creo en eso a pie juntillas; yo por eso ya decidí que no me voy a casar ni voy a tener novia en serio hasta que no me encuentre a una verdadera belleza, prácticamente *perfecta*, y en todo, también en inteligencia, en cultura –lo dijo muy serio, él le creyó-, tiene que ser algo súper, superior -Pedro Galas pareció recuperar el buen humor-, como la cerveza!- luego volteó como involuntariamente hacia la entrada de la Parroquia de la Catedral y subió la vista, enfocándola, como recordando, pero más que nada para evadirse, para salirse del tema que lo incomodaba.

Ahí, en ese momento, en ese espacio, estaba el escultor a tres años de distancia de saber que sería capaz de pararse frente a un altar para recibir el sacramento matrimonial aun cuando la mujer escogida dejara mucho qué desear; y su amigo el músico tardaría mucho tiempo más en darse cuenta –después de veinte mil peripecias y de haber parado su vida de cabeza con visitas a ex compañeros enclenques como el Licenciado Cruz Lugo-, de que el afán de encontrar la perfección en la belleza, y la persecución de un sueño juvenil, sólo llevarían a Pedro Galas a hundir su propia vida en la más absoluta y completa desgracia.

Pero al momento del reencuentro frente al Museo Etnográfico, él sólo siguió en silencio la mirada distractora de Pedro hasta detener la suya también en lo alto de la cúpula de la Catedral. En ese punto confluyeron no sólo las miradas, sino también los recuerdos de los dos amigos que sintieron volar la imaginación coordinadamente hacia los años de las travesuras de Secundaria y los días en que husmeaban por todos los rincones del centro de la Ciudad de México y se metían en honduras hasta con los curas de la Iglesia; días como aquél, a sus catorce años, en el que habrían podido continuar platicando por horas y seguirse caminando de frente por Donceles, como empezaban a hacerlo ahora que echaban a andar juntos por la reabierta calle rumbo a la Alameda Central después de ver la cúpula, de no haber sido porque aquel día se encontraron de frente con las barreras metálicas del Departamento del Distrito Federal y las señales de no pase y las barrenadoras automáticas de los excavadores del metro que acababan de encontrar en el subsuelo pantanoso de la ciudad prehispánica enterrada que se ha negado sistemáticamente a morir del todo durante siglos - y que ese día resurgió como fantasma obstinado o cadáver en descomposición que revienta su tumba para presentarse poderoso entre los vivos-, la representación burda y terrestre de la diosa lunar de los aztecas: la magnífica Coyolxauqui...

Poderosa por su linaje, pero uácala!, tan fea como las indias menospreciadas en realidad por mi amigo Pedro – había pensado él cuando vio las facciones de la mole de piedra entre las capas de lodo.

-En general, independientemente del nacionalismo, yo creo que más que nada heredado de su famoso padre –continuo el Licenciado Lugo regresándolo de golpe casi treinta años, al presente calor del despacho bochornoso en Veracruz-, Pedro Galas sentía debilidad por algunas cosas no muy mexicanas que digamos, ya ves que hasta enloquecía con el francés, tomaba sus clasecitas y andaba siempre citando fragmentos de Stendhal, de Julio Verne, de Dumas y de Sartre. Me acuerdo del día que se pitorrearon del Marcial...

-Y las acotaciones que hacia el pinche Pedro! –se rió él echando el cuerpo para atrás en la silla, haciendo a un lado, sin darse cuenta, sus pretensiones de corrección, recordando-, sus comentarios en medio de las pinches clases, que aunque entre dientes, los disparaba con el volumen suficiente para ser escuchados:"très bien", "c'est la vie..."

-Pero terminó hablándolo a la perfección –le aclaró Lugo-; esa noche en la exposición lo escuché conversar con un cónsul argelino en perfecto francés, un francés impecable; ya ves que era obstinado, obsesivo. Pero de ahí en fuera, siempre fue un *indiófilo* de hueso colorado.

La plática había tomado por fin la fluidez adecuada; él había logrado que Lugo se involucrara.

-Y dímelo a mí –continuó él-, yo era el que tenía que aguantar sus discursitos y chutarme sus comentarios; México, México, ra, ra, ra; como cuando se ponía a despotricar contra los españoles por haber destrozado los templos y las pirámides y haber construido encima de ellos sus iglesias; no podías pararlo, horas y horas.

-Bueno –dijo Lugo adoptando inconscientemente su papel de abogado del diablo, por llevarle la contraria al antipático y extemporáneo visitante y más que nada para tener oportunidad de hablar del único viaje que sus limitados medios y carrera mediocre le habían permitido hacer fuera del país-, la verdad es que los españoles pudieron haberse visto más decentes, menos salvajes, no había necesidad de tanta destrucción... ya ves por ejemplo allá en su misma tierra, en España, cómo conservaron los españoles tantas construcciones moriscas y ahora hasta monumentos culturales de la humanidad son; y son preciosas; a ver, por qué esas no las despedazaron? Por qué sólo a las nuestras les dieron en la torre?

-También a esas les dieron en la madre! –dijo él ya franco, divertido-; ya ves cómo es el espíritu gallego de actuar a lo pendejo; ahí tienes la Mezquita de Córdoba con su iglesiota católica adentro partiéndole el estilo... o el pinche Palacio de Carlos V en los terrenos de la Alhambra – se carcajeó-; no, si para eso se pintan solos los españoles, así que no es para tanto el que hayan agarrado Tenochtitlan para demolerla y usarla de cascajo para rellenar los lagos y hacer la cimentación de sus pinches iglesias y conventos, ja, ja, ja, esa onda sí me pasa, ja, ja matarili, ja, ja, se lo diré al pinche Pedro Galas cuando lo vea!

El asistente entró sin tocar y colocó la bandeja sobre el escritorio de Cruz Lugo; le acercó al Licenciado una taza de café y a él le abrió materialmente la mano derecha para hacer que detuviera un vaso de agua de Jamaica.

-Tómese esta agüita que le preparé, señor, que está buenísima para la calor –él no necesitaba nada para *la* calor después del escalofrío que le dio cuando sintió las manos del asistente agarrando la suya.

-Tráenos unas galletitas, Tomás –digo él Licenciado Lugo-, de las de chocolate que me trajo el diputado Gómez Pinto ayer.

-A quién más has visto? –le preguntó él al Licenciado una vez que el asistente hubo salido, quería saber más cosas de Blanca Ramírez, todo lo que se pudiera.

-Pues casi a nadie...

-Quién más vive por acá? Me enteré que por acá también andaba… ¿Cómo se llamaba aquella chava que era bien lanzada y era novia del Miguel Hernández? -la actuación no podía estar saliéndole mejor.

-Blanca –el Licenciado Cruz Lugo arqueó las cejas, movió la cabeza, apretó los labios y miró hacia abajo significativamente-, Blanca Ramírez.

-Esa mera! - él tronó los dedos acompañando la expresión-, Blanca Ramírez! Ya me acordé! ¿Anda por acá?

-Sí, pero ni la cuentes.

-¿Por qué? –insistió él cándidamente tratando de saber algo más.

-Ni viene al caso –dio Lugo sacudiendo la mano frente a él-, anda metida en unas ondas muy raras; ya ves cómo está ahora la política...

Lo dijo Lugo con un suspiro demasiado expresivo. El otro entendió perfectamente el sentido. Pobre Lugo, siempre atento, parco, afectuoso, moderado; se había pasado años estudiando su carrera de Licenciado en Derecho, haciendo Maestría y Doctorado; intentando después labrarse su caminito en el ambiente político de México. Pero los tiempos le habían gastado una mala jugada; Lugo estaba chapado a la antigua, hecho a la vieja escuela, y la política ya no era como antes, ya no bastaba con acomodarse y esperar en el remanso de las tranquilas aguas del Partido "oficial", ni tampoco resultaba fructífero abandonarse al cauce que llevaba la corriente, porque ésta ya no iba en una sola dirección. Ahora los tiempos estaban cambiando; los cambios pretendidos e insospechados de los mismos militantes habían hecho de la política nacional en los últimos años una cosa dura, árida, difícil; un pantano que muy pocos plumajes podían cruzar sin mancharse; una selva amazónica en donde sólo los recios amorales o inmorales con espíritu de sicarios podían avanzar, progresar -como los Gómara, vivillos desde chiquillos-; en esta nueva época, muchas veces ya no resultaba lucrativo ni motivo de orgullo pertenecer al Partido Revolucionario Institucional; los más de sesenta años de control partidista, de aparente calma chicha, de engañosa tranquilidad superficial dirigiéndose supuestamente hacia el progreso, como un iceberg hacia aguas tropicales inexorablemente desgastantes, derritientes, habían dejado un saldo miserable, inicuo, conseguido por medio del ejercicio del poder de un grupo político infectado que se desarrolló dentro de su propio y particular caldo de cultivo; un sistema *sui géneris* que algunos definían como dictadura de partido, pero podía definirse mejor como una dictadura de casta, de grupo dinástico, una dictadura presidencial, pero no ejercida por un solo hombre, sino por una serie consecutiva de presidentes notablemente similares –unos más, otros menos- entre ellos y algunos particularmente iguales, como clonados cada uno a partir del anterior, especialmente los más recientes; todos surgidos de la misma dinastía; porque la supervivencia del sistema (y paradójicamente su inevitable destrucción) sólo podía estar asegurada a partir de la repetición de los mismos actos y del aglutinamiento de los mismos vicios por medio del líquido pegajoso de la corrupción. Presidentes todos surgidos del PRI que se sucedían unos a otros escogidos cada uno por el anterior casi de manera celestial, divina, y que recibían al ser "electos" –en ese procedimiento particular e individual de elección- los mismos beneficios, o aún mayores, que su predecesor, la proyección indefectible hacia el futuro de los mismos desmanes y las mismas responsabilidades de sus antecesores, entre ellas y quizá la más importante: la de garantizar la transmisión del poder, la continuidad del sistema y el regreso a la vida privada del presidente saliente, dentro de un marco pacífico, respetuoso, discreto y protector –cuando no entusiastamente laudatorio, - de los intereses comunes y en la más absoluta impunidad. Todo ello se había distorsionado a últimas fechas entre traiciones, deslealtades y asesinatos como el de Colosio, el del Cardenal Posadas, o como el del líder del PRI: Ruiz Massieu, ejecutado también como tantos otros políticos del PRI y de la oposición, por una mafia tenebrosa mexicana de hechura nacional, en la que los narcos, los políticos, los gobernantes, los jueces, los militares, los agentes policíacos y los delincuentes eran ya una y la misma cosa; así que había que ponerse muy abusado porque las facciones se habían consolidado y extremado; tus propios compañeros de partido podían hundirte y favorecer a la oposición, desgarrarte, perderte, matarte; se había perdido la antigua unidad. El moderno priísta de finales del siglo XX debía ser capaz de girar en redondo, dar vueltas en "u", hacer contorsiones, malabarismos, saber andar bajo presión – como buen funambulista – en la cuerda floja, cambiar de bando como de traje, concertar, ceder, entrarle a las *concertacesiones*, cambiar de militancia y luego regresarse, ser del PRI, del PAN, del PRD, del PT en distintos momentos de su vida (y a veces hasta del mismo día). La oposición de izquierda –abiertamente -, y aun más la de derecha –un poco más discreta pero a la vez más sólida, segura y consistente consigo misma - apuntaban ya al cambio inminente, categórico, necesario. Y él, pobre Lugo, a qué le tiraba?... aunque probablemente estaba empezando a agarrar la onda: detrás del Licenciado resplandecía una gran foto de Zedillo, pero en otra de las paredes, mucho más modesta en su colocación y tamaño, se veía una foto del Licenciado Cruz Lugo abrazando afectuosamente a Fernández de Ceballos.

-Ya lo creo –él decidió no insistir en lo de Blanca y dejar de presionar, para que la plática corriera libremente; sacaría el tema posteriormente-, está imposible; no hay nada peor que lo que genera la pinche política de este país de mierda –se sorprendió diciendo abiertamente las primeras groserías realmente sentidas frente a Cruz Lugo, pero era imposible evitar que surgieran las palabrotas de su ronco pecho cuando hablaba de la situación de *su* país-: inestabilidad, inseguridad social, corrupción generalizada, falta de respeto a los derechos humanos, pobreza indignante, pésimas condiciones de vida, crímenes, impuestos altos...

-En realidad no son tan altos –dijo el Licenciado-, si tú analizas bien la situación de otros países – *órale ya me salió éste como Jamín*, pensó él- verás que estamos razonablemente bien.

-Sí, pero en otros países lo que paga la pinche gente se utiliza para el gasto público, no para el gasto particular de los políticos gobernantes, tan ocupados en robar y salir de los líos en que se meten que ni siquiera se ponen a pensar en cómo divertir a la gente; dicen que con pan y circo cualquier pueblo jodido está contento, pero nosotros ya ni pan ni circo tenemos en este pinche país.

-En todos lados se cuecen habas; desfalcos, fraudes, peculados, hay en todos lados, Argentina, España, Estados Unidos, Sudáfrica... –dijo parcamente Cruz; su seriedad lo incomodaba a él, pero por lo menos ya había conseguido involucrarlo psicológica y emocionalmente en la plática.

-Pues sí, pero aquí lo hacen a lo grande, como los setecientos millones de dólares de Cabal Peniche... "cabal" amigo de nuestro pinche mamerto ex presidente Salinas, hijo de su chipotuda madre y de su maquiavélico pinche padre; y ya ves... no lo han agarrado; pues cómo? si está muy bien apuntalado, protegidísimo. Además, nosotros estamos más jodidos aquí –dijo él e intentó virar hacia otro de sus temas preferidos-; el otro día leí en el periódico que el gobierno se gasta un millón de pesos mensuales en mantener y darles de comer a los presos del pinche Reclusorio Oriente... o del Norte, no me acuerdo bien, pero imagínate, multiplícalo por el número de todas las cárceles del país, ahora sí que estamos bien, pagando yo con mis impuestos las tragazones de esos gandallas; y tú!... y todos los que presentamos declaración!

-¿Y eso qué? –dijo Lugo- ¿Eso a qué viene? Eso de todos modos hay que hacerlo, es un mal necesario, o qué propones?

Él comenzó a explayarse en sus letales ideas para la descarga poblacional de los centros penitenciarios.

-Eres un cabrón neo-nazi, eso es lo que eres! –le espetó el Licenciado Lugo con la primera grosería que el otro a su vez le escuchaba; lo dijo y lo repitió muy serio, asintiendo lentamente, como comprendiendo, sin querer ofender-: nos saliste todo un cabrón neo-nazi.

-Cuál neo-nazi? –se carcajeó él-, ni ese recurso me queda, con esta pinche cara de mestizo del Valle de México que me cargo, tú crees que alguno de esos grupos cabrones me iba a recibir con sus albos, teutónicos y musculosos brazos abiertos?-se puso serio súbitamente a propósito para apoyar lo que seguiría-, pero ganas no me faltan, eh?, por lo menos de formar un movimiento o integrarme a un movimiento chingonsísimo, bien agarrado de nuestras propias raíces y que sea nuestra auténtica y original expresión, nuestra respuesta al mundo frente a tanta chingadera: los neo-aztecas! – Cruz Lugo levantó de su escritorio un lápiz y empezó a juguetear con él a la altura de su boca, no sabía si tomar en serio al visitante o si lo estaba cotorreando –Imagínate qué chingonería –continuó él dando rienda suelta a su explicación-, una agrupación guerrera, chingona, atlética - el licenciado Lugo pensó que el visitante no se veía muy atlético que dijéramos-; sacrificaríamos a nuestros enemigos, como antes, les sacaríamos los corazones y nos los comeríamos todavía chorreando de sangre y linfa, palpitantes wrrlp, wrrlp…; les daríamos en su madre a los güeyes que nos juzgan, a los anglosajones, a los germanos; pinches gringos, no se la iban a acabar! y no íbamos a cometer el pinche error de Moctezuma de dárselas gratuitas a los españoles, ni el de los niños héroes de autoinmolarse, no! íbamos a ser bien pinches cabrones, decididos, crueles, hijos de la chingada y calculistas, hasta colocar allá arriba, en la mera pinche cumbre de la organización mundial de naciones a nuestro pincheputo país: *Máxico!*, así, porque hasta al nombre le íbamos a hacer una pinche modificacioncita, pero muy significativa, eh? porque eso es lo que es, Mágico!, e íbamos a tener mucho pinche poder, re chingón, cimentado en el poderosísimo Partido de Reintegración Social Nacionalista Autóctona Neo-Azteca!! – había ido subiendo paulatina y expresivamente el tono de voz y al final de su exaltado planteamiento se carcajeó y se aplaudió.

El asistente Tomás entró con una charola con galletas y la dejó sobre el escritorio; él, sin dejar de reír, agarró varias de una vez y las empezó a comer con fruición; aunque ninguno de los dos conversadores notó su contoneo, la interrupción del muchacho delicado sirvió para relajar ligeramente la presión en los hombros de Lugo, que se calmó un poco gracias a la suspensión de la perorata de su ex compañero y suspiró.

-Es que estamos fregados –continuó el músico un poco después en un tono de voz más bajo pero sin quitar el dedo del renglón-, las personas como tú y yo están fregadas; nos joden desde arriba y nos joden desde abajo. Antes eran los grandes faraones, los grandes imperios, la esclavitud, los reyes, los emperadores, las dictaduras militares, hasta las "del proletariado", eran las formas "bonitas" de decirles a las dictaduras de unos cuantos que chingaban a los más amolados y les daban atole con el dedo...-Cruz Lugo fruncía la nariz por quinta vez desde el inicio de la conversación, giraba el tronco y buscaba afanado, con la mirada hacia varios rincones de la habitación, el posible origen exacto de una hediondez inubicable-, pero ahora estamos peor, ahora es la dictadura del hombre común, del mediocre, cualquier pendejo alza la mano o la voz y los medios de comunicación lo elevan a la milésima potencia y acaban haciendo temblar cualquier estructura, cualquier sistema por cualquier pendejada y nomás por un quítame estas pajas... vivimos tiempos muy cabrones, muy difíciles. Y mira que yo creo que a fin de cuentas acaban siendo mejor las dictaduras; en las dizque "democracias" se gastan demasiado tiempo, dinero y energías sólo para votar en los pinches Congresos y dizque ponerse de acuerdo! Dizque...!

-Suenas amargado –movió la cabeza Lugo mientras tomaba una de las galletitas; se la llevó lentamente a la boca; pensó espantado: "a qué vino realmente este tipo, lo mandaron para calarme o qué?, viene de parte de la Dirigencia Nacional del Partido, o del Gobernador, o qué!?"

-Es la verdad, Cruz!, sale cualquier pinche pendejo con una pancartita haciendo una huelga de hambre frente a "x" embajada para protestar por el tratamiento "in-humano" a ...las morsas escandinavas! por ejemplo, a las ballenas, por ejemplo, que me tienen ya hasta el copete, hasta la re pinche madre: muy inteligentes, muy inteligentes y no saben ni a qué profundidad deben nadar para no andarse quedando encalladas en las playas!, y el pinche pendejo a hacer su manifestación cursi y desconectada y al día siguiente está en los noticieros de todo el mundo y...

-Pues ahí está –elevó Lugo su volumen de voz por primera vez-, para que veas la fuerza y el poder de la comunicación y el verdadero alcance de las democracias, estamos mejor que antes!

-No mames!! –gritó el levantándose súbitamente de su silla y acercándose al escritorio; siguió hablando con la boca llena de galletas muy cerca de la cara de Lugo, quien percibió que la pestilencia indefinida de momentos antes había sido siempre su mal aliento, hasta pensó en decirle: háblame de perfil, te lo imploro, pero el que acabó por ponerse de perfil mismo fue el propio Lugo, quien aprovechó además para darle una mirada a las fotos en la pared; para distraerse y escaparse soñando un poco-: puras chapuzas! son puras chapuzas! a fin de cuentas ni hacen nada! ni sirven para nada, sólo para llenar sus pinches tiempos de radio y televisión! sólo sirven para mover el agua, para que la gente en el poder cambie ciertas cosas, las únicas que les *convenga* cambiar, o diga que las va a cambiar, cosas que ni son importantes y que sólo sirven para empantanar y embrumar la jodida situación general; un grupo de mujeres pidiendo que sus maridos no les peguen; la cumbre ecológica de Japón; las payasadas del *Greenpeace*; es capcioso, no te das cuenta? Sale el bonche de gente mediocre por las calles, con sus velitas en las manos, para "manifestarse" contra la violencia urbana, los atentados terroristas y mierda y media... todos vestiditos de blanco; caminan en silencio o dando sus gritos "rimados"... y luego, delincuentes del orden común los acaban asaltando, secuestrando o matando cuando van en camino de regreso a su casa!! No es como en nuestros tiempos que sí hacíamos manifestaciones chingonas y que valían la pena, con las que conseguíamos algo, allá en los sesentas! ("cuáles?", pensó Cruz Lugo reaccionando, "si nosotros estábamos re chicos en aquel entonces...!")-... Ah! pero por supuesto, eso sí, estos pinches argüenderos hippies, neo-hippies y yuppies arrepentidos distraen a la gente de los dramas verdaderamente fatales y angustiosos de la vida, y el pendejo que hizo su sentada de protesta no recibe ni una pizcachita de los millones que se embolsan las cadenas de televisión por la venta de espacios publicitarios, pero se siente realizado porque por primera vez en su pinche vida jodida alguien notó que existía! Aunque para mí ni existencia es, sólo una pinche "figuración"! Y hay que ver la cara que ponen esos güeyes grises, incoloros, inexistentes, cuando los entrevistan en la televisión; es como si se sintieran vivos de repente, como si de repente descubrieran que en función de esa puta entrevista comenzaron a existir! Como si en esta pinche época la gente sintiera que tiene una existencia real sólo a partir del momento en que la entrevistan y sólo si sale en la televisión! Pinche confusión!

-Pero tú mismo dijiste que el hombre común puede influir, dictar cosas - le reconvino el Licenciado Lugo regresando al punto anterior. Le costaba trabajo seguirlo.

-Es un decir, es una ironía! todo eso sólo sirve para chingar al prójimo, a los que no son poderosos; es una falacia, una paradoja, porque los verdaderos poderosos ni se inmutan! Es todo un espejismo, un puto espejismo! – trató de explicarse aplicando esos conceptos al caso de Jamín, contándole a Lugo cómo una prostituta adolescente le había cambiado la vida a su amigo seduciéndolo primero y acusándolo públicamente después; cómo una ciudadana que ni a ciudadana llegaba, todavía menor de edad (ni su nombre completo ponían en los reportajes y hasta su cara le tapaban o la ponían a oscuras dizque para protegerla!), había llevado su caso falso, trucado, a los tribunales y a sus conocidos y amistades de los medios de difusión para recibir una cobertura amplia, contundente y definitiva en la influencia sobre la opinión y la decisión del juez: condenar a Jamín; y ni siquiera ahí había terminado el asunto para él; después de cumplir la condena los familiares de la chica habían continuado hostigándolo - A eso es a lo que me refiero, entiéndeme, a la pinche dictadura del hombre común, de la mujer común, o de la chava común en este caso; hablan, gritan, lloran, patalean, hacen su desmadre, se quejan, aunque sea de babosadas, de nimiedades o de mentiras, se hacen oír, llaman la atención, adquieren una existencia que por sus propios pinches méritos y capacidad no poseen, bueno, mejor dicho, adquieren, como yo te decía, una simple: "figuración", "figuran", con lo que de insubstancial tiene el mismo término; los pinches medios se hacen eco, utilizan el asunto (y lo agrandan) si les conviene para sus niveles de audiencia, o para ventajas o venganzas políticas, se remueve el piso superficialmente y al final de todo ese puto desmadre qué queda?: sólo mierda! pura mierda!: una adolescente satisfecha de su venganza tan injusta como innecesaria; unos familiares contentos de haber podido vengar la "honra" de la "inocente niña" puta atacando al ogro (así, con lo de "inocente" en toda su ironía y exactamente en ese orden, no es error sintáctico); un grupo de señoras cabronas menopáusicas de la Liga de la Decencia que tuvieron en qué entretenerse durante unos meses; un estúpido político de una delegación presionado y que ansioso de votos influyó en el juez para que chingase al acusado, y mi cuate Jamín completamente fregado y al final hasta muerto por el desbarajuste psicológico que hicieron con su pinche vida; unos periódicos y revistas mercenarios contentos de haber aumentado su tirada y unas putas cadenas de radio y televisión satisfechas por el aumento de sus *raitings* ...ah! y por supuesto, unos tíos y primos de la muchachita que satisficieron su pinche machismo tribal con sus amenazas y amagos y condena a Jamín, pero que moralmente están absolutamente descalificados para juzgar pues ellos, en el caso de, como Jamín, haber andado con una muchacha, que bien que lo hubieran hecho y les hubiese encantado si hubieran podido, hasta más calientes, entusiastas e irreflexivos habrían sido! Me entiendes ahora? ¿Qué opina usted de eso, mi eminente Licenciado Cruz Lugo?¿Qué dicen de eso sus conocimientos de jurisprudencia y su amplia experiencia en los procesos legales, sociales y de la comunicación moderna?

-Pues... –Lugo se tomó su tiempo, ahora estaba más impresionado todavía por la gran exaltación del visitante -, yo no podría decir mucho, no cuento con los elementos suficientes para juzgar; tú dices que así fue, pero tú fuiste su amig...

-Te digo que así fue, carajo! Y así fue, fue una chingadera.

Más para sacárselo de encima que porque realmente lo creyera; para evitar sobre todo que siguiera insistiendo en sus estériles razonamientos; sólo para salirse del tema por algún miserable resquicio, Lugo le deslizó la idea de que lo de Jamín bien pudo haberse tratado de un asesinato. Lo dijo sin pensar, nada más por decir, pero el "nunca te has puesto a pensar que a lo mejor lo mataron? tan rápido como dices que pasó todo..." le empezó a rebotar al músico en el cerebro como una tenue punzada. Tendría que investigar. Claro que tendría que investigar!

Hablaron brevísimamente de Silvia; de Chepina – "...pinche vieja, y yo para qué voy a querer su dirección si es como hablar con Silvia, es su mejor amiga, siempre lo ha sido, imagínate que cuando Silvia me abandonó, ¿A dónde crees que se fue a pasar la noche? ¿A casa de sus papás?, No! a casa de la pinche Chepina...Pinchepina - dijo él exaltado, divertido.

El licenciado Cruz Lugo siguió buscando en la agenda, señalaba renglón por renglón con el dedo - "La de El Pescado no la tengo, no sé nada de él, no, ni me acuerdo bien cómo era. La de Takagaki sí la tengo, y su teléfono también, te los voy a dar, vino a Veracruz hace un tiempo, lo invitaron a dar unos cursos en el Seguro Social, me platicó, todavía me acuerdo, fíjate, que andaba bien clavado con una chava de Pachuca... bien entusiasmado".

Él, ni siquiera ahí se dio cuenta de la relación que llevaba dos años ignorando; ni siquiera en ese momento –tal vez por lo de "chava" (Silvia ya no encajaba en esa clasificación) o porque Pachuca era para él un punto perdido en la nada (fuera de México, todo es Cuautitlán, decía siempre)-, y a pesar de la contundencia de la implicación, le cayó el veinte, simplemente no ató los cabos. De cualquier modo él no necesitaba los datos de Takagaki.

El Licenciado prefirió apresurar la plática con aquél al que ya le costó trabajo reconocer hasta en los pocos residuos que parecían quedar de su juvenil inteligencia. "Éste –se dijo- anda en otra onda, en otra revolución; no se si es un enviado del PRI, un inspector de Hacienda, un informante de la Policía, un sicario de mis enemigos o el mismo diablo apestoso azufrero; no sé ni qué vino a hacer aquí pero mejor que se vaya a hacerlo a otro lado, yo tengo una cita a las seis con los directores del Vips, que por fin me dieron un caso, y todavía me falta dictarle a Martita el diagnóstico y revisar el informe de la campaña del diputado Gómez Pinto; esta próxima administración es mi última gran oportunidad, no puedo fallar por ningún concepto, debo ponerme más abusado que nunca y hacer cada cosa con un cuidado extremo para que los mandos del partido me tomen en cuenta en las próximas elecciones". Con el Licenciado Lugo distraído por sus sueños de trascendencia ciudadana, haciéndole caso a medias y escuchando casi siempre de perfil al incómodo visitante, terminaron hablando brevemente de algunas obras del músico y de cosas de Lugo, de las clases del viajante y de las chambitas con las que el Licenciado iba saliendo del paso en el medio legal tan competido del estado de Veracruz, caramba, tierra de Licenciados, pasumecha! " pero aquí es mi tierra y hay que hacerle la lucha... y la política vale la pena".

-Sí, "la política"... *vale mucho la pena* – asintió él pensando más bien en la licenciada Blanca Ramírez, y comprendió, al ver esas paredes gastadas, esos muebles de terciopelo rojo raído, ese ambiente general de decadencia y el avejentamiento prematuro de Cruz Lugo, su antiguo compañero de escuela, salpicado todo por las palabras pausadas y el ritmo calmado y obsequioso que más obedecía a un fracaso asumido y aceptado desde siempre que a una consciente bonhomía tras la voz del Licenciado, que no era mucho, como atinadamente lo había supuesto, lo que sacaría de ahí. *(Ni una pinche invitación a comer)*. En términos generales: el que poco tiene, muy poco puede dar.

Lo que al principio de la entrevista y quizá desde su adolescencia le había parecido lambisconería mesurada en Cruz Lugo, ahora lo veía como auténtica miserabilidad. Decidió olvidarse de El Pescado, de otros, pedirle sólo los datos de Pedro Galas y salir de ahí dejando a Lugo muriéndose lentamente manoteando a punto de ahogarse en las arenas movedizas de sus tristes logros, sus porosos sueños y sus conceptos tibios, no fuera a ser que algo de esa mediocridad se le pegara. *Lo gris también se pega, la falta de color se contagia a la manera de un poderoso disolvente... no me vaya yo a decolorar.*

Hasta después de avanzar unos pasos por el centro de la ciudad, percibió la molestia en su muslo: *el dinero, carajo!, pinche vieja...*

Metió la mano con rapidez para corregir su molestia física y para reafirmar su molestia mental, pero sobre todo, como una manera subconsciente de asegurarse que ahí estaba y ahí seguiría, protegido por su hábil mano derecha, de la codicia de los transeúntes costeños; *como ese güey del bigotito* al que acababa de rebasar caminando y que se le figuraba conocido, tal vez porque era la segunda vez que se le aparecía en el día.

Tenía que ir al estacionamiento del hotel para recoger el Shadow; ya había checado de salida para evitar que le cargaran un día más. Comería en el malecón, escogería algún adornito con conchas y caballitos de mar, se compraría una camiseta con la ocurrente Carta Jarocha estampada a la altura de la panza y haría algo de tiempo antes de pasar a ver, después de la hora de comer, a *su* Blanca Ramírez.

Más tranquilo por su propia protección del dinero y medio adormecido por el hambre, la cruda y la sofoquina del calor veracruzano de las tres de la tarde, pensando todavía –preocupado- en la posibilidad real de que lo de Jamín hubiese sido efectivamente un crimen, que alguien lo hubiese asesinado *–bueno, la verdad es que de cualquier forma lo mataron con las preocupaciones que le causaron con esa chingadera-*, pensando en todas esas cosas, no se dio cuenta de que el hombre al que había rebasado, el del bigote, con el que se había cruzado cuatro veces, no dos como él suponía, continuó siguiéndolo a cierta distancia, a veces del mismo lado de la acera, a veces por la acera de enfrente, pero siempre atento, terco y constante, como lo había estado haciendo de acuerdo con las órdenes recibidas, desde que el músico saliera del hotel a mediodía para ir a visitar al Licenciado Cruz Lugo.

A las 6:00 de la tarde llegó a la oficina de Blanca Ramírez, después de hacer tiempo viendo los grandes barcos en el muelle y el bullicioso ambiente de las tiendas para no llegar demasiado temprano. Estaba seguro de que para esa hora Blanca habría regresado de comer y estaría probablemente metida de lleno en su trabajo.

Entró a la recepción llevando la bolsa de plástico donde había metido los *souvenirs* adquiridos.

La secretaria, muy atenta, lo invitó a que se sentara en el gran sofá y se pusiera cómodo; la licenciada Blanca tardaría en llegar pues se encontraba en una junta muy importante con el director de la empresa Aceros de México, S.A. de C.V., y como por otra parte el visitante no tenía cita, la licenciada no contaba con que estuviera alguien esperándola. Cuando la secretaria le ofreció algo de tomar y, al servírselo, lo complementó con bocadillos y una pila de revistas, él supo que la espera sería larga.

A las 9:42 p.m. la secretaria, después de atender una llamada, lo invitó a pasar a la oficina particular de Blanca. Le dijo que la licenciada acababa de llamar avisando que iba para allá y había pedido que lo pasara a su privado para que esperara más cómodamente.

Sintiéndose un auténtico gigoló del trópico él vivió un lapso de arrebato erótico al imaginar que ese detalle era la consecuencia de la noche anterior y el preámbulo de la que estaba por llegar, más candente aun; con la emoción de sus flujos interiores hasta se olvidó por un momento del dinero.

Entró al despacho privado cargando su bolsita y se sentó en una silla frente al escritorio de Blanca.

Luego que la secretaria salió después de haberle llevado otro vaso de refresco, él se levantó para husmear por la habitación.

Estuvo tentado de agarrar subrepticiamente de uno de los frascos un poco de cocaína para aspirar de nuevo –no le había resultado nada desagradable la experiencia-, pero consideró que estaba demasiado viejo para nuevos vicios. *A la vejez viruelas...*

Se vio, reflejada en uno de los cristales de los diplomas, la camiseta que había comprado y había escogido para ponerse esa tarde. Se sintió imponente.

Se volvió a sentar, revisó lo que había comprado: un barco de conchitas con velas y toda la cosa, la camiseta con La Carta Jarocha –en ese momento, al leer el nombre, se acordó de otro de los de la flota grande, el Jarocho; probablemente el porro se había ido a vivir también al puerto, no tendría nada de raro si ahí había nacido, pero no era alguien a quien tuviera ganas de volver a ver-, una arpita de Veracruz, un CD con los éxitos de Led Zeppelin y dos camisetas más. Una de las camisetas la compró con el único fin de obsequiársela a Blanca para que la usara en los escarceos amorosos de la próxima noche. Vio la prenda colgada de un gancho a la entrada de una tienda de ropa, y enseguida se la imaginó mojada, voluptuosamente ceñida a los turgentes senos de la espectacular licenciada; él se la pondría, él se la mojaría con agua tibia o con su propia saliva para provocarle la transparencia y él se la quitaría poco a poco con la boca y la nariz, untándosela más y más al cuerpo.

Las emociones de esa noche tendrían que suceder en otro hotel, seguramente Blanca conocía lugares fuera de serie.

Mató el tiempo imaginando qué nuevas locuras le enseñaría su ex compañera. Visto desde esa perspectiva él era un auténtico lego en la materia, un principiante a pesar de su edad, y había estado perdiendo el tiempo en el terreno sexual durante prácticamente toda su vida; pensó que le gustaría repetir lo que para ese momento él ya había bautizado como "El Balero de Pátzcuaro", todo, e inclusive sintió ganas de que Blanca le metiera por atrás el "sacacorchos" de plástico otra vez para repetir el numerito, pero se arrepintió en el acto. *No me vaya yo a viciar, y luego, cuando ella no esté?* –pensó espantado.

En el aburrimiento de la espera y al calor de los recuerdos, llegó a imaginarse que estaría muy bien recibir a Blanca al compás de *Whole lotta love* en el aparato de sonido, ahora sí en su ritmo original y a todo volumen, echarle llave a la puerta del despacho instantánea y enérgicamente, abrazar a la mujer sin darle siquiera tiempo de reaccionar... y luego arrastrarla ya penetrada por la alfombra, el piso, la mesa de centro, el escritorio, la cómoda del estante de los tarros, el baño, las paredes...... se deja llevar absorto por la exaltación de sus previsiones libidinosas y materialmente canta la canción con su pésimo inglés champurrado y va actuándola concreta, ridícula y físicamente por todas las partes del despacho en que se acaba de imaginar su particular e individual orgía, en una entre actuación roquera y pantomima solitaria de un mono fornicando; incluso sacude la pelvis frenéticamente para adelante y para atrás frente al espejo del baño y luego afuera otra vez, en el despacho de nuevo, como si se la metiera a la esquina del librero sujetándolo con las dos manos, siempre sin dejar de cantar..... o tal vez con algo más romántico... *qué tal* un I don't know how to love him*, de* Jesucristo Superestrella...?, lo tararea meloso ya sentado agotado, jadeante en el sofá, satisfecho de su interpretación y con la mano dentro del pantalón, masturbándose quedito, sólo el blanco de sus ojos asomado entre los párpados...

Brincó cuando la puerta de la oficina se abrió repentinamente. Blanca entró como un torbellino (minifalda plisada gris de moaré con encajes de raso negro a la altura de la cintura; blusa de seda blanca *Christian Dior* con botonadura de oro; saco de Armani para hombre, gris oxford con vivos blancos, acondicionado con pinzas en la cintura para levantar el vuelo a la altura de las caderas; zapatos Lummi y corbata de lazo Zwigick) seguida de su secretaria; dejó su portafolio sobre el escritorio y empezó a buscar otros papeles y carpetas mientras saludaba encantadoramente al visitante. El trato era afectuoso pero distante y pretendía dejar en claro que la licenciada Blanca tenía muchas más cosas qué hacer y saldría de ahí inmediatamente; en resumen: la noche de excesos se acababa antes de comenzar.

Él intentó reclamarle por lo del dinero, le pidió una explicación. Ella se aproximó a él –al hacerlo lo encontró más atractivo que en sus días de la prepa, e inclusive más que el día anterior; la barba dejada crecer con descuido a lo largo de los muchos días de viaje le provocó deseos irresistibles de acariciarla-, le deslizó su mano izquierda por la mejilla y le dijo cariñosa, maternal, pícara y cómplice:

-No te compliques la vida tesoro, quédate con él, fue con la mejor de las intenciones, yo no lo necesito y tenemos la suficiente confianza para que te diga que a ti te hace más falta que a mí. Se ve. Es dinero negro, yo no lo declaro y casi siempre me sobra en cantidades que a veces me cuesta hasta trabajo manejar y canalizar. Qué mejor que a ti te sirva de algo –le dio un rápido beso en la boca y lo tomó del brazo antes de rematar-: a ver si uno de estos meses te das otra vuelta por este bello puerto, ya ves que somos bien hospitalarias... ah! –se separó de él, caminó hacia el escritorio, tomó el portafolio, los papeles, las llaves de su auto y una tarjeta de las grandes-, aquí te puse la dirección y el teléfono de Pilar en Oaxaca y el de Miguel Bartres en Cuernavaca; son realmente los únicos que tengo, que creo que te pueden servir y que supongo que tú no tienes - caminó rápido hacia la puerta y se despidió desde ahí, pásala bien, diviértete! –le guiñó un ojo- ahora sí que como dicen: te quedas en tu casa; yo me voy porque tengo una reunión muy importante con el Gobernador, bye!-.

Le dijo adiós con la mano, miró a su secretaria y luego rápidamente a él otra vez, se dio la media vuelta y terminó de irse.

Él ni siquiera intentó una réplica. Comprendió. Recogió las cosas que había comprado –incluida la camiseta que esa noche ya no mojaría-, las metió en la bolsa y se dispuso a salir.

Pensó dejar el sobre con el dinero y alguna nota sobre el escritorio, pero no lo pensó mucho y la intención se le diluyó con cada uno de los pasos que inconscientemente iba dando hacia la salida.

Se fue sin decir nada; sin tener nada qué decir; en última instancia, sin tener ni a quién decírselo.

Detuvo el auto en la gran recta antes de Minatitlán. Aunque el paisaje era diametralmente opuesto a aquellos que había encontrado en algunos lugares de Chihuahua, Coahuila y Nuevo León, los frondosos árboles y grandísimos arbustos se encontraban a tanta distancia de la autopista que dejaban libre una explanada propicia para la observación. El terreno circundante, entre él y los árboles, era plano y sin declives; una extensión homogénea, de un verde pantanoso, salpicada en algunos puntos por aves que emprendían el vuelo de la noche.

Desde su paso por la pequeña población histórica de La Antigua, dos noches antes de llegar a la Ciudad de Veracruz, había iniciado la costumbre de detener el auto en algún lugar a la orilla de la carretera, exactamente en el momento del crepúsculo, para ver –simplemente- cómo anochecía.

Aquella primera vez lo había realizado de manera fortuita. Se le antojó comprar unas papas y un refresco al ver un pequeño estanquillo cerca de la carretera, a unos kilómetros de la salida de La Antigua. Llevaba todavía enredadas en el alma las mismas lianas y plantas que entrelazadas con las piedras de las casas mantienen erguidas las construcciones de los tiempos de los primeros conquistadores. Había caminado en el bochorno de las seis de la tarde por las calles de la ciudad varias veces centenaria y se había detenido muchas veces en los límites de un jardín, en las orillas de un patio, a la entrada de una casa, para percibir la emoción de la grandeza del paso del tiempo –el hombre que lo seguía a considerable distancia se disponía a actuar cada vez que veía al músico detenerse... pero nada; sólo unos minutos viendo parsimoniosamente para todos lados, y luego, el del Shadow continuaba la marcha-; experiencias y contemplaciones todas que removían su interior emocionándolo cada vez que descubría en algún punto una construcción o un detalle original de los primeros años que Hernán Cortés y los conquistadores españoles pasaron en México, aquellos tiempos lejanísimos en los que todo el territorio – incluso muchísimo más- recorrido por él desde el inicio de su repentino viaje tras la muerte de Jamín habría de ser mentado próximamente como el Virreinato de la Nueva España.

Pasó minutos enteros inmóvil, contemplando las sombras de los árboles desplazarse por las paredes y los pisos de las estancias vacías en las casas abandonadas; el caminar de las hojas por y entre las piedras del piso, encubriendo a las serpientes y a las ranas; los ojos nerviosos de las iguanas entre los ciruelos, y arriba –entre techo y techo y rama y rama-, los pájaros de mil colores detenidos en algún punto de la evolución porque las mutaciones y la naturaleza comprendieron que la selección natural no podría llegar a perfeccionarlos más y que era absurdo degenerarlos o exterminarlos, por ende: pájaros iguales punto por punto, pluma por pluma, a los que vio Hernán Cortés en sus tardes de sueños y conquistas, de seguro iguales a aquélla en que él lo recordaba.

El musgo de las piedras, los pedazos caídos, las baldosas con limo y el grito lejano de los niños juguetones junto al río, lo dejaron inmerso, suspendido en una burbuja intemporal, indefinida, donde se mezclaban las piedras del siglo XVI con rejas del siglo XVIII, casas del siglo XVII y, a sus espaldas, testigo tan mudo como él de esa impactante y extraña confluencia de los tiempos, su vehículo del siglo XX.

Iba ya predispuesto a la contemplación cuando dejó La Antigua y al decidirse a hacer un alto para comprar lo que se le había antojado, decidió no dar vuelta en "u" ni regresar en reversa por la carretera; detuvo el auto, se bajó y caminó rumbo a la tienda. Cuando volvió al auto el sol estaba rebasando la línea del horizonte y él, relajado, decidió terminar de beber antes de subirse de nuevo y continuar su viaje.

El espectáculo que presenció, el primero de esa naturaleza en toda su vida, lo dejó atónito; nunca había presenciado algo así. No sabía ni cómo identificar y calificar sus propias percepciones y sensaciones, acostumbrado como estaba a los anocheceres pardos y grisáceos de la capital del país entre casas, humo, edificios y luces que le robaban a la noche el encanto de sus dominios, y a esas otras puestas de sol, las de Temixco, no tan mediocres como las de la capital, pero nunca tan sublimes como ésa de La Antigua. Se sintió materialmente transportado, deslumbrado, y se prometió repetir cada vez que pudiera el milagro de la contemplación, así, a solas, en silencio, como abriendo un pequeño espacio en cualquier vida que llevase de ahí en adelante, y no para estar ni consigo ni con Dios, como muchos dicen, sino simplemente para tratar de estar de alguna forma diluido en los espacios siderales de esa región de iridiscencias metálicas escarlatas y naranjas, nubes malvas y rosas, arco iris dobles y rayos de luz que se funden con las copas de la vegetación, los ríos, las garzas y las dunas al ritmo de la calma.

La sucesión de contemplaciones, desde aquella primera en La Antigua, había mejorado paulatinamente su visión en vez de entorpecerla o anquilosarla; cada anochecer encontraba elementos diferentes y emociones distintas que se le despertaban en el interior al impulso de las imágenes de árboles, pájaros, estrellas, nubes, polvo cósmico y terrestre y luces cristalizadas, y se le aguzaban y afinaban los sentidos para llegar a percibir una mayor gama de matices y colores en cada uno de los segundos de penumbra gradual que precedían a la oscuridad.

Aunque no pudo realizar nada de eso entre el bullicio, la música y la confusión de sus tres noches –una con Blanca, tormentosísima- en la ciudad de Veracruz, los ruidos habían quedado atrás y la emoción y la impaciencia volvían a carcomerlo a cada kilómetro que recorría por la carretera hasta llegar a aquéllos en los que el sol descendía rozando el ramaje de los árboles y los cargados azules del firmamento veracruzano se tornaban todavía más espesos y pesados; como en el momento en el que contempló a lo lejos los copetes de humo de las chimeneas de la refinería y decidió detenerse en esa recta en medio de la selva para contemplar -a todo lo que diera la favorable extensión - un crepúsculo más de los suyos, de *sus* crepúsculos, antes de llegar a la ciudad de Minatitlán.

El lugar resultaba mejor que aquéllos de los días anteriores pues la ausencia de vehículos que transitaran por la autopista proporcionaba un ambiente más tranquilo, relajante, claro.

Desde el lugar donde se encontraba no alcanzaba a ver al hombre del bigote que, agazapado tras su propio auto a la vuelta de la última curva, observándolo con sus binoculares, estaba seguro de que por fin, ahora sí, podría testimoniar algo de acción (el hombre al que seguía, el melenudo del Shadow, ostensiblemente, esta vez sí, esperaba a alguien).

Pero nada ocurrió.

El del Shadow seguía ahí, sólo viendo los diferentes espacios de la tarde y del cielo... acariciándose la barba con la mano.

El músico permaneció al principio en el interior del coche escuchando los pájaros y los golpes esporádicos de sus alas en el agua del pantano, sintiendo el olor dulce de la atmósfera densa. Ningún camión, ningún auto aparecieron en ningún sentido. Recargó la cabeza en la cabecera del asiento, destrabó los seguros de ajuste de inclinación y distancia y se empujó con los pies hacia atrás estirándose al máximo para relajar las tensiones del manejo.

Esperó así un largo rato.

En algunas partes del horizonte los verdes, amarillos y azules febriles de los gases y el azufre de la refinería se proyectaban a las alturas para mezclarse con aquellos otros vapores de carácter natural de la atmósfera, formando una mezcla rica de colores brillantes por los reflejos de las luces del sol que se alejaba y de los focos de la ciudad industrial que se preparaba para la noche.

Después, salió del auto y se sentó en el borde de la cuneta, oculto a la vista de cualquier otro viajero por unas piedras y unos matorrales. El de los binoculares pensó erróneamente que se había bajado para orinar o algo así.

-"Ese bato puto está loco, o alguien le está dando largas y viéndole la cara de pendejo"- pensó, tenso, el perseguidor. Decidió no bajar de su auto ni cambiar su punto de observación... la curva le permitía espiarlo sin ser visto.

Esperaría a que el otro acabara de hacer sus necesidades.

Y el otro, el músico, sentado tranquilo ahí en el borde del pantano, preparado simplemente para la contemplación, acurrucado, en la cálida tarde que se despedía, vio desfilar ante sus pasmados ojos el primer crepúsculo verdadero de su vida. Mejor que aquél primero de La Antigua, mejor aun que los de los días anteriores. Pasaron ante él los pichos, las golondrinas, las gaviotas, los vapores del humo, los de los gases químicos disolviéndose a la distancia, los del agua de las nubes, los de la transpiración de las plantas, los aviones, las luciérnagas, los moscos, los abejorros, los rayos de luz entre las hojas, la plata, el oro, las esmeraldas y los rubíes, los ópalos, las ágatas y el ámbar de la tierra y los cielos, Venus, Júpiter, las Pléyades, los mil crecientes puntitos de luz del firmamento y - en el breve espacio de eternidad ante sus ojos, en ese par de horas de ausencia e ingravidez- uno por uno, temblor por temblor, partícula por partícula, todos los sutiles e íntimos matices de cada uno de los colores del universo, desde el más infrahumano de los infrarrojos hasta el más ultraetéreo de los ultravioletas, y se dejó llevar como en un viaje sin movimiento hasta las profundidades del morado que no se resignaba a morir y que tardó mil años en rendirse al invasor negro hueco de la noche y al amarillo ocre de la luna que, gigante, se le apareció en lo alto del cielo a sus espaldas, súbitamente, para provocarle con el susto de su revelación, cuando él volteó la cara y se encontró con ella, bellísima, la detención momentánea de su aliento y un abismo aun más grande en el fondo de su corazón.

CAPITULO X

Por el camino donde sale el sol

(Octubre/1997)

No hay razón para que no pueda ser así ahora. Para que no pueda volver a sentirme bien. Tst, tst. No sé qué me pasa, carajo; debo reaccionar! Dicen que la vida empieza cada día, así que es perfectamente razonable que pueda yo tener infinitas posibilidades de seguir el camino correcto. Ultimadamente, es hora que no recupero lo que quiero ni encuentro lo que ando buscando en este puto viaje.

Ando gastando y gastando; me voy a quedar sin ninguna pinche tarjeta y si regreso será para hacer frente a un titipuchal de deudas. Ora sí que como dicen "me lo estoy comiendo". Debo pararle, ya párale; ya párale cabrón! no los vas a encontrar, no va a salir nada bueno de todo esto. Dicen que dijo Lennon que la vida es lo que te sucede mientras tratas de llevar a cabo tus planes, *o algo así; eso no es cierto, la vida es lo que te sucede* mientras no logras llevar a cabo tus planes, *ni lo que te propones. Nos la pasamos planeando lo que a fin de cuentas no haremos y encontrando después una explicación de por qué no lo hicimos. Y eso es lo que ya me está cansando.*

Yo sé que puedo empezar de nuevo, no estoy tan viejo, carajo; apenas en la primera mitad de mis cuarentas. Mis abuelos vivieron hasta muy viejos, a lo mejor traigo en los genes una longevidad chingona y eso quiere decir que apenas estoy a la mitad de mi existencia.

Puedo reiniciar todo o irme por otro lado. Triunfar, carajo, triunfar! Ser un chingón, como el Agente 007, que aunque ya está grande y se ve medio gastado, todavía corre y controla las situaciones y domina a medio mundo y sabe manejar las pistolas −las de fierro y la suya propia-, y se coge a lo mejor por eso a todas las putas viejas que quiere.

¿Quién chingados dice que a mi edad un hombre está acabado? Puedo bajar de peso, ponerme en forma, hacer un chingo de ejercicio, comprarme un pinche gimnasio casero portátil "Supermuscle" con pesas, aparatos y toda la cosa, ponerme como Schwarzenegger, gustarle a Pilar y a un millón de chavas más; puedo hacer un grupo de rock, al fin que los rockeros aguantan bien la imagen de vejestorios, como Mick Jagger, como los Eagles; y ahí tengo otra ventaja: que aparte de que esa imagen es común y aceptada como normal entre los intérpretes de ese tipo de música, la gente cree que es uno una figura de aquella época que ha seguido en activo; cuándo se van a imaginar que es uno un pinche cuarentón queriendo hacerla por primera vez en el negocio? Puedo dedicarme a cosas para las que no sea necesario ser un pinche jovencito: puedo ser escritor, escultor, revolucionario ahora que llegue a Chiapas, inspector de Hacienda, corredor de maratón (esos güeyes están bien vetarros y aguantan bien las pinches carreras, a mí se me da bien correr, y así hasta me pondría flaquito y bien correoso); puedo ser actor de cine (tengo facilidad, ahí no tienes que estudiar mucho y te ayudan las luces y el maquillaje) y audicionar para papeles ya de hombre maduro, esos son los que más gustan, los que pegan, los que duran, los que se ven curtidos como yo..., Sean Conery, Mel Gibson, Harrison Ford...

El Shadow blanco cruzó el puente levadizo sobre el río Coatzacoalcos. A la distancia, no muy lejos, los penachos humeantes amarillos, rojos, marrones del Complejo de Pajaritos, rematando los inmensos recipientes industriales cilíndricos y esféricos, semejaban cabelleras punks de metálicos gigantes futuristas colonizadores de selvas ancestrales.

Él observó encantado el reflejo del sol levantino sobre la desembocadura del río y por encima de las grandes hojas de la vegetación en la rivera, que abrillantaba todavía más los verdes alucinantes.

Lo tomó con calma. Se sentía cómodo, relajado, después de un par de noches en la ciudad que alguna vez habían llamado Puerto México y que en tiempos más recientes había recibido de nuevo su antiguo nombre, la que él alcanzaba a ver de reojo mientras iba dejando atrás la zona de los viejísimos ferrocarriles: Coatzacoalcos.

Zona urbana centenaria, provincia de rebeliones indígenas significativas en tiempos de la conquista española; lugar de estancia y de paso de Hernán Cortés en su absurdo viaje hacia Honduras llevando como rehenes a Cuauhtémoc y a otros jóvenes valientes señores aztecas, antes de torturarlos por un tesoro y asesinarlos cruelmente por desidia; y ciudad también de inmenso desarrollo industrial, uno de los principales puertos del país.

Él, conduciendo con tranquilidad para disfrutar mejor el panorama, se recargó en el respaldo del asiento del auto y sintió cómo el sudor en su camisa le refrescaba la espalda al contacto con la piel.

Unos cuantos kilómetros después de cruzar el puente sobre el río Coatzacoalcos, Xóchitl, su ex compañera de secundaria y prepa, terminó de reintegrarse en su memoria como rompecabezas armado poco a poco con los pedazos de las asociaciones tropicales que él no pudo detener y que al final se le convirtieron en el recuerdo de ese otro día –como en un proceso informático de escenarios virtuales donde el sujeto permanece en la pantalla y se modifica sólo el contexto para cambiarlo de universo– en que Xóchitl, allá en el Distrito Federal, en tercer año de secundaria, a sus quince años, dura de brazos, de piernas, compacta, sin desperdicios, lo vio con su risa traviesa y se acurrucó en su pecho momentáneamente en un gesto cariñoso que pretendió satisfacer sus impulsos y evitar que él decidiera tomar el siguiente metro hacia Tacuba y la dejara a ella ahí, sola, aburrida, a las tres de la tarde, a la espera del hermano que pasaría a recogerla a la estación Chabacano para irse juntos hasta su casa allá en Taxqueña.

Él pensaba que la muchacha de piel no demasiado morena pero rasgos definitivamente indígenas vivía esperando una oportunidad y el momento en el que Silvia y él cortaran, para lograr iniciar una relación. No sabía que ésa era la forma de ser de la muchacha: cariñosa, necesitada de afecto, entregada– aunque no en el sentido sexual y promiscuo de Blanca Ramírez–, franca, sin prejuicios; y que así como en ocasiones lo tomaba del brazo o le arrimaba el cuerpo y se juntaba con él o le decía te llevo tus libros? - como ese día lo había hecho unos minutos antes - así, en otras, hacía lo mismo con otros muchachos de la secundaria y de su colonia. Como con el que llegó minutos después de que el metro que él finalmente decidió abordar haciendo caso omiso de los arrumacos de la muchacha, se le hubiera perdido de vista a Xóchitl en la negrura del túnel rumbo a la siguiente estación, camino a Popotla y Tacuba.

El que llegó ese día al Metro después de que él se fuera, fue Pedro Galas, y después de un rato de platicar con la chica de rasgos y nombre asombrosamente correspondientes, empezó a recibir también de ella el tipo de mimos, caricias disimuladas y llegues disfrazados que Xóchitl solía prodigar casi indiscriminadamente, mientras le decía quédate otro rato más Pedrito para que yo no me quede sola en lo que llega mi carnal; y Pedro Galas, tan exigente como siempre e inmune a los encantos de nadie que no fuera una belleza de corte internacional, se ponía rojo y se le separaba y delicadamente se hacía a un lado pensando que por qué la vida no le regalaba las mismas cosas pero de manos y en brazos de Pilar, y apresuraba su partida pensando en contarle a su amigo el músico al día siguiente la anécdota completa; qué oso, pensaba, qué oso...

Quién le iba a decir a él que tantos años después de oír los detalles de labios de su amigo Pedro, al ir viajando en ese autito blanco por territorio desconocido, casi entre piratas, estaría deseando que Xóchitl se le apareciera con las intenciones un poco más aceleradas que las de entonces para recibirla él con todas las atenciones y el amor que Cortés no le mostró a su señora quinientos años antes en esas mismas playas, y que a él mismo, músico en ciernes, castigador de Silvia rumbo al Conservatorio, le costaba mucho trabajo retribuirle a la sólida, consistente y dedicada Xóchitl en sus tiempos de pobre peatón viajante de los trenes del sistema colectivo.

Al ver un par de indias con dos canastos verdes de plástico a la orilla de la carretera, pensó que a cualquiera de las dos recibiría con gusto en el Shadow como copiloto y compañera de viaje aunque le mostraran apenas la décima parte del afecto que Xóchitl le regalaba cuando joven; pensó que la misma Xóchitl sería bien recibida aunque fuera sólo para conversar en esos vericuetos sin chiste de su aparatosa búsqueda, con tal de que las pocas atenciones que le brindase la que seguramente sería ya toda una mujer madura, desfodongada, posiblemente respetable ama de casa a punto de su climaterio, no tuvieran tan corta duración, ni fueran tan volubles ni se evaporaran tan rápido como las de la explosiva felicidad que le prestó, sin él preverlo ni imaginárselo, la Licenciada Blanca Ramírez.

Blanca, Blanca... ah! qué Blanca!, ah! qué Pedro! La vida da vueltas, la vida da muchas pinches vueltas... Giramos cotidianamente en ruedas de la fortuna que como las de los parques de diversiones nos sitúan a veces en la cúspide del mundo y otras al nivel de los cabrones desatinos y desvíos terrestres; en unas podemos ver las torres chingonas, los rascacielos formidables, las cúpulas efectivas, los campanarios chidos, los valles y montañas de lujo, el mundo de colores desde arriba... en otras... ...pinche Cruz Lugo, qué mamón! Tan estirado, tan rígido y tan poca cosa! No hay nada peor que anquilosarse y volverse rígido en medio del fracaso, pataleando en los légamos de la pobreza de espíritu. "Colombianizado..." México "colombianizado"... qué "colombianizado" ni qué sus nalgas!, pinche Lugo; " Mexicanizado"!, que es otra cosa. Dentro del más puro estilo, único en el mundo, que su idiosincrasia le permite; conservándose como un país absolutamente individual, característico por sus curiosidades, atributos y contrastes; México está absolutamente "mexicanizado". Nos pelan la verga los pinches colombianos y los peruanos y los panameños y los mismos pinches nortea-americanos porque dentro de nuestra originalidad creamos un sistema más chingón y efectivo que todos los demás, con un diseño impecable para escabullirnos entre los intersticios de los ladrillos del edificio mundial como cucarachas imbatibles de poderes evolutivamente inmejorables desde el período precámbrico, si no mortíferas, por lo menos, ah!, qué pinche molestas! qué desmadrosamente latosas!. "Colombianizados"... el nuestro es otro diseño, más sutil, menos obvio, muchísimo más complejo, donde no son necesarias tantas bombas ni vendettas ni fantochadas porque en suma, en algunos sexenios, todo el país, unánimemente, se ha vuelto comparsa y soporte del narcotráfico. País "colombianizado": aquel cuyas estructuras de poder están infectadas o subvertidas por un submundo de la droga que ha adquirido una presencia y un poder irresistible, casi irreversible, de mundo cotidiano. País "mexicanizado": aquél que es el narcotráfico mismo, per se, el narcotráfico en sí mismo, donde las estructuras del poder son el narcotráfico. Y así, sin tanto argüende, bajita la mano. El mexicano es inventivo, diseña, crea, y le ve la oreja a medio mundo: a los pinches japoneses, a los putos alemanes, a todos!

Acostumbrado durante cuatro siglos a vivir sojuzgado, fregado, jodido, dominado, y a tener que desarrollar aptitudes y capacidades que le permitan sobrellevar esa dominación encontrando cauces subterráneos de desfogues, festejos y venganzas (un mundo real, auténtico y profundo dentro del cascarón de las superficiales apariencias), el pinche, mexicano, bien creativo, ha encontrado un sistema maravilloso para chingar mientras lo chingan; para salir mientras lo aplastan; para ser él aunque lo nieguen y lo ninguneen, manque les pese, jijos del maíz!. Les vemos la cara hasta a los judíos pretenciosos, a los rusos gangsteriles, a los árabes desmadrosos y a los pinches gringos hijos de su putísima madre, pero da igual porque ellos a nosotros también nos ven la cara dentro del marco más hipócrita posible. Pinches gringos! Nos califican dizque por nuestra actitud y poca eficacia en la lucha contra el narcotráfico, ja, ja, ja; con qué derecho??! Si ellos se pintan solos para el narcotráfico! Pinches güeyes. Son candil de la calle y oscuridad de su pinche casa. Deberían empezar por limpiar su propio patio, por controlar sus propias mafias. Ellos nos compran a nosotros la droga! Nosotros deberíamos calificarlos a ellos! Pinches gringos, se pasan de tueste; como eso de mandarnos a sus observadores para nuestras elecciones... Qué les pasa?! Qué, nosotros mandamos observadores a las suyas? a sus procesos electorales? a sus Watergates? a sus White Waters? Sus mayores pinches problemas son "water", por tanta mierda que llevan dentro! Si fuésemos a analizar sus enjuagues, ya verían cuánta mugre y suciedad les descubriríamos! En todo el pinche mundo y allá, en su propio pinche país! Que el paradigma de la democracia ...sí chucha! cómo no!, pinche Lugo; que las libertades individuales... sí Blanquita! cómo no!; que Cuba está más jodida que cualquiera... sí Takagaki! cómo no! Tan restringidos y jodidos están los pobres de La Habana, como los pobres de Atlanta, Figueroa Street y Nueva York! y los de Nápoles, Sevilla, Marsella, Heathrow y Volgogrado! Háblenles de

210

libertades, de "libre elección" a los jodidos de Arizona, a los pordioseros de Hollywood, a las viejas y viejos sin casa de la Sexta Avenida, con todas sus pertenencias en un carro de supermercado! Que la prostitución en Cuba... platíquenle eso a los residuos de la antigua Calle 42, a las taloneras de Sunset Boulevard, a las putas del Paseo de la Castellana; no me jodan! Las pinches dictaduras son dictaduras aunque haya supuesta pluralidad de partidos, varios candidatos, elecciones y aparente democracia! la libertad no sólo te la restringen las guardias nacionales sino también los aparatos ideológicos y sobretodo el arma más devastadora: la posesión de los medios económicos y de comunicación; háblale a un pobre diablo jodido de San Diego; California y dile que vive en un pinche país libre y que puede en ese momento si lo desea salir e irse a comprar un pan, porque nadie le va a decir que no, y fíjate en la pinche cara de libertad con que disfruta el reconocimiento de que es libre para decidir... que mejor no va! porque no le alcanza, porque no tiene ni con qué pinche dinero comprarlo! Ay! Dios, vivimos la falacia de la democracia; el espejismo más peligroso, por lo engañoso, capcioso y cabrón, de cuantos sistemas sociales existen.

Da lo mismo si los pinches medios de producción son propiedad de unos cuantos capitalistas o de un estado socialista; de cualquier forma los jodidos nunca ganamos y siempre vivimos aplastados. De la misma forma que en el pinche capitalismo más acendrado sólo determinados individuos pueden ascender por la escala hacia posiciones superiores, igualmente ocurre en la pinche burocracia socialista, son sólo pinches nombres diferentes! caras diferentes de una misma moneda, brillante, de oro, que el que la tiene es él único que posee verdadera libertad y no vive bajo los efectos de ninguna dictadura cabrona más que la de sus placeres y sus antojos. Si no la tienes, vives en una pinche esclavitud, eso es! Aunque los remos y los azotes de los barcos romanos y los grilletes y bolas de hierro de las plantaciones los hayan transformado en fábricas, oficinas, suspensiones, reducciones de sueldo, contratos laborales y sistemas de crédito. Pinche sistema. Pinches jaladas sus pinches y pendejos "observadores" de la ONU y de la OEA y Negroponte y negro, ponte *para que te la dejemos ir nosotros los blancos poderosos, como a los mexicanos y a los sudamericanos y a los*

211

mulatos y a los blancos tontos. Pero nosotros, mexicanos chingones, neo-aztecas, les mandaremos una comisión de observadores para supervisar sus próximas pinches elecciones presidenciales; van a ver la de trapitos que les vamos a sacar; ah! verdad? Y si no los chingamos por ahí, de alguna pinche forma lo haremos, con un chiste, con una broma, con una chaqueta mental, con una invasión de mojados indocumentados como la que silenciosamente les hemos estado dejando ir desde hace años, para que llegue un día en que nos quieran aplicar la 187 y terminen por chingarse ellos mismos porque seamos nosotros capaces de hacer una huelga general y pararles no sólo las maquiladoras, las cosechas, los hoteles y los restaurantes de todo California sino mil industrias más de todo su pinche país. Guerrillas industriales, sabotaje social, trampas migratorias para hacerles lo que como país institucionalizado y de frente, México tal vez no pueda hacerles nunca, pero que bajo el agua, a la chita callando, se lo seguiremos haciendo, como los negros que se vengan vendiendo crack a las niñas y niños blanquillos; como Pancho Villa se los chingó y se la dejó ir en Columbus un día, ajúa, sí'iñor! Haz patria...mata un güerito!; como el Moctezuma hipócrita, cobrizo, sempiterno y enigmático tortura a los descendientes de los prepotentes y racistas dominadores de "pelambre rubia y epidermis blanca".

El hombre del bigotito recortado y tez morena sigue en su auto a una conveniente distancia a ese otro que parece no llevar prisa ni propósito alguno ni destino definido y que hasta se da el lujo, así lo ha llegado a comprender el perseguidor de no muy aguda inteligencia, de detenerse en las tardes a la vera del camino para admirar los anocheceres.

Dos días en Coatzacoalcos caminando por el Paseo Marítimo, por el Malecón, por los muelles, por el Parque Municipal y por la moderna Zona Comercial siguiendo al del Shadow blanco, que durante ese tiempo prefirió dejarlo estacionado y caminar bajo el brillo del aturdidor cielo azul, convencieron al investigador de que el perseguido o estaba ya al tanto del seguimiento y efectuaba recorridos de distracción y despiste, o hacía tiempo para llegar sincrónico a alguna reunión trascendental en esa ciudad.

Ahora, después de haber cruzado él mismo el puente y de ver con indiferencia a las mismas indias que el conductor de adelante analizó con entusiasmo, piensa que el hombre de pelo largo lacio, barba medio crecida, manos delicadas, complexión regular y estómago protuberante, que parece protegerse del mundo en la confortable –*para él*- matriz del Shadow, realmente se ha dado cuenta de que alguien lo sigue y ha decidido dejar para más adelante su secreta actividad.

El detective ha terminado también por relajarse y manejar tranquilamente recortándose las puntas desobedientes del bigote, para conservarlo en el estilo que le gusta, a la mitad de camino entre los mostachos de Emilio Tuero, Errol Flyn y el Harvey Keitel de un par de películas..

Adentro del Shadow el calor se va haciendo insoportable; el conductor, por un brevísimo momento, alcanza a ver por el espejo lateral retrovisor izquierdo hasta allá atrás, lejos, la mancha gris que por un instante le parece conocida, que busca apuradamente en los archivos de sus recuerdos recientes porque tiene la noción de haber visto ese auto –el Volkswagen que él no sabe que es el del investigador que lo persigue-, varias veces ya durante los últimos días.

El detective, sintiendo que sin darse cuenta ha permitido que su auto, antes siempre a prudente distancia, se aproxime al Shadow un poco más de lo debido, frena súbitamente para volver a alargar la distancia provocando que el otro, el del auto blanco, lo pierda de vista en el espejo y acabe segundos después por olvidarse del asunto.

Y si me vinieran siguiendo? Y si la pinche Blanca me estuviera usando como mensajero inadvertido para llevar este chingo de dinero a algún lado y luego localizarme en el celular y darme alguna instrucción? o para sacárselo de encima y hacerme cargar a mí con el paquete? o en realidad ese coche gris me estuviera siguiendo y vinieran dentro de él los enemigos de Blanca para recuperar el dinero que a lo mejor ella les tranzó?

Nomás porque no me traje su dirección y no encontré su teléfono en Coatzacoalcos, pero en cuanto llegue al siguiente punto importante voy a hablarle y a conseguir la forma de enviarle su pinche lana de volada en un giro telegráfico; o mejor me voy rápido de aquí y uso todo este pinche montonal de dinero para algo, chance y para poner la academia de música, por qué no? Ahora sí la escuela, le echo ganas y apechugo lo de los trámites y los impuestos; aunque ahora la situación está peor, si la gente no tiene ni para comer, ya mero va a andarse pagando clasecitas de música...... y por qué no? somos más de cien millones de mexicanos y de esos, noventa y cinco millones componen y noventa y ocho millones tocan la guitarra y todos, todos cantan!; además el pinche pueblo jodido ve en los pinches discos y la puta televisión el único medio rápido y fácil de salir de la miseria; con hijos artistas haciendo grupitos musicales pendejos de play back o hijas actricitas putillas de telenovelas estúpidas con apuntador, salen de pobres de volada, no tienen ni qué estudiar ni qué hacer una carrera larga!, bueno, ni siquiera van a tener ni que aprenderse los diálogos!! así que si pongo la escuela chance y me va bien, nomás le tengo que agregar unas pinches materias más comerciales: Actuación, Maquillaje, Modelaje, Guitarra Bolerística, Play Back de las Canciones de Luis Miguel, La Técnica del Apuntador en Telenovelas, Repostería, Corte y Confección, Composición de Canciones Estilo Onda Grupera, Solos de Guitarra de Heavy Metal... o ya mejor no pongo nada, agarro el pinche dinero y me piro a otro país y me dedico a rascarme los güevos lejos de toda esta jodienda aunque sea durante un tiempo; o se los llevo a esos pobres de Chihuahua, allá en la pinche Sierra, que debí de haberles dado algo, carajo... ...y si fuese verdad lo que piensa Cruz Lugo de que a Jamín alguien se lo escabechó? (Uno de los que lo visitaron aquel día?) Algún hijo de su chingada lo asesinó y ese mismo me anda siguiendo a mí para matarme porque ha de suponer que yo tengo alguna clase de información? Yo información?!! Alguna clase de información?!? Yo?!! Ay,! pero si yo no sé nada, no sé ni qué pedo con nada, no tengo idea de nada, no tengo nada claro, ni en mi pinche vida! ¡Qué chingados voy a saber de los demás y mucho menos claves o secretos importantes!!!

Él vio varias veces hacia atrás por los espejos y en dos de las curvas inclusive trató de ver hacia un lado directamente desde su auto... pero

214

nada; sólo un camión de cerveza Corona avanzando con lentitud por la carretera que había dejado de ser de cuotas altas y carriles dobles para convertirse en una simple franja de asfalto con un carril de ida y uno de regreso, sin raya en el centro y entre dos cunetas invadidas de matorrales.

Revisó la pequeña pantalla de su teléfono móvil preocupado como siempre por ver los cuatro rectangulitos de la señal de óptima recepción para estar tranquilo de que cualquiera que quisiese localizarlo podría hacerlo. Hizo una mueca de fastidio cuando vio que no solamente la pantallita mostraba medio rectángulo nada más, sino también que la batería intermitente señalaba una baja carga eléctrica en la pila del aparato.

Viendo la preciosista manifestación de riqueza vegetal, animal y mineral que lo envolvía casi por completo se lamentó una vez más de la pobreza social de su país, de la misérrima educación de sus habitantes, del bajísimo nivel escolar, de las enormes diferencias entre los estratos sociales por la inequitativa distribución de esa riqueza. Pensó que no era justo.

Pensó que en última instancia era culpa de los mismos habitantes; por complicidad fundamentada en la crueldad, la envidia, la negligencia, la avaricia o la apatía

Acababa de enterrar al gallo dentro de su caja de cartón a la orilla de la carretera y pensó que probablemente en lo que le quedara de vida no tendría una oportunidad como ésa para visitar las ruinas y los monumentos de La Venta; Tabasco. Tomó camino del Museo. Como a la mayoría de los adolescentes en sus tiempos de estudiantes, le había interesado leer sobre culturas antiguas, misterios y descubrimientos arqueológicos y antropológicos, especialmente de un país tan rico en ese tipo de elementos culturales como México ; inquietud que se le había acentuado al visitar las ruinas del Museo Etnográfico, desenterradas en la esquina de Seminario y Guatemala, a dos cuadras de su escuela secundaria, y que había satisfecho en parte con sus escapadas mataclases con Pedro Galas a diferentes lugares de interés histórico en el Centro de la Ciudad de México y sus alrededores y, sobre todo, a los famosísimos

Museos Nacionales de Historia Natural y de Antropología e Historia en el Bosque de Chapultepec.

Ahí, entre vasijas toltecas, ídolos chalcas y orfebrería del Período Clásico Maya, había pasado muchas mañanas platicando con Galas sobre historia, literatura, orígenes del hombre y arte en general, discutiendo sobre estilos y formas de vida. Discutían sobre cualquier cosa, discutían de todo, como buenos adolescentes, pero de acuerdo siempre en tres cosas que formaban el cemento que mantenía sólida su relación: su gusto por saltarse las clases, especialmente las difusas de Historia y Civismo, las aburridas de Ciencias y las mediocres de Arte y Filosofía, su gusto por visitar lugares históricos interesantes y su gusto más profundo aun por la belleza artística en cualquiera de sus manifestaciones. En ese orden y de menos a más.

Como aquella mañana del examen de Biología en tercero de secundaria, que decidieron brincárselo también, salieron de la Preparatoria 2 en la calle de Licenciado Verdad, vieron las palomas sobre la cúpula de la antigua iglesia que funcionaba como Hemeroteca, se comieron un par de tlacoyos –uno con salsa verde y otro con roja, cebollita y queso; Galas pidió crema pero no tenían, recordaba *todo* -, caminaron por la Calle de Moneda, a un costado del Palacio Nacional, llegaron al Zócalo, se pararon, como solían hacer, en el mero centro de la gran plaza; Galas cerró los ojos, le tocaba a él ese día, dio de vueltas hasta marearse y siguió dándolas hasta que el otro le dijo ya; se detuvo a unos tres metros del centro y de su eje original, tambaleándose por el mareo; esperó que el otro se acercara y le dijera: ábrelos, para distinguir con la visión –de acuerdo al sistema previamente acordado y utilizado en múltiples ocasiones- la dirección de sus andanzas y el objetivo de su excursión de ese día... y ahí estaba, majestuosa e imponente, la más grande, con sus palomas a cuestas, amiga de indios y vendedores, de plomeros y pintores esperando trabajo, con turistas güeras haciendo cola para invadirla, desnivelada y hundida por uno de sus lados: la Catedral Metropolitana.

En una placita del lado derecho, junto al costado oriente de la Catedral, sobre la calle de Seminario, diversos vendedores y merolicos agrupaban en torno suyo a curiosos, vagos, bobos y despistados, con su clásico que no le digan, que no le cuenten porque a lo mejor le mienten

216

y para todos aquellos que amanecen con la boca con sabor a centavo, mucho ojo, que la vista engaña, a ver, Chimino animal del demonio... Canarios… papelitos de colores.

En el centro de la placita, junto a una fuente, un grupo de danzantes auténticos descendientes de *aquéllos* (los efectivos de antes de la conquista), con grandes penachos multicolores, taparrabos y sonajas de cáscaras en los tobillos, danzaban al compás de la música monofónica de un niño flautista que con la otra mano tocaba un tamborcito; un numeroso grupo rodeaba a los danzantes y algunos de los observadores preparaban monedas o billetes para dejarlos en un sombrero que descansaba sobre el piso ya con algunas monedas y billetes en su interior. Palomas en la banqueta cojeaban picoteando por todos lados su alimento. El sol de la mañana no acababa de disolver la niebla por completo.

Sonaba bien, se veía bien, pero él y Galas decidieron hacer caso omiso y caminar derechito hacia la entrada de la enorme Iglesia.

Ya en el interior, caminaron persignándose y se sentaron en la tercera fila de bancas frente al altar. Oyeron un poco de la misa.

Después de un rato empezaron a vagar por la gran nave, bajaron a las criptas, vieron los túneles negros de oscuridad protegidos por las grandes rejas de hierro –él le comentó a Galas que decían que esos túneles llegaban hasta el Bosque de Chapultepec y habían sido construidos para poder escapar por ahí-; volvieron a subir y sin hacerse ni señas decidieron tácitamente traspasar puertas prohibidas y zonas privadas de la Catedral, sin permiso previo, en búsqueda de nuevas experiencias. En uno de los pasillos de un área donde se suponía que no debían estar, descubrieron una gran escalinata y empezaron a subir por ella. Llegaron hasta arriba, a otro nivel y a otro pasillo, después de cruzar una puerta cuyo rótulo decía que cualquiera que no perteneciera al servicio eclesiástico y/o administrativo, tenía expresamente PROHIBIDO EL PASO.

.

Estaban ya en la parte más alta, sólo un pequeño andador los separaba de la puerta de acceso a la azotea, el brillo exterior se asomaba por los resquicios. Caminaron con mucha mayor cautela y exageraron la discreción y las previsiones. Él llegó primero, tomó el picaporte y antes de que pudiera racionalizar conscientemente el temor de que estuviera cerrada, movió la mano y abrió la puerta hacia la luminosa mañana que bullía afuera.

Un aire frío les pegó en el rostro, por eso y por la luz entrecerraron los ojos.

Pedro Galas sonrió, hasta se acomodó los lentes, y fue abriendo cada vez más la sonrisa mientras iba viendo en derredor lenta, ampliamente:"*Voilá*!". Avanzaron con cuidado, atónitos, sobre la gran estructura de piedra entre las sinuosidades de la azotea.   A lo lejos se escuchaban –sobreviviendo al ruido del tráfico de una contaminación sonora que no era tan insoportable como la actual, y traspasándolo simbólicamente como el reflejo continuado de una grandiosidad que se niega siempre y hasta en todas las mínimas cosas sistemáticamente a desaparecer-, el ritmo hipnótico, persistente, machacón, de la chirimía, los cascabeles y el golpeteo sordo de los pies desnudos de los indios danzantes sobre las pesadas losas del pavimento.   Vieron la cúpula desde afuera y desde arriba, caminaron por encima de ella guardando el equilibrio; vieron palomas, los bordes del techo, más palomas, las grandes torres del campanario, más palomas aun y más allá, a diferentes distancias –como en esos libros infantiles en tercera dimensión donde al abrirlos las figuras recortadas se levantan por el mismo hecho tomando forma, volumen y altura- y a todo lo ancho, en un giro de 360 grados, en la claridad y transparencia de aquella límpida mañana de una época también mucho menos contaminada que ésta, fueron descubriendo desde otra perspectiva los orgullos, la memoria, los lujos, los encantos y los destellos de la gran Ciudad de los Palacios: el Palacio Nacional, el de Minería, los montones de iglesias, la de Santo Domingo, la del Sagrado Corazón, la Torre de la Latinoamericana, el Monumento a la Revolución, el Palacio de Bellas Artes, la Torre triangular de Banobras, los edificios de Tlatelolco, la vieja Basílica de Nuestra Señora de Guadalupe y hasta mero atrás, allá por donde el sol se había levantado algunas horas antes presumiendo su tamaño, un diminuto avión empequeñecido por la distancia, encogiéndose cada segundo más por delante de su larga cauda de vapores blancos y abajo de él, por supuesto más blancos y portentosos que todo lo demás, enmarcados por nubes, propulsiones y rocío, agigantados por las refracciones digitales, la

218

perspectiva histórica y la sensación que siempre han transmitido de eternidad... los volcanes: el Iztlaccíhuatl y el Popocatépetl.

Había oído hablar de Villahermosa en algún programa de televisión y recordaba vagamente ríos caudalosos y árboles que se doblaban por el peso de frutas sorprendentes. Pudo haber sido en Canal 11 ó algún Domingo en *México, magia y encuentro* en el Canal 2 de Televisa, antes de que lo convirtieran en "El Canal de las Estrellas".

Aunque el origen del recuerdo era impreciso, algo de las imágenes se le había quedado tan profundamente grabado que era como si al verlo ahora reconociera el paisaje. Tal vez se parecía mucho a Coatzacoalcos.

Le había parecido inútil correr demasiado para llegar a Oaxaca; debía preparar con mucho cuidado la estrategia para no irse en banda y caer torpemente en el vacío. La pequeña relación que Blanca había hecho de la situación de Pilar - su amor imposible de juventud (y el de tantos otros) - le parecía prometedora, pero resultaba demasiado buena para ser verdad; nada lo entusiasmaba más que aquella posibilidad sugerida por la ninfómana jarocha, de que Pilar continuase libre y sin compromisos después de algunas relaciones mal sucedidas. Los años, las calenturas, la frustración y la imposibilidad de haberla tenido alguna vez con él, siquiera de cerca, habían hecho que Pilar dejase de ser en su memoria la combinación de Raquel Welch con alguna otra artista de bellísimos rasgos, para convertírsele en una mezcla explosiva que incluía verdaderas excitadoras de sus instintos que había ido adorando en las pantallas – chicas y grandes (las pantallas y ellas mismas)- a lo largo de las últimas décadas; y así, se le figuraba ahora que la Pilar "símbolo", "mito", que conservaba en la imaginación era el resultado de haber metido en una licuadora, y combinado, lo mejor de Brooke Shields, Uma Thurman, Isabel Adjani, Milla Jovovich y Jennifer Connely... y que algo así tenía que ser buscado – a fin de cuentas – hasta el fin del mundo y de los tiempos. Eso era precisamente lo que había decidido hacer como parte de su viaje, pero resultaba tan importante y perturbador para él, que por eso mismo era mejor tomarse su tiempo y planear con calma, calcular el tiro para no fallar; ya que andaba por esos lugares le vendría bien conocer regiones que nunca visitó y darse unos días más de plazo para seguir la dieta que se había propuesto realizar desde que saliera de Coatzacoalcos, para bajar la prominente panza. Si le paraba a los tacos, a las dichosas Coca-Colas y al montón de antojitos del Sureste, podría presentarse más decorosamente ante Pilar.

Por todo ello resultarían perfectas unas vueltas por Tabasco y Chiapas y, después de todo, aunque Marga y Octavio Sánchez no hubieran estado incluidos en su plan original de visitas –en realidad no sabía por qué-, podría ser bueno aflojar un poco el paso de su viaje para lo que sería seguramente una especie de distracción interesante y aleccionadora.

Ciudades tan bellas como Villahermosa merecían una visita. Mezcla acogedora de construcciones modernas y casas tradicionales en medio de una exuberante zona de vegetación tropical y ríos.

La feria de Villahermosa, con sus platos típicos, vino a dar al traste con su noble intención de recuperar la línea. La primera noche, la de su llegada, salió del hotel directamente a los juegos mecánicos, se subió a las Tazas, al Martillo, al Ratón Loco, a la Rueda de la Fortuna; jugó después Lotería, tiró canicas, pescó pescaditos, les disparó a los patitos plateados que avanzaban en hilera, reventó globos con dardos, encestó veinticinco canastas, tiró cuatro botellas de madera con pelotas de hule y logró que un aro de bordadora rodeara justo el sombrero de un charro de barro coloreado para llevárselo como premio. En años no se había divertido como en esa ocasión. En años no se había dado el lujo de dejar correr el tiempo jugando sólo por jugar y sin tener la obligación de complacer a nadie más que a él mismo, sin compromisos previos ni posteriores y sin ningún lugar al cual tener que llegar a alguna hora.

Entre juego y juego se deslizó por el esófago dos bolsas de papas fritas llenas de limón, sal y salsa Valentina, tres bolsas de chicharrones, tres palanquetas, dos algodones gigantes de azúcar color de rosa, tres paquetes de pepitas tostadas, cinco merengues y cinco alegrías. Todo perfectamente remojado con ocho Coca-colas.

Cuando se paró entre la muchedumbre para ver el espectáculo del Teatro del Pueblo, se sentía tan lleno que pensó que ya no cenaría, pero la exquisitez y ricura de los diversos platillos en el área de comida lo convencieron de lo contrario y acabó por sentarse en una silla metálica de Carta Blanca para comer con toda la calma del mundo un arroz con mole, tres tamales de mole negro, dos totopos de los grandes con manteca y ocho quesadillas.

Lo delicioso de la comida no bastó para quitarle el mal sabor de boca –aun más!- que le había dejado el mediocre grupo de música "pop" que había escuchado en el Teatro del Pueblo. Resonaban todavía en las paredes de sus oídos los desafinados coros de los muchachos de Garibaldi que le gritaban a Macarena que le diera alegría a su cuerpo porque su cuerpo era para darle alegría y no sé qué cosa y aaaha!; el ambiente era una barahúnda incontrolable donde los altavoces hacían de las suyas y mezclaban sus sonidos con cada uno de los radios de las distintas fondas del área de comida. La versión que ese grupo mexicano prefabricado mercadológicamente había hecho del superhit español era terriblemente mala.

Decidió que era demasiado para su gusto musical y que no podía irse a dormir con el estómago tan lleno, el cerebro tan revuelto y el sentido estético tan ofendido.

Nada mejor que rematar la noche metiéndose al palenque. Las peleas de gallos no le gustaban especialmente, sin embargo podía intentar suerte en las rifas y escuchar a un cantante que no conocía pero que alguien en el barullo de la cena había identificado como el hijo del célebre cantante de música ranchera Vicente Fernández. De cualquier forma el paquete completo haría que se durmiese hasta las cuatro o cinco de la mañana, tiempo suficiente para que la mezcolanza de antojitos le hiciera digestión.

Allí, en la tercera fila de galeras, eructando sonoras burbujas como olla de espeso champurrado hirviente, hizo lo que nunca se imaginó.

Empezó por apostarle al Pinto en la tercera de la noche, nomás para ver qué se sentía hacer lo que nunca, ni por equivocación, se le había ocurrido.

Lo hizo por pura curiosidad. Por parecerse un poco a esos rancheros sombrerudos que con los vasos de plástico llenos de alcohol en la mano, sacaban de sus carteras de cuero, para apostar, los billetes de alta denominación que para ellos sólo significaban la morralla, el cambio, pues; por sentirse como esos *juniors* de la quinta fila con camisas abiertas, cadenas de oro y chamaconas bien formadas a su lado que les reforzaban la sensualidad del despilfarro. Y ahí te voy, y ahí te fue, porque él se guiaba sólo por apariencias e intuición y le fue apostando en cada pelea al que no debía y viendo cómo a su gallo luchador elegido de turno, el otro bípedo, invariablemente más canijo, bravo y sanguinario, terminaba por hacerle saltar las plumas en pedazos, por zarandearle el pescuezo como trapo, por encajarle el espolón entre los muslos, por pisotearle la pechuga y por dejarlo destripado a picotazos sobre la arena enrojecida con la sangre de sus expectativas de fortuna.

Él, para no ser menos en medio de esos emperifollados jovencitos de vida regalada, movido por su orgullo y terquedad, deseoso de llamar la atención de alguna chamacona,
insistió aumentando cada vez más el monto de la apuesta y en uno de los interludios llegó inclusive a comprar su boleto para la rifa de un televisor –*a ver si por lo menos regreso a casa con algo mejor de lo que ya tenía*, pensó–, pero perdió también ahí y decidió jugarse lo que le quedaba –dejando sólo cinco mil pesos de reserva para sus gastos–, apostándole en un último intento al Giro, al que desde que vio salir encontró tan arquetípico y confiable como el de las cartas de la lotería.

Pero nada, cuarenta y cinco mil pesos de su recién adquirida fortuna se le fueron tan fácil, rápida e imperceptiblemente como habían llegado.

Afortunadamente no había bebido demasiado; si no, lo más seguro es que en vez de tres Alka Seltzers habría tenido que tomarse cuatro o cinco antes de mal dormir. El sol tabasqueño de las cuatro de la tarde iba amodorrándolo poco a poco. Pensó en detenerse a la orilla de la carretera para dormir un rato, pero decidió seguir porque la cama del día "anterior" y sus planes de llevársela más tranquila sólo habían dado como resultado una casi congestión y un kilo y medio de más en su constitución.

Recordó el estúpido desaguisado, fruto de su desencanto y de su absurda temeridad para con el futuro. Todavía en ese momento, viendo el indicador de velocidad en el tablero de su auto, quejándose por no tener ni para un aire acondicionado, medio hipnotizado por los rglup-rglup del gallo, serpenteando entre enredaderas tabasqueñas después de haberse bañado en el hotelucho para tratar de volver su ánimo a la normalidad, no podía creerlo del todo. El dinero que le quemó el orgullo cuando lo encontró en el sobre en su hotel de Veracruz, el que le había derramado la bilis ante la absoluta indiferencia de la fogosísima Blanca por la posible segunda noche de desmanes que él creyó entrever en sus intenciones y nunca estuvo, el que pensó devolver, enviar por giro, regalárselo a los pobres, con el que se construiría por fin su sueño aplazado a tropezones, había terminado dilapidado en la fiebre tramposa de los laberintos del azar de la noche de apuestas de un palenque.

Avanzaba entre hojas de plátanos a velocidad moderada. Frutas maduras tapizaban el piso. El sopor le provocaba punzadas de recuerdos de las infructuosas rifas, de la opípara cena y del concierto en el palenque a media madrugada.

Un viejo ranchero, sentado junto a él en la tercera fila le había compartido sus opiniones musicales después de ganar un dineral apostándole al Colorado de la séptima pelea. Con la misma pasión con que había echado porras a su elegido para verlo cómo erizaba las plumas del pescuezo y desplumaba al gallo contrario perdiendo a su vez mechones de plumas en los chispazos salvajes del combate para terminar por hincarle el espolón al Pinto de manera irremediable, el viejo tabasqueño había abordado la crítica del joven cantante de ranchero que esa noche hacía el show en el palenque; el anciano se había animado a comentar sus puntos de vista con el que se decía músico, compositor e importante director de orquesta llegado de la capital y de paso por la ciudad rumbo a Chiapas.

Ya nada era lo mismo de antes, esos pinches cantantillos de ahora cantaban con una frialdad incontenible, con una falta de sentimiento exasperante, insoportable; como ése, que qué diferencia con el padre, nómbre, qué vá!, su papá sí que la hace, nomás hay que oírlo cantar "Los Mandados" o "Volver, volver", yo lo oí hace diez años en este mismo palenque, ese sí que te motiva y te hace llorar, te emociona; pero este chaval, su hijo, como que está muy verde y como que le faltó sufrir; y cómo no? si seguro habrá recibido todo peladito y en la boca con un papá tan importante y tan poderoso en el medio musical. El chavo tenía talento, ni hablar, pero le faltaba lo que al carrizo: alma.

Y el músico coincidía. En todo y a fondo. Ya nada era lo mismo. Entre grupitos de música pop haciendo play back y cantantes de ranchero sin experiencia, sin *feeling*, sin corazón, nos estábamos quedando en la calle.

"*Qué va a ser de nosotros ahora?, cuate* - le decía al gallo -, *ahora que hace mucho se nos murieron ya Pedro Infante y Javier Solís y José Alfredo? Qué va a ser de nosotros en este fin de siglo sin corazón, con esas pinches cantantillas de ahora que se oyen como que ni siquiera han cogido como se debe? ahora que ya no están las chingonas, las mamás de los pollitos, las puras efectivas? Qué va a ser de nosotros ahora ya sin Lola La Grande?, tres días sin verte, mujer y ya se me hace una eternidad sin verte, mi Lola; sin nuestra Lucha del alma que amanezca otra vez en nuestros brazos, ronquita, cachondona, cariñosa ; qué va a ser de nuestro pinche corazón sin que haya por lo menos una señora como María de Lourdes –qué, esa también ya se murió?, había preguntado el viejo- que se nos plante enfrente con el mariachi para arrullarnos a todos; sin dioses y diosas como Lucha Reyes, Chabela Vargas, Javier Solís cantando "Espumas", la otra cantando el "Huapango Torero"?, qué va a ser de nosotros si es como si el alma se nos fuera diluyendo irremediablemente por la lejana llanura... y al final de las copas y los tragos, en medio de este estúpido desconsuelo, sólo queremos que vuelva, que vuelva con nosotros alguna de las que se fue?*"

Con los vapores del calor sereno de la carretera, el aroma dulzón de las papayas y los plátanos a la vera del camino y entre esporádicos cabezazos recordaba, tarareaba y de vez en cuando hablaba en voz alta sin distinguir ya muy bien si sólo estaba recordando lo que el viejo le había dicho la noche anterior o si era él mismo el que al calor de las copas y las decepciones de las pérdidas lo había dicho o si lo estaba diciendo en ese mismo instante entre sueños mientras el viejo le contestaba cualquier cosa con un remedo balbuceante desde el asiento de atrás del auto, porque en ese momento –entre la cruda y la modorra- los estertores y ruidos guturales del gallo moribundo que él había recogido compasivamente después de la última pelea porque le habían permitido que se lo llevara acunado entre los brazos, y que ahora viajaba dentro de una caja de cartón en la parte de atrás del automóvil, inquieto por momentos, sintiendo la muerte inevitable, se le confundían a él con cualquier cosa.

Puros perdedores, carajo, puros pinches perdedores, como mi generación. Debe ser endémico; puros agachones, apáticos, mediocres, descastados, miedosos, concertadores, grises hasta en el éxito, moderados hasta en la rebelión, pusilánimes hasta en el poder. Cuál poder? Cámara! Si ninguno la hizo! Inútiles viciosos buenos para nada. Bueno, para algunas cosas sí, como para la creación de las infraestructuras y los disfrutes del vicio. Nos tocó bailar con la puta más fea. Nos infectó una plaga fatal más poderosa y destructora que el SIDA; a otro nivel. Psicológicamente; mentalmente; emocionalmente; espiritualmente. Ese pinche virus en el plano ideológico, como el del SIDA en el físico, nos impide defendernos, utilizar nuestras pinches defensas, y empezamos a creer que está muy bien, "que todo está muy bien" (como decía el chingón caballo de Vallejo), que todo marcha, que nada es tan grave y que de aquello que está mal, de todo lo malo, la culpa es nuestra; que de jóvenes no entendemos, que de grandes razonamos y nos corregimos. Y por todo eso nos volvemos pinches doctores, doctos conocedores y si juzgamos las cosas, no lo hacemos como cuando jovencitos, acicateados por la energía de la inconciencia, que en sí misma es saludable, porque por lo menos no está contaminada ni para bien ni para mal, sólo motivada por el vigor de su exaltación, sino que lo hacemos ya desde el otro pinche lado, desde el pinche lado de lo establecido, desde el lado de lo "moral", de lo "correcto", desde el lado de la pinche autoridad y la regencia! Pasamos insensiblemente de adolescentes irrespetuosos, irreverentes y molestos... a doctos doctores, administradores ó dirigentes prudentes, encasillados, moldeados (echados a perder), de hospitales y gobiernos. Cuál será la cura para esta pinche plaga absurda? ¿Para esta peste cabrona? Triste generación la nuestra; los modernos mercaderes de la ideología, como aquellos españoles conquistadores del siglo XVI (colonizadores del mundo), nos dan los putos espejitos de la ilusión de la paz, los collares de abalorios de las revoluciones socialistas, las telas de colores de la bonanza económica del libre comercio internacional, las monedas capciosas del amor libre... y se llevan nuestra pinche esperanza en un amasijo aguado formado por nuestro sudor, nuestra sangre, nuestras lágrimas nuestros orines, nuestra linfa y todos nuestros otros líquidos vitales, dolorosos. Les compramos sus pinches ideas con una inocencia encantadora para venirnos a dar de topes contra la pared, en la puritita madre, ante la certeza de que la paz se nos convirtió en otras guerras en Bosnia, en Argelia, en pinche Irak y Afghanistán; los retratos del Che y de Fidel Castro fueron hechos a un lado (por el mismo Fidel cabrón!) para dar espacio, en medio, a otro, mucho más grande, del Papa Juan Pablo II; los tratados del "libre comercio" dieron paso a más hambre, injusticias y desigualdades; la libertad sexual nos encaminó al Síndrome de Inmuno Deficiencia Adquirida. Pinche traición. Generación traicionada, traicionera. Y nosotros que en 1967, púberes a punto de reventar al mundo, nos creíamos Supermanes, Mesías, Re-vo-lu-cio-na-rios y creímos que podríamos cambiar la sociedad, lo que no nos gustaba, en cuanto nos lo propusiéramos... creímos de hecho que ya estaba cambiando, que otros menos jóvenes que nosotros estaban por lograrlo, que era cuestión de esperar sólo un poco a que sus flores en el pelo se multiplicaran y miren nomás: acabamos dirigiendo equívocos y obedeciendo falacias en nuestras pinches tristes ratoneras! Como Takagaki, como Blanca Ramírez, como Marcial... como yo. Se jodió todo. Se jodió Supermán, se jodió Cristo, se jodió el Che, se jodió el Quijote, Ay! Dios, se jodió Nietzche. Pregúntales a los niños, a los jóvenes, a los que vinieron a ser responsabilidad nuestra; a ver, quién era el Caballero de la Triste Figura?,¿ Quién ha leído realmente El Quijote? Hasta Supermán se jodió! ahora desfila con sus miserias en la serie de televisión "Lois y Clark" donde ya ni siquiera tiene secretos, ya ni siquiera lleva los pantalones! el nuevo Supermán, el de esta generación de finales de los noventas, es política y sexualmente correcto y anda de pinche mandilón cumpliéndole caprichitos a su puta novia, rogándole, contándole hasta de qué color son por dentro sus calzones rojos, revelándole su pinche verdadera identidad! ¿Qué papelitos los de este supuesto paladín de la pseudodemocracia, alguna vez ejemplo capcioso, para muchos, de hombría, discreción y autorrespeto!?. Pinches tiempos éstos; ya no hay respeto, carajo! O no, mi Pinto? usted qué cree? No me diga que ya no aguantó, que ya le falló su corazoncito...pinche enemigo contrincante gallo que le pusieron anoche...! carajo, dígame algo! ya no lo

226

escucho...

Lugo, Luego, Luguito, qué se siente vivir en ese agujerito? Creyendo que importas en el pinche mundo y que tienes influencia y que tienes un lugar en el esquema general de las cosas y que algún día el PRI te lo reconocerá. Tu oficina, por dentro y por fuera, me parece a mí una ratonera. Ay! Dios, la chingamos, ya no hay tiempo, ya no hay ganas, ya no alcanzan! El verdadero símbolo de nuestros tiempos, el que aglutina heroísmos, el que capta los ideales, los sueños las actitudes y las esperanzas de hoy, de nuestra generación (o degeneración), no es El Cid, no es Alejandro, no es Atila, Carlo Magno, Grahan Bell, Pasteur ni Einstein, Julio César, ni Nerón, ni tampoco Supermán ni Napoleón ni Don Juan ni Montecristo... es Homer Simpson!

La carretera federal había vuelto a convertirse en supercarretera de cuota. Era así; pequeñas rayas rojas en los mapas, como arterias inconclusas que pretendían conducir la sangre vital a la vastedad del territorio nacional pero haciéndolo sólo de forma muy deficiente, interrumpida. Él volvió a quejarse interiormente por las altas cuotas, pero era el cuento de nunca acabar: o se quejaba por las cuotas de los buenos caminos, o se quejaba del estado de las infames aunque gratuitas brechas.

A la altura de Jalapa –pueblito tabasqueño de igual nombre pero diferente ortografía a la hermosa capital de Veracruz-, el camino volvió a hacerlo sufrir como en Tamaulipas, como en la Sierra Tarahumara.

Lo consolaba el hecho de pensar que pronto cruzaría la línea divisoria para llegar al estado de Chiapas. Y después... Oaxaca. Hasta decidió no demorarse mucho en su paso por el estado donde se desarrollaban las guerrillas. Pensó en Marga; en la curiosidad de volverla a encontrar y ejercitó mentalmente algunas posibilidades sobre los cambios físicos que la vida podía haber ejercido en ella. Tal vez por vivir en provincia, *como yo* –pensó-, en un lugar no demasiado grande, lleve una vida más calmada. Recordó que Marga de por sí era tranquila, pero se había llevado tantas sorpresas en el viaje respecto a las personalidades, físicos, logros y actividades cambiadas de sus ex compañeros, que no se atrevió a pronosticar nada. Al paso que iban sus actualizaciones, Marga podía haberse convertido en boxeadora o en madame de algún burdel.

Detuvo el auto, se bajó a orinar. Recordó cómo había enterrado al gallo, kilómetros atrás. Distraído, la mente todavía en los museos, en el pasado, en la muerte, no percibió nada extraño. Tampoco alcanzó a ver el auto del investigador, aparcado a unos trescientos metros de distancia. Por estar viendo para todos lados con la precaución de que no lo descubrieran, se salpicó los tenis. Después de sacudirse el miembro y guardárselo, arrancó un par de hojas de la mata más cercana y se sacudió el exceso de orín de los zapatos.

Súbitamente un hombre emergió de la densa vegetación. Llevaba sombrero, camisa color crema de manga corta y unos pantalones de casimir que desentonaban con los huaraches nuevecitos. Era moreno, con un bigote grande, llamativo. El pensó que era algún terrateniente del lugar inspeccionando sus propiedades. Sintió pena de que lo hubiera podido ver desaguando en su terreno e intentó una disculpa:

-Buenas tardes, usted perdone, no sé si esto sea propiedad privada – el tipo comenzó a parecerle conocido, casi estaba seguro de haberlo visto antes en algún lado, y no eventualmente, sino en alguna situación importante.

-Ni se apure –dijo el hombre moreno con un muy marcado acento del sureste-, yo nomás ando por aquí echando una caminadita. Y usted, de dónde es?

Antes de contestar, él sintió una pequeña punzada en el estómago, cuando le notó la pistola al lugareño metida directamente a la altura de la cintura, entre el pantalón y la camisa, hacia el lado del hígado.

-Soy de Morelos –él contestó con precaución y, por aquello del no te entumas y del poco cariño que sabía que los provincianos les profesaban a los del D.F. (...Mata un chilango...), habló también con acento provinciano-, de Temixco, allá juntito a Cuernavaca.

-Y qué anda haciendo por acá, mi amigo?.

-Pasé a Villahermosa a ver a unos primos –mintió él-, y voy rumbo a Tuxtla para visitar a una tía que tengo por allá.

-Caray, amigo, tiene usted regada a la familia por todos lados –dijo el ranchero con suspicacia.

-No, qué va! – elaboró él con cuidado sus comentarios temiendo que el hombre fuera en realidad algún judicial, o informante de los narcos o de la guerrilla-, nomás tengo aquí, en Villahermosa, y en Tuxtla.

-Y a qué se dedica usté', mi amigo? –a él le empezó a incomodar tanta curiosidad, pensó que sería mejor cortar por lo sano o empezar a preguntar él, en vez de seguir siendo el interrogado, pero el ranchero insistió– supongo que trabaja en algo, no? –el ranchero lo veía con ojos inquisitivos de arriba a abajo mientras él a su vez veía sólo la pistola del hombre.

-No, pos a lo que va saliendo –pensó que sería absolutamente absurdo en ese lugar, en ese momento y a ese tipo, decirle que era compositor de música sinfónica seria-, a veces vendo cosas –se arrepintió en seguida de haberlo dicho-, o hago el jardín de alguna casa o cuido alguna propiedad de gente de por allá.

-Y como qué cosas? – *(lógico, para qué me fui por ahí,* pensó*)* –, qué cosas vende usted, mi amigo?- el del sombrero pensó que era un traficante evasivo, discreto.

-No, eso es un decir! me refiero a una que otra cosita de vez en cuando, una manguera aquí, un rastrillo allá – evitó decir "una grabadora" para que el otro no pensara que era un raterillo o un contrabandista –, una pondarosa, perdón: *podadora,* quise decir; cosas que compro a buen precio y se las vendo a los del lugar, allá donde vivo.

-Y antes de Villahermosa –el de los huaraches entornó los ojos, se quitó el sombrero y se secó el sudor lentamente con el antebrazo, dándole con el silencio más intención al final de su pregunta-, por dónde pasó usted?

-*Y eso a este güey qué carajos le importa?* –pensó él, pero también pensó que no era conveniente ser grosero porque en ese lugar el intruso era *él* - Me vine por Veracruz, supe que había una nueva carretera de La Tinaja a Minatitlán... – mientras hablaba se siguió preguntando nervioso dónde, dónde lo había visto?

El hombre del sombrero apuró la conversación cuando vio que no sacaría mucho más. Intentó saber cuántos días pasaría el del Shadow blanco en Tuxtla Gutiérrez, en qué hotel se quedaría, o con su tía? y de ahí a dónde iría; pero sólo recibió respuestas a medias y no encontró pretextos para insistir en su curiosidad. De cualquier forma había logrado sacar varias cosas en claro: le había visto las manos finas, delicadas, tersas y los brazos fofos, sin músculo, con detenimiento;

había analizado su ropa, sus zapatos; había evaluado su forma de ser y de salir del paso y había inclusive visto, en un momento de caminar aparentemente distraído, el interior del Shadow sin distinguir armas, ni mapas ni documentos, sólo un montón de latas vacías, cascos de refrescos, bolsas de Nachos, otras de Doritos y Sabritas a medio abrir, un CD de Led Zeppelin, un teléfono celular y algo de ropa arrugada y revuelta. Pensó el "ranchero" que era el momento de irse y se alejó después de darle la mano al turista, caminando entre los mínimos espacios que dejaban libres las ramas y las hojas hasta perderse de vista, donde se quitó el bigotón grande que había usado y se puso de nuevo su otro bigote artificial, más pequeñito, fino de los días anteriores, se quitó el sombrero, se lamentó de lo incómodo de los huaraches que ya le estaban haciendo ampollas y tomó nota mental de que el nombre de la tía del investigado, a la que supuestamente visitaría en Tuxtla, era Marga.

Satisfecho del acercamiento que la impaciencia por la falta de actividad y hechos concretos le había sugerido, el detective se subió al Volkswagen gris después de alcanzar a oir momentos antes el eco del ruido del Shadow que el viajero de las contradictorias manos delicadas y actividades de "jardinero" –ya más tranquilo por el final de aquel extraño interrogatorio-, había provocado al arrancar.

Para sus carreteras..., caminitos pendejos! Jamín; baches y baches! Dijeras lo que dijeras, con todo respeto, Jamín. Una gasolinera cada eternidad. Tienes que bajarte a desahogar tus penas y a exponerte a que pinches rancheros pretensiosos (hazme favor, auténticos olmecas, mira que tener esa cara, ese color, ese sombrero, vivir a medio monte y andar de presumido con pantalones de casimir) prófugos del surco, te salgan de chismosos a curiosearte con sus pinches preguntitas.

Ah, qué México! México lindo y querido, si muero lejos de ti. Ah! qué la ...! La magia de lo improbable, el pinche surrealismo del miedo, mentira de que si me han de matar mañana que me maten de una vez. Eso nomás en las canciones; a la hora de los cocolazos nos arrugamos.

Sinfonía de la duda. Apoteosis del relajo. Exaltación de la pereza. Meca del desmadre. Ombligo involuntario del mundo donde convergen los miedos de los chinos, los vicios de los franceses, las fugas de los españoles, los sueños de los guatemaltecos, el dinero de los ingleses, la

230

basura de los norteamericanos. México, el pinche paraíso de los extranjeros! La Malinche eternizada, mandada a la vigésima tercera potencia y reventada de sexo para que proliferara en este cuerno de la abundancia invertido (que más bien parece embudo para que los gringos deslicen el aceite de ricino en la garganta del hemisferio sur, el supositorio en el culo del South of the border*), india puta apasionada convertida en millones de guías de turistas, símbolo del perfecto anfitrión prostituido que recibe a los refugiados chilenos, argentinos, españoles, cubanos; a los delincuentes americanos, ingleses; a los terroristas de Irlanda, a los de la ETA; a los emperadores del Medio Oriente, Rhezas Pahlevis y compañías, a todos! y los acoge con un afecto maternal que no se corresponde en nada con la forma en que el triste mexicano, menospreciado, chingado, jodido, minusválido, es recibido, discriminada, discriminatoriamente, con la pinche frialdad y el filo cortantes del racismo, en esos mismos pinches lugares de origen de los visitantes a los que nosotros tan cálidamente recibimos. Pinche México. Curiosidad mundial. Destello de folklor. Chispitas de artesanía, de comida picante, de música bravía, de trompetas desafinadas y violines descuadrados, de penachos e ídolos robados, de sacrificios prehistóricos, de pirámides chatas, de playas fraccionadas, de moneda gratuita... Pinche México, hoyo negro del mundo donde las repercusiones de los temblores de la bolsa, del crack de las inversiones y del desmoronamiento de las pinches devaluaciones jodidas, se proyectan hacia el mundo entero vía Nueva York- Londres- Ámsterdam- Kuwait- Yakarta- Hong-Kong- Tokio- San Francisco-Washington... arrasando como alud incontenible la tranquilidad de los magnates con el tintineo de los pesos que como centavitos caen en el pozo sin fondo de la corrupción, de la mala administración, del engaño; hoyo negro que da pánico; que hace que la Banca, los fondos monetarios, Reagan, Clinton, prefieran ayudarnos y construirnos soportes y ponernos estacas y regalarnos muletas y subirnos en la pinche silla de ruedas eléctrica de su auxilio para evitar que el tornado amenazante termine por chuparse las economías y hundirlas hacia el centro de la tierra, hacia más allá, hacia otro lado, hacia otro tiempo, hacia otro universo... hoyo negro no en los límites de la galaxia, sino en la corteza terrestre, aquí, bajo nosotros; burbuja* *chupadora que en un descuido se jala a los países, a los satélites, al universo, y los proyecta revertidos hacia el otro lado del tiempo, a las profundidades de un quark donde ya todo esté irremediablemente transmutado en un mundo sin hoy, sólo* mañana; *en un pinche lugar sin coordenadas, nomás* "por a'i"; *en una paciencia contumaz,* " 'pérame tantito"; *en un espejo deformante,* "qué chingones somos!"; *en el olvido terapéutico de un* "pedo"; *en la ternura equívoca de un* "'ijo"; *en el relajo dramático de un* chiste.

Y como sin querer, sin darme cuenta, me fui a caer en el abismo más cabrón del fantástico pinche logro de nuestra proverbial mexicana inventiva. Lo que ni Einstein ni Stephen Hawking, con sus más chingones cerebrúfilos, habrían podido imaginar : Un hoyo negro dentro de OTRO HOYO NEGRO!-Ay!, cabrón...!En mi pinche madre... : Chiapas!

CAPITULO XI

Chiapas   (Octubre/1997)

Ubicar a Marga Méndez Cue, o mejor dicho, su casa, no le costó ningún trabajo; pero localizar a la antigua compañera y entrar en contacto con ella sí le llevó una gran cantidad de tiempos y contratiempos, y acabó localizándola en donde menos podía haberlo imaginado.

Cuando llegó a Tijuana y vio a Takagaki, Marga formaba parte de un grupo informe y amasijado de compañeros y compañeras que no representaron nada para él en su adolescencia, pero el contacto con el Doctor le provocó una serie de recuerdos conexos que lo llevaron a visualizar más concretamente a aquella morenita flaquita de 5° de prepa que encandilaba al japonés cada vez que pasaba por delante de él. Ahora bien, no fue ni el recuerdo refrescado ni el contar con el teléfono y la dirección de Marga proporcionados por Takagaki, y mucho menos el saber que se hubiera casado con un observador de las Naciones Unidas, lo que lo motivó a seguirse de largo rumbo al sur después de dejar Veracruz. La razón era más simple pero más amplia y general a la vez: podría visitar la región más significativa y problemática del país de los últimos cuatro años, de la que sólo sabía por las noticias deformadas y filtradas por los periódicos, la radio y la televisión. Al visitar a Marga en Tuxtla Gutiérrez y a Octavio Sánchez en Tapachula podría acercarse a las situaciones conflictivas que tenían en jaque la estabilidad política de México –oficialmente- desde principios de 1994 (-Extraoficial y potencialmente- desde finales de 1694). Estando en Tuxtla Gutiérrez podría visitar San Cristóbal de las Casas, el corazón de la selva misma y ver de cerca la verdadera problemática de la realidad socioeconómica de esa región. Después, aprovechando la relativa cercanía, podría ver a Octavio en la lejana Tapachula y culminar su visita al estado con un toque de ecología y biología, visitando el Cañón del Sumidero, notable falla geológica donde se dice que aun es posible encontrar vivas algunas variedades de especies animales prehistóricas.

Todos sus planes –estaba seguro-, serían fáciles de realizar con la ayuda de los viejos conocidos a quienes les pediría apoyo, ayuda e información para todo lo necesario; por supuesto, luego de la consabida desfachatez en el centro de su cara al llegar después de tres décadas de no verlos y decirles con el mismo desparpajo y la misma desvergüenza de Bugs Bunny: *"Qué hay de nuevo, viejo?"*

Pero bueno, si ya lo había hecho con Takagaki, Marcial, Blanca y Cruz Lugo en persona, y con Fernando Bravo por vía telefónica, y estaba decidido a hacerlo de la misma forma con Jorge Toledano en cuanto regresara de viaje y lo pudiera localizar, qué más daba un par de enfrentamientos demenciales y desvergonzados más. Con la práctica ya se le iba haciendo hasta costumbre.

La camioneta Renault modificada, viejo modelo F/4, descontinuado en México, daba tumbos sobre los baches en la brecha de terracería camuflada con zarzales, yerbas de monte y hojas de plátano.

En esos momentos él no sabía si había sido una buena decisión continuar con el asunto. No es tranquilizador viajar entre dos cajas de rifles M-16, en la parte de atrás de una furgoneta, atado de manos, con los ojos vendados y en un calor de cuarenta grados a la sombra.

El conductor trataría de tranquilizarlo aparentando amabilidad y diciéndole que disculpara pero que por su propia seguridad era mejor que no viera el camino; así, si alguien lo drogaba o torturaba para sacarle la información, él estaría positivamente seguro de no saber nada y esa inocencia patente influiría confianza en el ánimo de los posibles interrogadores. *Vaya manera de pretender calmarme* pensaría enojado, sabiendo que aquello no justificaba tampoco la amarrada de manos. Pero eso sería varios kilómetros después, cuando el conductor oyera sus quejidos y lamentos, algunos, involuntarios.

Ahora, el viaje le parecía interminable; el tratamiento, absurdo.

Cada ocho ó diez kilómetros según su cálculo, la camioneta hacía alto, le apagaban el motor y se exigía silencio absoluto para reconocer ruidos extraños, inconvenientes.

234

Lupe fue sin hablar todo el trayecto, de un talante inverso al que había mostrado en la mañana al conocerlo; en aquel otro momento, mientras expendía el *Excélsior* y el *Universal* a los clientes de la terminal de autobuses, había dejado ver hasta un carácter alegre. Era una persona morena, chaparra, fuerte, compacta; tenía unos dientes blanquísimos y una especie de filo plateado alrededor de uno de los incisivos superiores.

El músico había pasado toda la noche repitiéndose *"y si me hubieran agarrado...? y si me hubieran alcanzado...?"*; el culo todavía se le arrugaba cuando recordaba el rítmico sonido –casi como un concierto disparatado de múltiples maracas-, de las botas pisoteando y arrastrándose al correr desaforadas tras él en el patio de Doña Sole, la tía de Marga.

Había recordado también los ruidos de las armas de los soldados persiguiéndolo. Y el grito de la vieja que corrió a su modo atrás de él tratando de ayudarlo.

A pesar del susto, una especie de curiosidad morbosa lo impulsó a levantarse temprano y a buscar a Lupe en la estación. En algún momento se la imaginó morena y con trenzas negras, atractiva, una más de los millones de Lupitas del país. Estuvo un buen rato tomándose un café con leche en la cafetería frente al puesto de periódicos, esperando ver aparecer a la muchacha. Después decidió que estaba jugando con el tiempo y con la oportunidad de quienes fuesen los que lo hubieran perseguido el día anterior, para que lo encontraran de nuevo. Avanzó hasta el puesto, vio las revistas de comics; le llamó la atención una de Batman con un dibujo clásico en una portada como las de antes. Luego reparó en *Penthouse* y *Playboy* en uno de los lados; la muchacha de la portada de *Penthouse* le recordó a su alumna Kelly, por los ojos y por los grandes pectorales. Hurgó en su bolsa para encontrar el dinero necesario para comprarla, pero antes de continuar pensó que era innecesario: cualquiera que fuese la cantidad que le quedaba, no era para comprar revistas. Se situó exactamente enfrente del mostrador y tomó un periódico, *La Prensa*, más que nada para pretextar el inicio del diálogo; aprovechó para ver el interior del puesto, abajo y al fondo, buscando a la muchacha.

-Busco a la señorita Lupe, no sabe a qué hora llega?

El chaparrillo lo vio primero fijamente a los ojos, sorbió ruidosamente un poco de mocos con la nariz y luego se contorsionó con una carcajada: -Ah! qué chilangos tan pendejos! Porque tiene usté' cara de chilango, sin que se ofenda, eh? –el músico pensó si por lo de "chilango" o por lo de "pendejo"-, lo que pasa es que ustedes no'stán acostumbrados a estos nombres. Yo primero me enojaba pero ya pa' qué? Señor, yo soy Lupe, Guadalupe Cresencio Martínez, para servir a usté', pos qué no le explicaron de mí? ¿Y no sabe usté' que habemos muchos *Lupes* hombres?"

Él miraba serio al de los periódicos y se preguntaba una vez más para qué seguir con la búsqueda, pero también sabía que no tenía nada mejor qué hacer -."*Usté'* dispense –ejercitó una fina ironía que estaba seguro pasaría desapercibida a Lupe-, como dicen ustedes por acá. Nadie me dijo, nadie me explicó nada. Sólo que lo buscara".

Le contó su deseo de encontrar a Marga Méndez Cue y a partir de ahí la relación de los hechos del día anterior tuvo que hacérsela en el interior del pequeño puesto, pues Lupe lo jaló inmediatamente hacia adentro. A pesar de las precauciones y de la lógica reserva, el chiapaneco mantuvo el buen humor durante toda la explicación, inclusive cuando con su voz mormada le hizo al visitante un par de preguntas sobre Doña Sole, para constatar la verdad de la información. Se permitió también bromear y reírse en algunos momentos.

No como durante el viaje ni como cuando le desató las manos y le quitó la venda de los ojos al bajarlo de la camioneta en mitad de la sierra; fue como si el hombre hubiera cambiado su manera de ser *ipso facto* al salir de la ciudad, en virtud de algún mimetismo conveniente.

-De aquí pa' delante sigue usté' solito, señor –se lo dijo con una seriedad y un tono incontestables, dejó un buen espacio de tiempo entre esa oración y la siguiente, sacó su pañuelo y se sonó y tosió dejando también unas flemas depositadas en él, con el mismo pañuelo sucio en la mano derecha comenzó a gesticular señalando a lo lejos antes de hablar-: Se va usté' por esa brecha, la que está entre los dos mangos y a luego derechito hasta la orilla del arroyo; nosotros nos vamos a quedar aquí a vigilar, por si acaso". Señaló hacia el otro lado del camino y se volvió inmediatamente para caminar hacia ahí, así, sin más; ni siquiera le dijo si Marga estaría esperándolo, aunque él lo suponía.

Al llegar al arroyo no encontró a nadie. *Supuse mal* – pensó, reflexionando superficialmente en lo sorpresivo que le estaba resultando todo desde su llegada a Chiapas. Vio varias veces hacia todos lados hasta que empezó a notar la presencia ominosa y continuada de un probable ruido de pájaro que le llegaba de algún lugar. Por alguna razón le pareció extraño. Cuando detectó el lugar de proveniencia del ruido en la otra orilla del arroyo, alcanzó a ver en seguida un paliacate rojo que se movía tras los arbustos. Inmediatamente después distinguió la cara bajo la gorra verde y la mano que le hizo señas para que cruzara.

Dos hombres con pasamontañas –a la típica usanza de los mejores tiempos del alzamiento zapatista- lo esculcaron y revisaron por todos lados. *Puta madre, sólo falta que me metan los dedos en el ano, como en las cárceles.* Se dejaba hacer girando dócilmente hacia uno y otro lado mientras veía en las copas de los árboles súbitos movimientos de animales.

Avanzó siguiendo al más alto de los hombres, seguido por el que le había hecho señas; cada tantos metros salían nuevos zapatistas de entre la maleza, la mayoría muy jóvenes, y se integraban a la marcha. En varias ocasiones sintió que lo observaban desde arriba. *Carajo –pensó- o mi estimada Marga es toda una chingona del Ejército Zapatista, o anda chingándole al lado del mismísimo Marcos, o se anda acostando con él; si no para qué chingados tanta protección y vigilancia?.*

Llegaron –eran quince en total, incluido él- al pie de un cerro tapizado de vegetación exuberante. El hombre de hasta adelante continuó avanzando aun cuando a él le pareció que se estrellaría contra la pared del cerro. *Pinche güey, ha de andar dormido con tanto calor y con el bochorno de su pasamontañas.* Pero inmediatamente se dio cuenta de que nada obstaculizó el avanzar del guerrillero y fueron entrando todos, uno por uno –él inclusive- por la "cortina" de ramas colgantes, a una especie de atrio completamente recubierto de maleza, anexo a la entrada de una pequeña cueva en la pared del cerro. La cueva, que hacía las veces de bodega, no era gran cosa, albergaba únicamente cajas de fusiles Kalaschnikows, AK 47's balas y municiones, pero tenía trazas de estar siendo ampliada en una de las esquinas interiores.

Sólo pasaron siete de los guerrilleros y él; los últimos permanecieron afuera. En el techo de la construcción realizada con ramas y hojas existían pequeñas entradas de luz estratégicamente situadas, lo mismo en dos de las paredes. Los grandes troncos que se veían desde el interior demostraban la solidez de la construcción, reforzada por hojas, raíces y ramas todavía verdes de vegetales recién cortados o quizá hechos crecer a propósito ahí y de esa manera para conformar el refugio. El recinto cubierto junto a la bodega debía medir unos quince por seis metros. Un sistema de espejos multiplicaba la claridad que entraba por las rendijas.

A pesar de su escepticismo, él no pudo dejar de asombrarse al notar la presencia de hasta cinco ordenadores en otras tantas mesas. Un par de hombres trabajando en uno de ellos. Vio también a otro frente a un aparato de radio de onda corta. En una larga mesa pegada a la pared del cerro había cinco teléfonos de comunicación por satélite, cada uno con su antena y su gran pila recargable. Vio dos faxes, tres módems, dos monitores de televisión....

Tuvo que interrumpir la relación mental que estaba haciendo de las existencias porque Marga apareció, como salida de la nada, de algún lugar atrás de la larga mesa.

-¡Ése mi Beethoven! –a él le chocaba en particular ese sobrenombre que la gente del pueblo, el populacho, ponía en general a cualquier músico clásico; le molestaba no porque no le gustara la música del genial sordo alemán, sino porque demostraba la gran incultura musical de la gente que sólo podía asociar la música clásica con Beethoven-¡Qué gusto de verte! ¡Uy! ahora hasta con barba y toda la cosa! – él notó la voz de Marga mucho más varonil, más dura; ella avanzó abriendo los brazos, sonriendo-, qué, ya decidiste dejar a un lado tu música burguesa y pasarte del lado de los pobres para venirnos a amenizar los chingadazos?".

Él no la recordaba con precisión. Inclusive a veces la confundía en el recuerdo con otra de sus ex compañeras de cuarto año de Preparatoria; así que encontrarla de nuevo, con sus botas militares negras, su uniforme de distintos verdes, su pañuelo rojo amarrado al cuello, su pelo cortado a cepillo y con la piel casi negra por el sol, venía a ser como conocer a una nueva persona. Lo único que lo conectaba con *aquella* Marga, eran las manifestaciones de afecto de ésta, acompañadas de datos y comentarios sobre los días de escuela que sólo podía conocer la otra: la Marga Méndez Cue que le gustaba a Takagaki.

-Nomás pa' que veas, mi Beethoven, cómo estamos de bien instalados; estos pendejos del ejército creen que nomás son los palos y los riflitos de madera, lo que pasa es que el Sub se pasa de brillante –*Ah! chingá!, ahora va a resultar que mi cuata Marga se lleva de a cuartos con el Subcomandante Marcos*-, ni modo que nos plantemos ante las cámaras de los noticieros de todo el mundo, todos nosotros con nuestros M-16, Uzis, morteros, Kalaschnikows y lo último en armamento ruso y americano. Pero de que estamos bien, estamos súuuper! Estamos listos. Luego te muestro lo que tenemos del otro lado de este cerro –señaló con el dedo hacia atrás-, ahí donde están dos parabólicas, otras antenas de teléfono y dos de radio de onda corta –. El "luego te muestro" le sonó como si Marga diera por sentado que él había llegado para quedarse un buen tiempo-.

Él, consciente de que su visita pretendía ser por unos días nada más, no podía imaginar en ese momento que antes de una semana estaría a punto de quedarse en Chiapas para toda la vida, o mejor dicho, para toda la muerte.

Marga lo presentó con algunos de los miembros del Ejército Zapatista –Nacho, Porfirio, Bolero, el Sub 5... - diciéndoles que era un amiguísimo desde la escuela, prácticamente de la infancia, bueno, de siempre, como quien dice, mi hermano, dijo; él fue estrechando con una mezcla de miedo, orgullo y admiración las manos callosas de uñas gruesas, como figuras de dominó: con el anverso claro y el reverso oscuro en gran contraste con las manchas de los puntos blancos. Nacho y Porfirio lo saludaron impávidos, absolutamente serios, estatuillas de piedra de tamaño natural, incapaces de expresar ninguna emoción mayor que la ya de por sí configurada en sus rasgos. Por la forma de presentarlos Marga, esos dos debían ser importantes en el movimiento armado.

Bolero tenía la piel ligeramente menos morena e intentó una sonrisa que no le salió al darle la mano. El Sub-5 le resultó bastante críptico pues sólo exhibía los ojos por el agujero de su pasamontañas; era el único que lo había conservado puesto. Cuando Marga se lo presentó, él volteó a ver a su amiga de la Prepa como cuestionándola mudamente sobre la posible desconfianza implícita en el hecho de que el joven guerrillero hubiese conservado la cara tapada. Marga se rió –No te preocupes –dijo poniendo sus manos en los hombros de él y del Sub-5-, es que así es él; pero no es contigo nada más, así es con todos, nunca se lo quita, ni pa' coger; a veces creemos que así es de nacimiento, que ya nació con el pasamontañas –él pudo percibir un destello de buen humor en el par de brillos color carbón de los ojos del Sub-5-, a veces hasta pensamos que es un infiltrado, ha de ser algún diputadillo del PRI ansioso de ganarse el favor de los poderosos y conseguir un hueso grandotote –Marga se reía cada vez más mientras lo decía-, y al que le dieron la comisión de venirse a meter a la boca del lobo para chingarnos un día de éstos; pero si lo descubrimos, lo único grandotote que va a sacar de aquí es un palo como el de Nacho cuando baila con Mercedes, y bien ensartado por atrás!

Marga y él se rieron abiertamente, múltiples arrugas rodearon los ojos del Sub-5, que evidenciaban de manera franca que podía ser todo en la vida menos lo que Marga había sugerido. Nacho y Porfirio solamente parpadearon. Él pensó, atinadamente, que eso era lo más cerca que esos ojos podrían estar jamás de una sonrisa, al menos en su presencia.

Marga lo llevó a un pequeño cobertizo parecido a las palapas de las playas, que se encontraba a unos treinta metros de donde estaban las computadoras. Él comprendió que donde había estado primero era el centro neurálgico e informativo de los zapatistas en esa zona; que lo destinaban únicamente a las labores estratégicas y logísticas, y que para otras actividades contaban con instalaciones diferentes.

En la palapa había cuatro mesas de lámina y unas quince sillas.

Al llegar, Marga se detuvo en la entrada y se volvió para decir algo a Nacho y a Porfirio en un dialecto que él no comprendió.

Se sorprendió de escuchar que Marga lo hablaba con fluidez y expresión.

Los dos hombres se dieron media vuelta y caminaron de regreso silenciosos, en dirección al equipo electrónico. Marga lo tomó a él del brazo.

-Véngase, mi Beto! - *ahora estamos pinche peor, ahora ya no llego ni al pinche "Beethoven" completo* - Te voy a presentar a Herlinda, la mejor cocinera del sureste y sus alrededores.

La mujer, prieta, alta para el promedio de su raza, extremadamente flaca para su actividad y con dos trenzas negrísimas unidas en la mitad de su espalda por cintas de colores, se encontraba atrás de una especie de rústico mostrador formado por una larga mesa de madera con mantel de plástico de color rojo, dos anafres, dos comales, un molcajete gigante lleno de tomates verdes y una estructura metálica con seis quemadores de gas sobre los cuales descansaban cuatro cazuelas enormes; arriba, en el tejado: una jaula con un perico verdísimo. Él extendió la mano y Herlinda se la apretó con su huesuda tenaza llena de residuos de masa; más que mano parecía un fajo de alambres requemados.

-Pos'ai la capi Marga –*ahora hasta capitana me resultó, quién lo fuera a creer, tan modosita allá en la pinche Prepa-,* qu'esque le encanta todo lo que les preparo –a la mujer se le transparentaba el orgullo y el buen humor, pero mantenía el ceño adusto y la voz recia, como las típicas personas que sólo saben demostrar el afecto siendo duras-, pa' mí ques porque me tiene güena voluntá, yo nomás echo la carnita, las verduritas y las yerbitas y pos... nomás!

Una india jovencita, de doce años, trabajaba el maíz en un metate en la parte de atrás de la barra y otra más, en la esquina de la palapa, hacía bolas de masa. Marga tomó una gran cuchara de madera que se encontraba inmersa en un líquido espeso y oscuro en una de las cazuelas, se la acercó a la boca.

-Tenga cuidado capi Marga, está bien caliente, dijo Herlinda.

-No te apures, Herlinda, ya sabes que me gustan las cosas bien calientes, hasta parece que tengo callos en la boca.

-Es bien cierto –asintió Herlinda mirándolo a él-, aquí viene siempre la capi a probar cuando estoy cocinando; le encanta aí nomas meter su cuchara, o mejor dicho sacar la mía –dijo sonriendo con su propia broma-, y aunque está reti'arto ardiendo, ella como si nada se lleva el guiso a la boca y se lo pasa sin soplarle siquiera.

-Es que la comida –explicó Marga-, como dice mi tía Sole: si no es caliente ni se siente.

-No, pos y el café! Si viera asté cómo se lo toma... con las burbujas de lo hervido todavía; ni los más curtidos de los compañeros se lo toman así como ella *–ahora ya me está saliendo Marga hasta guerrillera biónica, puta madre!-*, y nada de que me acepte que se lo de bien caliente nomás, la capi lo quiere echando humo, yo creo que si le diera el puro vapor estaría más contenta.

-Y qué, ya nos podemos sentar? Porque aquí el invitado es todo un personajazo que nos visita desde muy lejos – *órale!, ahora hasta experta en relaciones públicas me salió la ex compañera, pero bueno, de que soy muy buen músico, un chingón filarmónico, ni hablar-*; ese molito que acabo de probar está tremendo, quizá necesita sólo una pizquita de sal, nada más...

-Está todo listo, mi capi; aguánteme nomás un ratito, cinco minutos en lo que Virginia les pone la mesa; nomás me falta la salsita verde, pero hoy va a ser cruda, así que sale rapidito, y terminar de hacer más tortillas pa' que luego no anden faltos d'ellas; ahorita se las mando.

Marga y él se sentaron en la mesa más cercana a la entrada. Él se limpió en el pantalón los restos de masa que quedaban en su mano. Marga se levantó ni bien se hubo sentado y se asomó por la puerta de la palapa, algo extraño había percibido; después de unos momentos regresó a sentarse.

-Es todo un personaje la tal Herlinda, verdad? –le dijo él.

-N'ombre! Ni te imaginas, y no sólo es buena para la cocina, también para los chingadazos. Un día le tocó ir con nosotros en camino cuando nos alcanzaron dos camiones del ejército repletos de hijos de su chingada, y la hubieras visto: Porfirio le alcanzó un rifle, ella se arremangó el vestido y se puso atrás de una roca a gritar maldiciones y a dispararles a los que nos atacaron, parecía otra... se cargó a cuatro.

-¿Es de por acá?

-No , es de Oaxaca, cerquita de Puebla; pero su hermana se casó con un muchacho de aquí de San Cristóbal y cuando la mamá murió, Herlinda se vino a vivir con ellos para no quedarse allá, sola; ya luego le gustó el ajo y cuando los del gobierno mataron a su cuñado, a su hermana y a una hijita de dos años que tenían, lo tomó como un compromiso, una cuestión de honor; para ella es vencer o morir, no hay de otra; dice que cada vez que nos ve contentos comiendo sus guisos, "bien juertes", como ella dice, o como cuando aquel día pudo cargarse a unos de los contrarios, siente que se cobra un poquito del dolor que esos cabrones le causaron a su familia y a ella misma. El Sub la adora.

-Marcos?

-Ajá...

Él sintió ganas de preguntar más cosas sobre el mítico guerrillero pero pensó que quizá no era el momento más adecuado, ya habría tiempo.

-Tuviste suerte de llegar hoy-Marga retomó el tema en seguida-, porque antier unos compañeros del sureste de Veracruz nos trajeron un montón de comida de por allá; así que en estos días va a estar más rico que de costumbre. Si ya de por sí Herlinda se prepara un mole negro oaxaqueño que ni te cuento, como el de ahorita, para chuparse los dedos...! ahora que estos camaradas nos trajeron de todo: chicharrón de barriga, bollitos...

-Pollitos?

-No! −Marga se rió divertida *−bo-lli-tos*, son unos tamales grandes de elote, riquísimos, de por allá por Veracruz, y los hacen a veces con dulce, a veces con carne, una carne de cerdo maravillosa −a Marga le salieron esas palabras como chacualeadas en el agua que a él también se le hacía la boca, no sólo por la hora de comer ni por lo que había visto en la cocina de Herlinda y la extensa relación de las maravillas gastronómicas que le esperaban en los días siguientes, sino porque ya más relajado y habiéndosele pasado el susto del día anterior y la preocupación de la mañana de ese mismo día, le había vuelto fuerte el apetito-; trajeron también carne de Chinameca y queso de Teca, de Tehuana, que es muy salado, pero delicioso; se lo pones encima a los frijolitos negros y párale de contar!

Virginia llegó con una cesta de mimbre llena de tortillas, un par de platos de plástico anaranjado, varias cucharas y tenedores de peltre, y un par de vasos de vidrio grueso pintado con flores de colores; tomó de la otra mesa una cazuelita de barro llena de sal y dos tecomates con especias y los colocó en el centro de aquella en la que estaban él y Marga Méndez Cue.

Inmediatamente después llegó Herlinda con una jarra de agua de guanábana, los pedazos de pulpa que apresaban todavía a las negras semillas, flotaban hasta arriba del cremoso líquido blanco. Después de servirles en sus vasos, Herlinda regresó a la barra por la comida.

El menú de esa ocasión era digno del mejor de los restaurantes de comida típica: consomé de gallina, con una gran pierna del animal en el centro de los corpúsculos de grasa, cebollita picada y ramitas de cilantro; arroz rojo entomatado con chícharos maduros y trocitos de zanahoria; también arroz blanco, bien cocido, en su punto; mole negro de Oaxaca en el que se sumergían medias pechugas y muslos grasosos de gallina y que estaba rematado, en el plato ya servido, con ajonjolí espolvoreado; tamales de mole negro envueltos en hoja de plátano (él se acordó de su cena en el palenque de gallos de Villahermosa); plátanos machos maduros fritos en aceite; y grandes y gruesas tortillas de maíz del comal, recién hechas. Para picar y acompañar, las mujeres de la cocina colocaron en la mesa cuatro platos con totopos untados con tuétano, pedazos de queso de Teca, queso oaxaqueño, cacahuates tostados y trocitos de cecina natural y enchilada.

Chingada madre! –pensó él-, *carajo, y yo que había empezado mi dieta hace tres días, ahora con esto voy a llegar con Pilar rodando como marrano en resbaladilla* –Después de probar la exquisita colada húmeda y chiclosa que sirvieron como postre, él reflexionó en las suculentas bondades de andar de guerrillero-... *por lo menos si es uno de los chingones, o está uno con los que mandan...*

-Debe ser triste, no?

Él y Marga se encontraban sentados en un tronco junto al arroyo por donde él había cruzado para ir a encontrarse con ella por primera vez, dos días antes. Sus dos primeros días en el corazón de la selva habían resultado fascinantes. Caras nuevas, costumbres diferentes, paisajes inimaginables, planes de subversión, de ataque, pláticas sobre el movimiento armado, vegetación mágica, noches sobrenaturales, comida espléndida... empañado todo, por supuesto, cuando no era capaz de sustraerse a ello, por el tinte mugroso y el sabor agrio y podrido de la miserabilidad ancestral más desesperante de los indígenas de Chiapas.

Había conocido ya también las frutas gigantes, los árboles del paraíso y había recibido involuntariamente un curso extra rápido de entomología para aficionados en cuarenta y ocho horas, graduándose con el reconocimiento en carne propia de los efectos de las cantáridas, los gorgojos y las cucarachas voladoras. Cuando vio a la primera de estas últimas desplazándose como a tropezones por el aire hirviente de la pequeña choza que Marga le había asignado junto al cerro, pensó que estaba soñando una pésima pesadilla pues aun la versión más modesta y terrestre de esos ortópteros, que él veía en su casa de Temixco en el estado de Morelos, le resultaba insoportable. Tres jiotes le habían salido en el pie izquierdo.

Los dos días habían resultado fructíferos, no sólo en cuanto a experiencias y conocimientos, sino también en cuanto al tamaño y variedad de su guardarropa. Se había cambiado en todo el viaje escasamente un par de veces utilizando para tal efecto solamente unos pantalones cafés, una chamarra y una camiseta blanca que tenía, sucios, en la cajuela de su auto desde antes de iniciar su viaje. Luego le dio por usar la camiseta con la Carta Jarocha y la que no pudo mojarle a Blanca.

La falta de dinero y la serie de acontecimientos que continuamente le ocurrían durante su recorrido, habían hecho que optara por lavar de vez en cuando sus prendas en el baño de algún hotel para irlas campechaneando según la ocasión lo ameritara, pero en las últimas horas Marga le había proporcionado un cambio auténtico, nuevo y diferente. Se veía en los espejos improvisados colgados de los travesaños de las chozas y le gustaba su imagen de revolucionario. Estaba orgulloso.

Fue después de haberlo invitado a bañarse en un riachuelo que corría por el otro lado del cerro. Marga tomó una mochila de cuero, lo guió hasta el lugar donde solía bañarse y comenzó a despojarse completamente de sus ropas sin el menor asomo de vergüenza, para después voltearse y decirle con la mayor naturalidad del mundo:

-Pos no que muy artista y muy liberado y muy sin prejuicios? no me digas que te me estás poniendo nervioso, ni te me confundas. Hay que estar limpios porque a veces pasan semanas enteras en que por andarnos escondiendo no tenemos agua ni para tomar.

Después del baño, Marga se vistió. Luego abrió la mochila y sacó el flamante cambio de ropa que le ofreció regalado en nombre del Ejército Zapatista de Liberación Nacional de Chiapas y del suyo propio, la capitana Marga Mendéz Cue: un traje completito, con paliacate, pasamontañas y toda la cosa, igualitito al del Subcomandante Marcos, al del Sub-5, al de Nacho, al de Porfirio......

Él movió la mirada hacia su derecha al no recibir contestación.

Marga dormitaba recargando cabeza y brazo derecho en un gran bidón de plástico donde habían guardado el agua recolectada. Seguramente era el cansancio de haber estado las últimas horas recogiendo del arroyo agua para almacenar. Marga había insistido en hacer la tarea ellos mismos declinando el ofrecimiento de Porfirio de mandar a alguno de los muchachos al arroyo de la entrada; quizá ella pretendiera –se le figuró al músico-, que estuvieran juntos y a solas para platicar un rato; o tal vez para algo más íntimo, aunque la actitud de la mujer en ese momento desmentía cualquier posible interés en ese sentido.

El esperó unos momentos viendo cantar a las aves en los árboles al otro lado del arroyo, luego recogió una rama del piso y empezó a juguetear con ella, después pensó en dormirse también.

-"Triste", qué?

-Qué? -reaccionó sorprendido viendo a Marga-, pensé que estabas dormida, no me contestabas...

-Qué es lo que "*debe ser triste*"?

-Nomás te estás haciendo, verdad? ni estás dormida ni nada...

-"Debe ser triste"…, qué? Dijiste: "Debe ser triste..."

-El tener que luchar contra tu misma gente; digo, me refiero a tener que estar matando gente de tu mismo pueblo, de tu misma raza; porque si, por ejemplo, estuvieras enfrentándote a unos pinches gringos, a unos rusos o a unos alemanes neo-nazis... pues, bueno, así es la vida y así son las putas guerras; pero estarle partiendo la madre a alguien que se parece tanto a ti, que es moreno como tú, que tiene el mismo pelo, los mismos ojos, que sufre los mismos problemas, que es casi como tu hermano, porque de hecho así es, probablemente sea el primo de una amiga tuya, que en vez de quedarse a trabajar la tierra se fue a la milicia..., pues es... como estarle disparando a un espejo, no? y eso está cabrón...

-Óyeme -Marga se enderezó con el comienzo de la exaltación-, yo creo que a ti... – él no la dejó continuar:

-...porque fíjate, te he estado oyendo en estos días y cada vez que hablas de los soldados del ejército los pones barridos y regados y que son unos hijos de su chingada y de su putísima madre, y pues yo pienso que están tan o más amolados que tú o que esos indios a los que defiendes; yo los veo igual, nada más que con sus cascos y sus camioncitos y su rancho diario.

-De veras que a ti te afectó la capital.

-¿Por qué? no, si yo ni soy de ahí, yo no nací ahí, sólo viví ahí un resto de años...

-Pues por eso! qué más prueba quieres?, mira que decir que es lo mismo...

-¡Claro que es lo mismo! nomás veles la cara, la forma en que hablan, la falta de preparación, pregúntales su nombre, el nombre de sus padres, su lugar de origen, igualitos unos a otros, sus gustos...

-Pues sí, pero esos otros sirven a los pinches intereses del gobierno, sirven y protegen a los que nos explotan; ésos tienen qué comer, dónde dormir, y si tuvieran medio gramo de conciencia y de amor por su raza, se pasarían de nuestro lado; ni modo que se sientan más de aquel lado que del nuestro; como tú dices, si somos su misma gente! Con que se cambiaran de bando triunfábamos en menos de veinticuatro horas! pero no, ahí los tienes, persiguiéndonos y atacándonos con toda la saña del mundo...

-Ellos sólo cumplen órdenes - le aclaró él-

-Pues sí, pero hay de órdenes... a órdenes, y formas de cumplirlas; si tú vieras el salvajismo con el que pelean... ellos son hombres, adultos, armados, preparados, y se dejan ir con todo contra indios, mujeres, niños y niñas desarmados; esos desgraciados del ejército están contagiados ya por los mismos vicios y maldades del poder corrupto, ya se contagiaron, ya son como los jefes, como los gobernantes, y como dice el dicho: tanto peca el que mata a la vaca, como el que le jala la pata.

-Y ustedes qué, muy inofensivos? Ustedes también matan a lo canijo, o no?- él discutía con ella por su costumbre de discutir –, y yo no los veo muy desarmados que digamos... – señaló hacia el fusil ultramoderno recargado en el tronco y hacia la bodega de armas del campamento.

-Pues cuando se requiere... sí, también matamos, claro, pero no tanto a lo canijo ni a lo bárbaro, y lo hacemos por defendernos, por liberarnos, por salir adelante, no nada más por estar fregando al prójimo para que cada día esté más pobre y más jodido y no pueda levantar cabeza; pero sí –Marga trató de contemporizar-, en esencia tienes razón, tanto de aquí para allá como de allá para acá... *debe ser triste*.

-¿Y por qué no acaban de una vez? – le preguntó él a Marga sinceramente.

-¿Dejarlo?

-No! acabar! echarle ganas, aventarse en chinga y hacer algo que de verdad valga la pena...

-Cómo qué?

-... dicen que vale más un rato colorado que muchos descoloridos... como qué? Como dejar de estar plática y plática, cartitas y mensajes por Internet y platiquitas, y que entrevistas y que conferencias en París y poesías por aquí y citas filosóficas por allá y que mi amigo Aristóteles y que no sé cuánto...

-Ah! Ya sé a dónde vas –Marga se rió, pero no divertida; suspiró antes de continuar-, tú has de estar en contra de Marcos y de la forma en que lo estamos haciendo.

-Yo ni estoy a favor ni en contra de ese sistema, "sino todo lo contrario" – se rió abruptamente con su gastado "chiste" -; lo único que se me hace es que tu jefe no da color, yo ya hubiera mandado una decena de grupos de ataque en puntos bien importantes y estratégicos de la capital y del país; imagínate, una pinche bomba en Palacio Nacional, otra en la Central Nuclear de Laguna Verde, otra en la termoeléctrica Las Truchas, otra en alguna de las hidroeléctricas de Chiapas, así sucesivamente, una en el pinche Puerto de Liverpool de Perisur en la Ciudad de México, y otras en otros centros comerciales importantes, para que los pinches hijos de los ricos y poderosos del Pedregal, Lomas de Tecamachalco y la Anáhuac y lugares circunvecinos, vuelen junto con sus pinches mamitas y sus pinches novias y sus pinches carriolas de oro, todos despedazados por los pinches aires.

-Estás loco, estás absolutamente loco! ¿Cómo se te ocurren esas idioteces?– Marga llegó a pensar que lo hacía sólo para probarla. Sería un enviado de Marcos? Algún espía del gobierno?

-Así por lo menos el gobierno y Zedillo sabrían que van en serio! – continuó él-, es un problema de credibilidad; si te aguantas y te esperas y transiges, acaban viéndote la oreja. Ustedes empezaron chingón: primero de enero del '94, Chiapas levantado en armas, pasumecha!, como dicen por acá, todo mundo a temblar –él movía las manos expresivamente dando forma a sus palabras-, qué chingados pasó? Nadie sabía. Todos a correr, todos en chinga! Moviéndose por todos lados gobierno, industriales, poderosos, todos espantados, los ojos del mundo puestos en México, las bolsas temblando... y luego... no ha sido, para mí, más que agua tibia, convencionistas; ay! sí –él hizo voz de maricón, de afeminado-, vamos a juntarnos todos los intelectuales, los escritores, los poetas, para ver cómo construimos aquí en Chiapas la segunda versión de la Utopía; y más y más comunicados y cartitas y vueltas y vueltas a lo mismo y no pasa nada! pues no que tu dichoso Marcos quiere mejorar la situación de los indios? no que quiere que cambie el país? que mejore el estado? Él ya se hizo famoso y su situación personal, la suya propia, ya mejoró; pero y los pobres indios? los realmente pobres, los descalzos, anémicos, con disentería, con paludismo, los que se mueren de hambre, esos qué chingados? Yo no veo que su pinche situación haya cambiado en nada, yo no veo que salgan de pobres, yo sigo viendo las mismas chingaderas y los mismos políticos y millonarios en sus Mercedes mientras estos pobres ni a huaraches llegan –Marga se levantó e intentó contestar, pero él la tomó del brazo y la jaló hacia abajo de nuevo-, no, espérame!, es la verdad. Ahí tienes a tu Marcos que no hace ni una cosa ni la otra: ni le entra a los madrazos en serio, ni cede y se acomoda a las exigencias del gobierno con tal de recibir algo, lo que sea, pero para beneficio de los indígenas; y ellos, esperando que llueva maíz o frijoles o chuletas del cielo... espere y espere y muriéndose de hambre todavía mientras tu Marcos lee poesía, redacta cartas y manda a sus secuaces a negociar y a ofenderse y a salirse enojados de las pláticas con los representantes del gobierno. Como ellos no son los que se quedan sin comer cada vez que no llegan a un acuerdo...

-Tú qué sabes?, tú no sabes nada! no puedes hablar, como dice mi tía Sole: nadie sabe el fondo de la olla más que la cuchara que lo menea! – Marga estaba furiosa, resentida.

-Pues será el sereno, tienes razón, yo a lo mejor no sé nada pero hablo como cualquiera puede hablar, no? Al menos es lo que yo veo, y muchos hablan como yo y piensan como yo; sentimos que a fin de cuentas no pasa nada...!; retomando el punto, qué comen los pinches indios mientras Tacho negocia? dónde duermen los jodidos indios mientras Marcos filosofa? con qué se visten los chingados indios mientras el arzobispo Samuel Ruiz viaja?, mira, no nos engañemos, sin que te ofendas y con todo el respeto por ti y por tu hermano que en paz descanse, y me cae que a gente como tú y como Herlinda yo les veo razones más sinceras y reales para seguir luchando que a otros, sin que me lo tomes a mal, porque por mí, yo te apoyo, a ti y a todos los que realmente se quieran partir la madre para mejorar las condiciones de vida de los indios y para chingarse al pinche gobierno, porque ya basta, me cae; pero para mí, sólo si todos se coordinaran realmente y lo hicieran juntos, lo lograrían; mira hace unos días vi en Veracruz un episodio bien chingón donde unos campesinos dijeron "basta"! se sublevaron, tomaron el Palacio Municipal y se metieron hasta la cocina! si todos ustedes se juntasen y metiesen primera...! pero la verdad a mí se me hace, cuando me pongo a pensar mucho en esto, que todo está jodido desde el principio, y te voy a decir por qué; bueno, es lo que a mí se me figura por lo que he leído y lo que he escuchado y lo que pueda uno leer entre líneas, uno va atando cabos y para mí que la cosa ha sido así... mira...

-Óyeme, la verdad si es para... –Marga comenzó a levantar sus cosas.

-No, espérame tantito, de veras, mira Marga –le tomó el antebrazo para calmarla, seguía furiosa-, tú oye esto que te voy a decir, si estoy mal, corrígeme; es la película completa como yo la veo: un hombre, Marcos, desarrolla durante años poco a poco su idea de mejorar socialmente el pinche país y milita en una organización para tal efecto; él y otras personas van desarrollando sus planes poco a poco, haciendo alianzas y uniones con pequeños grupos; reciben apoyo de la iglesia, que sabe muy bien que al ayudar a la subversión de los pinches indios estará llevando agua, y de la buena, a su molino; los guerrilleros, por llamarlos de algún modo, apoyan y son apoyados a su vez por los grupos de narcotraficantes que operan en el estado de Chiapas, dándose facilidades mutuas y ayuda recíproca..., y aquí viene lo bueno: el Presidente Salinas y su *alter ego*, Córdoba Montoya, en un alarde de genialidad, aprovechan los contactos de la Ruta Cien de camiones con los guerrilleros y la ayuda económica que les presta Barco, para impulsar ese movimiento armado en un momento clave del desarrollo político del país; fomentan *ellos mismos* el alzamiento!; luego, aprovechando su estrechísimo contacto y complicidad con los cárteles de la droga, quitan de en medio al candidato a la presidencia, lo asesinan, y todo con el fin de provocar un caos social que le permita al pinche Salinas poner en marcha un plan de contingencia constitucional para el caso previsto en la ley de que el Presidente *puede seguir en funciones al término de su mandato en casos en que se requiera restituir el orden o conservar y proteger la seguridad nacional*; me entiendes?, es como una manera de reelegirse o por lo menos de seguir en el puto poder; el subcomandante Marcos, consciente o no, enterado o no, entra en el pinche juego, pero sin pasar a mayores; él sabe que no puede ni debe hacerlo tirándose a matar como lo haría un torero loco, irreflexivo, porque ese toro está cabrón. Al final, a Salinas y a su hermano, que es una pinche pieza clave en todo eso, se les voltea el chirrión por el palito; la inestabilidad que provocan es tan grande que se les sale el asunto de las manos y el Presidente prefiere poner a alguien en su lugar y darle el seguimiento "normal" a las cosas, renunciando a sus ansias eternas de poder, no se te olvide que era un hombre muy joven, cuarenta y tantos años apenas, era lógico que quisiera perpetuarse, pero se da cuenta, nunca fue pendejo, que está canijo y que no le queda más que hacerse a un lado y taparle el ojo al macho; y a Marcos no le queda más que ver de dónde sopla el pinche viento y hacerle al cuento y seguir poco a poco, ve tú a saber qué le habrán prometido, y llevársela calmada por dónde lo lleve la corriente; si no, qué otra cosa explica todo lo que ha pasado? tanta pinche tibieza?; como dicen los buenos detectives, la única hipótesis que explique cada una de las cosas, esa es la correcta, por increíble que parezca, sí, o no?

-Deberías meterte a "pinche" novelista, se te bota la canica de tanta imaginación! Y así hasta mejor porque nada más tienes que escribir y no hablar, para que la gente no tenga que soportarte ese hedor a mierda podrida que te sale de la boca! Es un insulto! Deberías lavarte los dientes por lo menos una vez en tu cabrona vida!–Marga y él voltearon sorprendidos al oír la voz sonora y enojada de Porfirio que había llegado sin que ellos lo notaran, distraídos por el calor de la conversación; había mucha rabia y odio en la mirada del tipo; él, hizo caso omiso de la provocación del guerrillero y miró de nuevo a Marga expresándole con los ojos que esperaba una respuesta o comentario *de ella* a lo que había dicho-

- ....

Marga lo vio durante un buen rato sin decir nada, apenada pero con el gesto incólume, la cabeza inclinada; después bajó lentamente los ojos hacia el piso, se mojó con la lengua los labios secos, se levantó lentamente, permaneció unos segundos más de pie, callada, sin decidirse a avanzar, se colgó el rifle, cogió el bidón con las dos manos y se dirigió hacia el campamento ayudada por Porfirio.

Él los vio desaparecer tras la cortina de hojas. Se acercó mucho la palma de la mano izquierda a la cara, como si fuera un espejo para verse en él y exhaló una bocanada de aire caliente con la intención de que el tufo le rebotara en la mano y pudiera sentir si de plano estaba muy apestoso su olor de boca... ...No le pareció tanto así. No.

Después de la plática a la orilla del arroyo, todo cambió entre Marga y él. En algún momento ella lo había hecho sentir como parte del movimiento, ya fuera porque deseaba realmente integrarlo o sólo para tener un vocero más en el exterior, un publicista convencido de la honestidad y las razones de su lucha, y pensando que él era en su propio círculo tan importante como en sus conversaciones le había hecho creer ("un líder de opinión en el campo de la música culta"). Pero a partir del momento en que él se le sinceró y le externó sus opiniones, resultó evidente para ella que no había nada qué hacer con ese músico de pacotilla.

Hablaron unas cuantas veces más, pero tratando de evitar el consabido tema y abocándose sólo a recordar momentos de la Secundaria y la Preparatoria.

Él pensaba constantemente en el momento oportuno para despedirse; sin embargo sentía ganas también de quedarse un poco más para esperar la llegada del Sub-comandante; como quiera que fuera, le parecía alguien digno de conocerse. Ella pensaba continuamente que ojalá su "amigo" se fuera rápido, pues no tenía ningún caso que siguiera por ahí; pero en el fondo, quería que permaneciera lo suficiente como para ver llegar a Marcos; tenía que conocerlo, tal vez así cambiaría su opinión de él.

El hombre del acordeón tocaba con suma destreza "La Pollera Colorá"; un muchacho al lado de él trataba de seguirlo, interpretando los acordes en una guitarra con cuerdas de acero bastante destempladas; el acordeonista volteaba a verlo constantemente para decirle las armonías de la pieza musical. Un tercer hombre, algo mayor, apoyaba los acentos rítmicos con una parte de una botella de plástico estriada que al ser raspada por un peine de plástico producía sonoridades más cercanas a la guacharaca que al güiro.

El resultado, a pesar de la inexperiencia del joven de la guitarra, era, por la pericia del acordeonista y la habilidad del percusionista, extraordinariamente alegre y bailable. De diversos lados llegaban los tarareos de algunos que seguían la melodía coreándola sin recordar bien la letra. Los fuegos de un par de hogueras situadas a unos treinta metros de distancia una de otra bailaban cumbia junto con los guerrilleros. Algunos hombres bailaban solos, otros haciendo pareja entre ellos, y unos cuantos habían conseguido parejas más curveadas: Herlinda, Virginia, la tortillera de la cocina, Carmen. Un par de mujeres algo mayores platicaban afuera de una de las chozas al lado de un niño de cinco años que pateaba una lata de Pepsi con los pies. Máxima, la novia de Porfirio, amamantaba a su niño de brazos.

Nacho y otros de los hombres bebían mezcal y aguardiente alrededor de una de las hogueras. Porfirio bailaba solo, con mucho sentido del ritmo, a unos pasos, enfrente del pequeño combo.

La capi Marga estaba sola, ensimismada, sentada en el piso sobre un sarape a dos metros de la otra hoguera. A través del vapor de la noche calurosa la luna creciente iluminaba los grillos.

Cuatro focos de cuarenta watts alumbraban el campamento a distancias regulares. Las hogueras, más que para dar calor, cocinar algo o complementar la iluminación, servían como un pretexto atávico para la reunión.

Él veía desde lejos a Marga considerando la posibilidad de acercársele para platicar, pero sin exabruptos, sin conceptos ni preconceptos, sin análisis; sólo platicar de los cuates, de la vida que pasa.

Se decidió.

Hablaron del clima, del hijo de Porfirio, de cómo Marga había ayudado a Máxima a dar a luz ahí mismo, en el albergue de las computadoras; hablaron del Doctor Takagaki, Marga ni se acordaba de él; comentaron de la ballena que les impartía la clase de Literatura Mexicana; de Silvia; de los Gómara; de cómo Marga había conocido a su ex esposo en una de sus visitas a Tuxtla para ver a la tía Sole y a su hermano; de cuando se casó con él y se quedó a vivir en Tuxtla y de lo poco que duró el matrimonio; de cómo se integró inmediatamente después al Ejército Zapatista, del que Pedro, su hermano, formaba parte prácticamente desde el principio; hablaron de todo un poco, pero tratando ambos de evitar en todo momento el tema político, social.

-Te acuerdas de "El Pescado"? –le preguntó él.

-Me acuerdo que era bien mentado, sobre todo en la Prepa, pero así, de su cara no me acuerdo. Por qué? –le preguntó Marga.

-No, nada más; lo que pasa es que Marcial me lo recordó cuando platicamos y me gustaría localizarlo para conversar con él; ya sabes, hay gente o situaciones u objetos que por alguna razón, aunque en un determinado momento no hayan sido muy importantes en tu vida o no te lo hayan parecido, se constituyen en tu recuerdo como algo representativo de una época; así me pasa con él, tan sólo su nombre me recuerda muchas cosas, imagínate si lo vuelvo a ver!, me pasaba también con Toledano, me pasaba contigo –mintió-, por eso tenía tanto interés en localizarte –mintió más-, nunca me imaginé que Takagaki tuviera realmente tu dirección, fue pura chiripa habérsela pedido, y empecé con él porque era el único dato que tenía, de un artículo sobre su hospital que salió una vez en una revista...

-Y cuándo piensas ir a ver a Octavio? –le preguntó Marga, dando por sentado que sería muy pronto. A ella no le interesaba ya su permanencia.

-Dentro de unos días, unos dos o tres si no te molesta –fantocheó él.

-¿Y por qué me va a molestar? ésta es tu casa, humilde, eventual, nómada... –Marga buscaba las palabras viendo a la hoguera-... mediocre... inestable, indecisa… pero tu casa. Siéntete en ella, aunque no te sientas bien con gente como nosotros...

-Ah! qué la!, ni digas eso, cómo te gusta...! me estás chantajeando sentimentalmente, me haces sentir mal –se inclinó un poco hacia ella-, yo lo que te dije era más que nada relativo a Marcos, a los que dirigen tu movimiento, pero no a gente que yo siento convencida y real, como tú, gente que sigue órdenes, que se entrega... ves? Por eso dije "si no te molesta"; porque siento que todo cambió desde que te dije lo que pensaba.

-No, no ha cambiado nada; no tiene por qué cambiar –dijo Marga no muy convencida-, cada quién con sus ondas, ni que fuéramos a cambiar nuestro modo de ser por lo que nos dicen o nos critican, estamos más curtidos de lo que piensas.

-¿Cuándo llega Marcos?

-Mañana en la mañana. Recibimos un mensaje de él hoy en la tarde, mientras tú y yo platicábamos. Está sólo a unos kilómetros de aquí, pero ya sabes cómo es la Sierra, la gran selva... y aparte hay que avanzar con cuidado.

Nacho se aproximó junto con Virginia hasta donde estaban Marga y él. El zapatista y la ayudante de cocina llevaban unas quesadillas envueltas en papel de estraza, unos trastes y una botella de tequila. Junto a la choza, el acordeonista tocaba, bailaba dando de brinquitos y cantaba una canción de Chico Ché: "*de quén chón...?*"

-Éntrele mi capi –dijo Nacho entusiasmado alargándole a Marga una taza y la botella de Sauza; después, de malas y sin voltear a verlo, sólo por no dejar-: y usté' también, si quiere- puso otra taza en el suelo para que él se sirviera si le apetecía.

La muchacha dejó las quesadillas en un plato sobre el sarape y se retiró silenciosamente.

-Listísimo, Nacho? – dijo Marga entusiasta.

-Listos, mi capi –el hombre sonrió-, el Sub-5, Ramoncín y Anacleto están en la cueva revisando las armas y engrasándolas.

El músico recogió la taza y sintió ñáñaras al oír lo de las armas; con mayor razón, tomó la botella de tequila de manos de Marga y se llenó la taza hasta la mitad.

-Está todo planeado para las tres –dijo Marga-, a la hora de la siesta – luego vio divertida hacia donde Porfirio seguía bailando frente al acordeonista, dando de saltos también, muy chistoso; Nacho siguió la dirección de la vista de la mujer.

-¡Quién lo viera tan formal...! –dijo él metiéndose estúpidamente en la plática de Marga y Nacho. La capi se desentendió de la intromisión idiota del músico y le dijo a Nacho:

-Anda y dile a Porfirio que le diga a toda la gente que ya pa' festejos ya estuvo bueno, que no se vayan a dormir muy tarde porque mañana hay que estar bien sintonizados.

Nacho hizo un gesto exagerado de saludo militar chocando los gruesos huaraches que llevaba en vez de botas y sonriendo se dirigió hacia la música.

-¿Festejos? —le preguntó él después de apurar el tequila que se había servido-; ¿Armas preparadas? De qué es la fiesta o qué? Yo pensé que era un simple reventón de montaña.

Marga movió la cabeza en un gesto que más que nada quiso significar para ella misma lo alejado que sentía a ese hombre sentado frente a ella, del muchacho inteligente y consciente que había sido cuando iban juntos en la Prepa; por un momento pensó que él la vería a ella también muy diferente y que quizá la desaprobación de su personalidad actual era mutua.

-Estamos festejando que llega Marcos, que consiguió las armas que fue a buscar, que logró un trato con un grupo de Guatemaltecos que anda por Bonampak, por el lado de la selva lacandona... —dudó en decírselo, pero pensó que de cualquier forma él se iría próximamente-, y que mañana vamos a hacer una incursión hacia el lado de Comitán para asaltar un destacamento del ejército que ha estado chingue y chingue a unos indios de por ahí. Aparte de festejar, los muchachos se están poniendo a tono porque les encantan los madrazos, les gusta la acción; así que mañana van a andar felices de medirse con los guachos.

Él sintió ganas de pedirle que le permitiera acompañarlos, pero pensó que no era el momento oportuno; se sirvió otro poco de tequila. Marga echó más leña al fuego. El baile se había hecho escandaloso, extático, generalizado.

-¿Sabes? —le dijo Marga- me siento feliz de estar aquí. Jamás me imaginé que iba yo a acabar así —consideró que no había usado las palabras adecuadas y que en realidad no pensaba en "acabar" de ninguna manera todavía; temió brevemente, como de pasada, que el *lapsus* fuera una premonición de una posible mala suerte en el ataque del día siguiente; se estiró para tocar la madera de uno de los leños -, bueno, quiero decir, "llegar" a hacer lo que estoy haciendo. Según yo iba a estudiar ingeniería química, a recibirme, a casarme en México, en la capital, a conseguirme un buen marido y a trabajar en alguna fábrica importante... y ya ves.

-Y ya ves tú... yo estaba al revés, yo me quejaba a cada rato y decía que lo de la música era sólo por expresar mi sensibilidad, pero que yo lo que en realidad quería era parar de cabeza al pinche país, largarme a la pinche Sierra de Guerrero, unirme a los cuates y descendientes de Lucio Cabañas y Genaro Vázquez Rojas y cambiar la situación de todos los pobres y jodidos, hacer la revolución, cabronamente...... y mírame ahora.

Marga pensó en decir "a lo mejor todavía estás a tiempo", pero al sintetizar la actitud que había notado en su ex compañero durante los últimos días, comprendió que no, que él ya no estaba a tiempo para nada de eso. Y tal vez ya absolutamente para nada. Guardó silencio.

En el cerro despuntaban fulgores diminutos en los cerillos y cigarros de los guardias.

Un par de tipos blancos, vestidos como civiles, los dos con barba cerrada, entraron a la zona del baile provenientes del otro lado del cerro, acompañados de tres guerrilleros. Todos cargaban Uzis 9 milímetros.

Él sentía los párpados pesados por el tequila y ya no alcanzaba a enfocar bien a esa distancia, pero alcanzó a distinguirlos.

-Y esos güeyes? quiénes chingados son? –dijo con la voz estropajosa y los ojos entornados.

-Son unos compañeros de la ETA; vienen de Euzkadi, de allá, de España; a veces hacemos intercambios y recibimos gente de otros movimientos armados; les mostramos lo que pueda serles útil, los escondemos, les damos cobertura; éstos llegaron hace dos semanas pero no habían estado en este campamento, andaban con algunos de los muchachos conociendo la zona. Nosotros también les mandamos gente pa' lo mismo; Poncho, uno de los efectivos de aquí, anda 'orita en San Sebastián... allá con los vascos; y también, por supuesto, nos echan la mano a la hora de los cocolazos, nos platican sus tácticas, nos enseñan su forma de hacerlo; estos van a ir con nosotros mañana! –Marga pensó momentáneamente que tal vez no todo estaba perdido, que a lo mejor su cuate de la Prepa, al que había presentado con tanto orgullo a sus camaradas para que lo trataran como alguien importante, necesitaba quizá solamente un empujoncito, un contacto con la realidad revolucionaria, unas horas con Marcos, tener la oportunidad de sentir un llegue de la acción... para convertirse en lo que de joven había soñado ser; además, un par de brazos más, siempre era bienvenido-; tú también puedes venir con nosotros si quier... –iba girando la cabeza al hablar para decírselo viéndolo a los ojos, pero se detuvo porque no lo encontró donde lo había dejado; movió la vista rápido para buscarlo más lejos, pero lo fue a encontrar cerquita, ahí mismo, abajo, junto a ella, acostado con medio cuerpo fuera del sarape, boca arriba, agobiado por el alcohol, empezando a roncar.

Soñó pesada, profundamente. Un sueño vivo, de colores brillantes a pesar del ambiente nocturno, donde el Subcomandante Marcos hablaba con los muchachos, con *él*; platicaban alrededor de una hoguera. Les contaba un chiste sobre unos códigos subversivos en Internet, sobre "guerrillas" informáticas, otro sobre el Papa; le pedía a él, a *él* en persona, que le tocara algunas de sus composiciones en el acordeón. Él tocaba su Huapangol haciendo con la boca la imitación de los ruidos de las porras y los gritos de los fanáticos entusiastas gritando "Gol!"; hasta le explicaba a Marcos después cómo su obra podía modificarse y adaptarse a otros países. El único "pero" era que el Doctor Takagaki aparecía en el sueño en el papel de Tacho (achichincle favorito del líder guerrillero) y aquella Claudia Manzano a quien él había visto caldeando en el auto viejo con su novio, por la que a él se le había despertado tan extemporáneamente aquel amor platónico-masturbatorio, era una más de las *senusuales* queridas del Subcomandante...

Se despertó inquieto por el enorme silencio percibido subconscientemente. Vio a su alrededor dentro de la choza que compartía con tres de los muchachos; no encontró a nadie. Se levantó del petate rápidamente haciendo a un lado la manta de lana de colores.

Miró hacia el exterior sintiendo el mareo y la picazón en los ojos; manchas brillantes del sol que entre la bruma rebotaba en los objetos: una rama de eucalipto, un costal de papas, dos botellas sin etiqueta, la totuma, el acordeón..., las hogueras agonizaban en tenues columnas de humo. Caminó pesadamente, tratando infructuosamente de ser ágil, hacia la construcción de las computadoras y las radios; nadie. Siguió un poco más allá, hasta las chozas del otro lado; vacías. Regresó casi corriendo, más ágil ya, hasta la cocina: la lumbre apagada, el perico de la jaula en el techo, todavía adormilado. Un perro dormitaba junto a los plátanos, aturdido aún por los ecos de la parranda de la noche anterior. Desde el quicio de la puerta del área destinada para comer, el músico revisó el campamento. El rechinido de las llantas de un auto sobre el pavimento, como en Monterrey, lo asustó por lo absurdo e inesperado: era el gallo pisador del corral ejercitando tardíamente desde allí sus pulmones en el frescor del alba.

Él regresó a su choza tratando de encontrar una explicación; al llegar percibió movimientos en un rincón. Se acercó al montón de cobijas apelotonadas, las movió y descubrió a Wilfrido, el más jovencito de los guerrilleros de ese campamento, sólo once años, desperezándose.

Tenía los ojos rojos; él pensó que por la trasnochada (lo había visto la noche anterior tomando, como cualquiera de los grandes en el grupo de Nacho), pero en realidad era por el llanto. Wilfrido había estado llorando desde las cinco de la mañana, cuando se enteró, junto con todos los demás en el campamento, por boca de un compañero de San Cristóbal que llegó echando el bofe de tanto correr, que el día anterior un grupo paramilitar integrado supuestamente por militantes y simpatizantes del partido en el poder, el PRI, había irrumpido en una iglesia donde hombres, mujeres y niños -campesinos, indios todos ellos, tzotziles- se encontraban rezando en santa paz, para acribillarlos a tiros de rifle, de escopetas, de metralletas y rematar a algunos a punta de bayoneta limpia. Muy pocos habían podido escapar de la masacre; se hablaba de setenta y cinco indígenas muertos, pero el compañero que había llegado para avisarles sabía que habían sido más. Habían quedado también regados muchos heridos. Estaban rezando, carajo, en santa calma, sin meterse con nadie, desarmados...

Él movió la cabeza sin dejar de ver el piso; el niño, a pesar de la madurez y rudeza mostrada en otras actividades y en los entrenamientos, se había echado a llorar otra vez, de dolor y de rabia. "Pinche gobierno" –dijo él. El niño ni lo escuchó, seguía llorando como en una catarsis pospuesta durante años.

-Y quiénes fueron? –le preguntó él-, están seguros de que fueron los del gobierno? Eran soldados?

El niño le contestó enojado, con un acento muy marcado, como golpeando las palabras: -El que nos vino a avisar dijo que iban de civil, mas claro que jue el gobierno! quién más iba a ser?.... ni modo que nosotros mismos!

-Y dónde están todos? –le preguntó él señalando con el índice de la mano izquierda en un movimiento circular.

-Se jueron pa´allá; en cuanto se enteraron de la noticia, agarraron armas y salieron disparados –el niño marcaba aun más su acento irregular-, iban primero a calar el terreno y a ver de qué se podían enterar, y si se puede, les van a regresar el chingadazo a los que nos atacaron y a los soldados y a todos; el que nos vino a avisar estaba como poseído, a él le mataron a sus dos hermanas y un tío suyo se estaba desangrando en uno de los centros de la Cruz Roja junto a un titipuchal de heridos más –Wilfrido, ya más controlado, sólo moqueaba-; a mí no me quisieron llevar, qu'esque me quedara a cuidar el campamento y a avisarle al que llegara. A ti... pues menos, tú no tienes a qué ir. Estuve un rato velando cuando se fueron, mas luego ya me ganó el sueño.

-Pero Marcos va a llegar, no? Lo estaban esperando, no?

-Marcos *ya estaba aquí* cuando llegó la noticia; se adelantó. Llegó como a las cuatro de la mañana.

Él, parado frente al niño, soltó la cobija que tenía en la mano. Comprendió.

Wilfrido se hincó, recogió su rifle del piso y usándolo como bastón empezó a incorporarse. Cuando el jovencito se hubo levantado por completo, se quedó tieso, lívido, viendo con sus ojos muy abiertos, por encima de los hombros del hombre que seguía sin moverse, pensativo, a los otros ojos furiosos, pero complacidos, del soldado del Ejército Nacional Mexicano que les apuntaba con su rifle desde la puerta; atrás del soldado se alcanzaban a ver cuatro o cinco cascos militares más:

-"Ni se les ocurra moverse, "zapatistas" hijos de su puta madre; acaba de caerles el chahuistle, se los cargó la chingada."

(…CONTINÚA EN….**Segunda Parte de MALALIENTO**)

ACLARACIONES

Con el fin de preservar el verdadero sentido y la intención del habla de los principales personajes, he conservado en la novela la idea de hacer una transcripción de la fonética de ellos, más que la de encuadrar dichas hablas en esquemas de puntuación y de sintaxis pretendidamente "correctos".

El resultado, en dichos casos, puede agredir a la sintaxis tradicional y resultar chocante para los académicos, pero es una transcripción del modo de hablar de la gente del pueblo y resultará perfectamente claro y comprensible para el lector que se abandone, sin pretensiones escolásticas, al ritmo de la lectura de los fragmentos en que este manejo de la redacción resulta más evidente.

No deja de parecerme graciosísima la anécdota –completamente real– del momento en que uno de los "revisores" de Editorial Alaminos, muy preocupado, me habló por teléfono para decirme que no sabía qué hacer, pues mientras hacía la revisión de mi texto en el programa de Word, le había aparecido un recuadro con una leyenda que decía que el programa había dejado de operar *debido a la innumerable cantidad de "errores" que había detectado!*

En el texto, además de hipérbatos y trastoques, existen muchos localismos, palabras modificadas a propósito, expresiones muy particulares y repeticiones múltiples de letras y palabras, pero el sentido general –una vez más– resultará perfectamente comprensible para aquél que lea y capte la novela con "*oídos*" de joven inconciencia y no de pretendida *sapiencia senil*.

Hemos decidido omitir un glosario de términos específicamente mexicanos, pues la gran mayoría aparecen en el diccionario de la Real Academia Española.

Por último, si en aquellas partes de la novela en que el que "habla" es el autor, queda manifiesto un uso muy liberal de la puntuación, la sintaxis y el armado de los párrafos, no me queda más que asumir toda la responsabilidad, evitando atribuirlo al excesivo tiempo pasado en compañía de los personajes: para mí, uno de los elementos más expresivos y *significativos* del habla –y de la lectura- es *el ritmo*, y para lograr aquél que me parece idóneo, suelo prescindir en muchas ocasiones de las comas y, en otras, recurro a los puntos con más frecuencia de la normal, pues me proporcionan una posibilidad mayor de alentar, separar, acentuar y establecer la fuerza e importancia de momentos, eventos, reacciones, juicios y atributos. Definitivamente.